Madrid, otoño, sábado

Josefina Aldecoa (1926-2011) nació en La Robla, León. Estudió Filosofía y Letras en Madrid. Durante los años de facultad entró en contacto con un grupo de amigos que luego iban a formar parte de la llamada «generación de los cincuenta»: Rafael Sánchez Ferlosio, Jesús Fernández Santos, Alfonso Sastre, Carmen Martín Gaite e Ignacio Aldecoa, con quien se casó en 1952. En 1969 murió su marido y durante diez años permaneció alejada de la literatura, hasta que en 1981 apareció su edición crítica de una selección de cuentos de Ignacio Aldecoa. A partir de ese momento reanudó su actividad literaria y desde entonces ha publicado la memoria generacional *Los niños de la guerra* (1983); el libro infantil *Cuento para Susana* (1988); las novelas *La enredadera* (1984), *Porque éramos jóvenes* (1985), *El vergel* (1988), *Historia de una maestra* (1990), *Mujeres de negro* (1994), *La fuerza del destino* (1997), *El enigma* (2002), *La Casa Gris* (2005) y *Hermanas* (2008); los libros de recuerdos *Confesiones de una abuela* (1998) y *En la distancia* (2004); y los relatos recogidos en *Fiebre* (2001).

Biblioteca
JOSEFINA ALDECOA

Madrid, otoño, sábado

DEBOLSILLO

Primera edición en Debolsillo: enero, 2016

© 2012, herederos de Josefina Aldecoa
A ninguna parte (1961), *Fiebre* (2001), «Cuento para Susana» (1998) y «El mejor» (1998)
© 2016, Penguin Random House Grupo Editorial, S.A.U.
Travessera de Gràcia, 47-49. 08021 Barcelona

Penguin Random House Grupo Editorial apoya la protección del *copyright*.
El *copyright* estimula la creatividad, defiende la diversidad en el ámbito de las ideas
y el conocimiento, promueve la libre expresión y favorece una cultura viva.
Gracias por comprar una edición autorizada de este libro y por respetar las leyes del *copyright*
al no reproducir, escanear ni distribuir ninguna parte de esta obra por ningún medio sin permiso.
Al hacerlo está respaldando a los autores y permitiendo que PRHGE continúe publicando libros
para todos los lectores. Diríjase a CEDRO (Centro Español de Derechos Reprográficos,
http://www.cedro.org) si necesita fotocopiar o escanear algún fragmento de esta obra.

Printed in Spain – Impreso en España

ISBN: 978-84-663-3164-7 (vol. 1122/3)
Depósito legal: B-21.655-2015

Impreso en Novoprint, Sant Andreu de la Barca (Barcelona)

P 3 3 1 6 4 7

Penguin
Random House
Grupo Editorial

Índice

A NINGUNA PARTE (1961)

El niño y los toros	11
El indiano	19
Voces amigas	25
Zona verde	31
Secano	37
El cuarto oscuro	47
A ninguna parte	55
Transbordo en Sol	61
El puente roto	69
Los viejos domingos	129

CUENTO PARA SUSANA (1988) — 169

EL MEJOR (1998) — 191

FIEBRE (2000)

Fiebre	203
Espejismos	209
El desafío	219
No, mamá	225
El juez	231
La rebelión	239

Por última vez	243
Hermanos	253
La espera	261
¿Te acuerdas?	267
Happy end	275
Madrid, otoño, sábado	289

A ninguna parte

El niño y los toros

Los coches se balanceaban por los desniveles del terreno en un avance torpe hacia el camino. Pasaron entre los toros esquivándolos, rozando a veces levemente sus cuerpos. Los toros se quedaban inmóviles a su paso. Con las cabezas levantadas, miraban por encima de los ruidosos vehículos a algún punto fijo y lejano.

«¿Por qué nunca se arrancan?», pensó Juan.

Tumbado sobre el vientre, estiraba las piernas y miraba abajo, a las cuestas ondulantes de la dehesa por las que se perdían ya los automóviles. Sus dedos apretaron un terrón y al desmenuzarlo sintió un corazón de humedad bajo la seca coraza. Por los afilados vértices de las yerbas temblaban indecisas gotas de agua. El aire olía bien. Algunas nubes altas y blancas marchaban hacia el Sur. «Hacia el mar. Como ellos», pensó Juan. Cerró los ojos. Imaginó una carrera de nubes y coches hasta la costa.

—¡Juan!

La voz venía de la casa grande, no de la cuadra.

—Voy —dijo Juan.

Se levantó.

Al entrar de la luz, Juan no pudo distinguir nada en el portal sombrío.

—Ven —oyó—. Entra a ayudar a tu madre.

La cara de don Lucas era una mancha pálida en la puerta del despacho.

—Sí, señor —dijo Juan.

Ahora ya podía ver el cuerpo negro del cura destacándose de la penumbra. Se acercó a él y le besó la mano. Luego se fue por el pasillo llamando a su madre.

—¿Estás ahí, madre?

El olor del café, el olor de la chapa encendida, la ventana llena de sol. Como todos los lunes.

—Vamos, entra.

En un extremo de la mesa estaba la taza humeante y el plato con las tostadas untadas de mermelada. «Sólo dos», se dijo resignado. La madre fregaba la pila. Le acució:

—Despabílate, que tenemos que hacer.

Al pasar el café con leche por la garganta, la dejaba lisa y caliente.

—Los vi marchar —dijo Juan.

La madre no contestó. Callaba y trabajaba. Sus manos se movían entre los cacharros como dos animalillos morenos y ágiles. El suelo de la cocina era rojo y tenía incrustaciones de mosaico blanco dibujado en azul. Juan intentó contar los mosaicos.

—Les vi bajar por la cuesta. Él iba delante en el coche del amo. El amo iba detrás con las señoritas.

Mientras secaba los cacharros miró por la ventana de la cocina. Se veía el caminito que subía hasta el monte. Aquella mañana, cuando el amo andaba con el padre por la dehesa preguntando y ordenando y los invitados no se habían levantado aún, el torero se había acercado al niño y juntos los dos pasearon en silencio. Habían subido por aquel camino detrás de la casa grande, hasta el bosquecillo de adelfos. Juan apresuraba el paso y el torero le seguía. Juan sentía los guijarros clavándose en su piel bajo la débil suela de cáñamo, pero el breve dolor era un estímulo para la alegría.

—Ya estamos —decía Juan.

Y señalaba la tierra a sus pies, el camino por el que pronto desaparecerían los coches, el ancho campo verde donde los toros rumiaban su espera. Y más allá de la tierra, una línea blanquecina, una zona indecisa entre el cielo y el horizonte.

—Parece el mar —dijo Juan—. ¿Tú has visto el mar?

El torero asentía.

—Lo que yo daría por ver el mar...

—No está lejos —dijo el matador.

—Para mí, sí.

El torero callaba por unos momentos. Con el pie hacía rodar piedrecillas cuesta abajo; piedras que se detenían cansadas a medio descenso, sin peso suficiente para alcanzar la llanura.

—Te tienes que hacer un hombre. Luego todo es más fácil —murmuraba el torero. Y después, sin transición—: ¿Tú no vas a la escuela?

—Cuando puedo —contestaba el niño.

—Yo a tu edad tampoco iba mucho...

El aire estaba fresco y la mañana despertaba los olores del campo. El cielo, que al mediodía se volvía blanco, era entonces azul y alegre.

El recuerdo entristecía a Juan. Con pesadumbre contempló los restos del banquete que su madre distribuía en los cubos de desperdicios: para el perro, para los cerdos. Para ellos también habría algo aparte, lo mismo que otros lunes. «Parece mentira —pensó Juan mirando la confusión de tronchos de lechuga, tomates despachurrados, flores mustias, colillas, fruta mordida, huesos de chuleta...—, parece mentira que él esté con ellos mientras comen y se siente a su mesa, él, que habla como padre y como yo y que tampoco fue a la escuela cuando chico».

—Juan —llamó una voz desde el fondo de la casa—. Juan, ven aquí.

La sombra de don Lucas obstruía el pasillo. Al llegar a su altura, Juan esperó que le hiciese un hueco para dejarle pasar, pero don Lucas no se movía, esperaba algo. La sombra del traje volvía más pálida su cara. «Él nunca está al sol —se dijo Juan—. Él está siempre en su despacho o en la capilla».

—Juan —habló el cura—. Juan, ¿por qué ayer no viniste a comulgar? ¿Por qué hace tiempo que no te confiesas?

—No sé —dijo Juan. Era verdad; por eso no vaciló al contestar.

Tampoco el torero había comulgado. Las mujeres, sí. Y el amo. Pero ni su padre ni su madre ni el torero. Juan le había observado desde el fondo de la capilla.

—Juan —siguió don Lucas—, te tienes que confesar.

Él no dijo nada. Esperó a que la sombra se retirara, a que el paso quedara libre. Después de una pausa, el cura dijo:

—Vete a la terraza y recógelo todo.

Detrás de la casa, las sillas de lona, los sillones de mimbre, las mesas de madera blanca, continuaban allí en las posiciones que quedaron al levantarse los que las ocuparon. Madre había recogido los restos del desayuno, pero no había tocado las sillas, abandonadas y vacías. Juan recordaba cómo estaban todos sentados. Recordaba que el torero estaba al lado de la señorita más joven, que se reía de un modo especial y le decía:

—Manuel, Manuel, qué cosas dices...

Manuel también reía y el amo y todos, y no se daban cuenta de que padre, con la gorrilla en la mano, intentaba decir:

—Señoritos, cuando ustedes quieran...

Al pasar a su lado, Manuel le había rozado la cabeza con la mano y le había dicho, distraído: «Hasta pronto, chiquillo». Luego, ya en el coche, no se había vuelto para mirar atrás.

Parecía cansado. Seguramente había dormido poco. Se había levantado temprano y, sin embargo, la noche anterior Juan había oído gritos y risas y cantes en la casa grande. Sabía que durarían hasta casi amanecer, como otras veces. Pero no podía dormirse. Apoyaba la cabeza en el delgado tabique de madera que hacía de pared entre su casa y la cuadra de las yeguas del amo. Por encima de los pequeños ruidos, los suspiros de la madre, la respiración fuerte del padre, el aliento de los animales al otro lado de la tabla, Juan se concentraba para captar los sonidos que llegaban de la casa grande. Esperaba la voz de Manuel y en un silencio la voz se dejó oír, enronquecida y quejumbrosa, cálida y herida.

> *Dos corazones a un tiempo*
> *están puestos en balanza,*
> *uno pidiendo justicia*
> *y otro pidiendo venganza.*

Ahora, mientras almacenaba las sillas al fondo del portalón, Juan intentó tararear las palabras de la copla. Algo en ellas le producía desazón, algo le obligaba a tragar saliva varias veces y a parpadear rápidamente.

Cuando terminó de apilar las sillas decidió bajar en busca de su padre hasta la plaza. Se lo imaginó limpiando y alisando la dura arenilla dorada del redondel. Le vio inclinado sobre el rastrillo, y vio sus huesos dibujándose bajo la camisilla de cuello deshilachado y rayas borrosas.

—Juan —dijo el padre—. Vente para acá y recoge esta basura.

El padre le tendía un gran papel en el que había ido recogiendo los restos sucios de la fiesta: trozos de puro, cajetillas arrugadas, periódicos rotos. En el pequeño ruedo vacío el sol calentaba más fuerte. Con los ojos entornados, Juan miró a su alrededor, mientras sostenía en sus manos el paquete de despojos. Aquí, ayer, en esta arena pisoteada, arañada, caliente, Manuel trasteaba a una becerra. Ellos, el amo y las mujeres y los invitados, le miraban desde la tribuna familiar.

—Manuel, tú juegas con los toros —le decían—. ¡Cómo juegas, Manuel!...

Manuel, de espaldas a la becerra, miraba hacia ellos y se reía. Juan estaba sentado en el borde de la tapia y le contemplaba temblando, un poco de miedo y de cariño hacia Manuel y un poco de no saber aún cómo aceptar el juego alegremente.

Manuel le miró una vez y a Juan le pareció recordar que le hizo un guiño amistoso.

—¿No te gustan los toros, verdad? —le había dicho el matador más tarde. Estaba lavándose las manos. Y Juan le tendía una toalla.

—No —dijo Juan.

—Haces bien, chico.

Juan le quería porque se fijaba en él y le hablaba y acertaba siempre cuando le decía: «Tú no querrás ser torero, ¿eh?». Y era verdad que no. O bien: «A ti te gustaría tener un caballo». Y era cierto que sí.

Al caminar tras de su padre, el paso cansino de éste le hacía sentirse pesado y adormecido. El sol apretaba cada vez más. Juan sentía el fuego sobre su cabeza y el sudor le corría bajo la ropa. Llegaron a la casa cuando la madre salía secándose las manos y anunciando:

—Yo he terminado aquí. Tú, Juan, vete con padre a arreglar los caballos hasta que te llame don Lucas para ir a llevarle el correo.

La casa grande estaba silenciosa y triste, como todos los lunes. Juan se dio cuenta de que estaba solo y apretó los ojos para no llorar.

El indiano

El tren siguió su marcha y los viajeros que se asomaban a las estrechas ventanillas continuaron mirando, aburridos y absortos, la pequeña estación.

El hombre se volvió de espaldas al tren y miró al campo que empezaba allí mismo, en torno al edificio blanco y rojo, manchado de carbón, maloliente a pesar del aire fresco de la montaña. El hombre echó a andar por el campo con la maleta de lona en una mano y el sombrero en la otra.

El camino en cuesta aparecía ante sus ojos, vacío y hostil. Sus cantos limados, aguzados, sobresalían de la tierra y era difícil caminar, porque a cada paso vacilaban los pies; se retorcían al encontrar las erosiones apenas cicatrizadas de la torrentera invernal. El camino subía a la montaña para descender luego hasta el valle. No había árboles en las laderas y al llegar a la cima, el hombre pudo ver claramente la línea de montañas del otro lado y el breve llano prisionero a sus pies. El sol ponía bordes fulgurantes en las crestas más altas. Su oculto fuego volvía más pálido el cielo frío de la tarde.

El hombre se sentó a descansar. La maleta de lona se vencía hacia un lado y él la dejó caer despreocupadamente. Luego frunció el ceño y arrugó los párpados para ver mejor. En algún punto del monte cercano se percibían manchas móviles, oscuras sobre el fondo grisáceo de las rocas. El hombre trató de concretarlas. Arrugó más los ojos.

«El ganado», pensó.

Luego suspiró y se dispuso a abrir la maleta. Sobre la ropa doblada depositó el sombrero blanco y blando, un poco sucio. Luego volvió a cerrar la maleta y se puso en pie.

Camino abajo se veía el pueblo con su pequeño cerco verde de huertecillos enanos. Por la torre de la iglesia revolaban pájaros negros. Las casas del pueblo se afincaban en la tierra, entre los breves prados que dejaban libres, de trecho en trecho, las últimas rocas de la montaña.

Cuando el hombre acarició las piedras que cercaban el primer huerto del pueblo, de las chimeneas salía el humo de la tarde; humo de cocinas apagadas en los mediodías del verano y vueltas a encender en el crepúsculo.

—Cuando tu padre murió... ¡Qué año aquél! Muchos faltaron aquel año. Mi hermano Juan y el pastor viejo, que te acordarás de él porque tú bien de veces le acompañaste de chico...

—Tu madre, la pobre, ¡cuánto te habrá echado de menos! A mí me decía, poco antes de caer mala: «Sólo quiero que él esté tan bien como dice. Aunque me tenga que morir sin verle...».

—Aquí quedó mucha miseria después de la guerra. Claro, sin hombres y con tanto chiquillo hambriento... Pero lo peor fue antes, mientras aquello duró. Hasta aquí llegaron las bombas. Hasta aquí, que nada bueno había querido llegar antes...

Le rodeaban todos. La cocina era grande y olía a humo de leña y a pan muy cocido. El vino pasaba de mano en mano. También las mujeres bebían. Él estaba en el centro y cuando le llegaba el turno de la bota todos le miraban, mientras el chorrillo rojo claro le caía en la boca y se le salía por las comisuras de los labios. En un plato delante de él había chorizo y pan.

Las caras de las gentes del pueblo, morenas y delgadas, le rodeaban; le miraban los ojos de las gentes, claros u oscuros. Estaban todos allí, viéndole comer, esperando que contara. Y en el entretanto, contaban ellos, recitaban, monótonos, la lección de los años, reconstruían para él los hechos, los dolores.

Una mujer empezó a hablar desde un rincón. Su historia le llegó inesperada y confusa. Todos escucharon en silencio.

—Yo estaba cociendo patatas para los cerdos cuando empezó el ataque y la ventana se me venía encima. Cuando salí a la puerta salieron dos vecinos más y los tres nos echamos a reír. Una risa boba. La mujer de uno de ellos estaba en el molino. El mudo decía «gua-guá» y no se escondía porque no entendía lo que pasaba. Amasábamos de noche y hacíamos el cocido de noche. Llegaban a la vecera y empezaban a tiros con las cabras y las que caían se las llevaban. De día nos íbamos a las peñas. Decíamos: «si tiramos una de estas peñas no vuelve a pasar nadie». Yo no tenía miedo si estaba en casa, pero si me pillaba fuera y oía aquel runrún y veía venir de lejos el aeroplano...

La mujer calló de pronto y el hombre recién llegado no supo qué decir. Volvió a echar un trago de la bota. Se secó con la mano y los miró uno a uno. Los niños asomaban por entre las piernas de los mayores. También ellos esperaban, insólitamente tranquilos.

Una vieja preguntó, al fin:

—¿Y tú? ¿Qué tal estos años? ¿Y aquellas tierras? ¿Son tan buenas como dicen?

El hombre se quedó pensando un momento. Luego habló.

—Aquella tierra —dijo— es muy llana y muy grande. Aquella tierra no se parece a la nuestra. Aquello es como cien valles de aquí abajo, uno al lado del otro y más y más. Aquella tierra...

Le faltaban palabras, términos de comparación, lugares a los que hacer referencia. Pero quería hablar y necesitaba que le entendieran.

—Aquello es muy rico para el que quiere trabajar. Aquello es muy caliente y da rápido lo que se siembre, y se puede sembrar dos o tres veces al año y luego a recoger sin parar...

Los hombres escuchaban cabizbajos. Las mujeres miraban a lo lejos con la cabeza alta. Los niños le miraban a la cara. En los ojos de los jóvenes se reflejaban las luces del hogar con un fulgor de esperanzas.

—Allí se gana y se come, pero se está muy solo, y algunas noches, como a mí me ha sucedido, se piensa en esto y si se pudiera venir acá en un vuelo... Algunas noches cuando se mira al cielo, que es lo único, lo único que es igual en todas partes...

Un niño se había dormido en los brazos de su madre. Ella le puso un pañuelo en la cara para evitar que le diera la luz.

—Por eso yo me dije: «Vamos a darnos una vuelta por allá antes de que sea tarde, que alguno quedará para que me cuente y me escuche...».

En la calle ladraban los perros. Uno estaba muy cerca, a la entrada de la casa. Ladraba sin cansarse, insistente y agudamente.

—Aquella tierra, como digo —continuó el hombre—, es muy caliente. Esto —se palpaba la chaqueta de hilo— esto no se aguanta y sólo lo usan los señores en las ciudades. En el campo, no. En el campo...

El hombre de América recreaba su fábula. Y por primera vez creía en ella ahora que la veía dibujada en los rostros, ahora que la sentía derramada en los oídos de sus gentes.

—Allá se lucha mucho. Contra el calor y la tierra y los bichos que son enemigos del hombre. Cuando yo llegué allá...

El perro había dejado de ladrar. En la cocina sólo se oía la voz del hombre, elevándose sobre el silencio de los otros.

—Cuando yo llegué allá... Sería por el año...

Por primera vez, el hombre supo a qué había venido.

Voces amigas

El zumbido se hacía insoportable. Venía de muy lejos, por caminos extraños, y se albergaba, insistente, en algún rincón del viejo Telefunken. Se oscurecía a ratos el sonido y la música huía del aparato. El zumbido se adueñaba de la habitación; conmovía imperceptiblemente las tazas chinas de la vitrina; buscaba las rendijas de separación entre los libros de la estantería.

Desde la mecedora, Luisa extiende la mano y gira el mando de la radio. Relampaguea el mensaje de las distintas emisoras. Música estimulante, arrevistada y marcial... Zumbido... Son tropical... Zumbido. Luisa detiene el girar de la mano. Bajo la quejumbrosa voz del cantor de moda, el irritante zumbido.

«Esta radio no marcha. A esta radio le pasa algo. Papá decía que una Telefunken no falla nunca. Pero papá fallaba algunas veces.»

A la mirada de Luisa, el padre sonrió desde el retrato, como otras veces.

«Papá se equivocó conmigo y también pudo equivocarse con la radio.»

El padre, asomado a la ventana dorada del marco, volvió a sonreír a Luisa. A su lado, la madre la contempló triste y misteriosa, como siempre. Luisa miró al balcón y olvidó el retrato.

«La pintura del balcón ya está agrietándose. Convendría pintar, ahora que llega la primavera. Esta primavera convendría pintar el balcón y el armario de la cocina y reformar un poco el traje de chaqueta gris.»

Las cinco campanadas de la radio llenaron la habitación. El locutor, pomposo y juvenil, anunció:

—Como todos los domingos, tengo el gusto de presentarles nuestro programa semanal: ¡¡¡Voces amigas!!!

La voz amiga de Frank Sinatra abrió la emisión. «Dedicado a Ana María, de J. M.», explicó el locutor. La voz de Frank Sinatra acarició los libros, el retrato y las tazas de china. Luisa inmovilizó su mecedora y escuchó.

«Es difícil traducir las palabras. Canta despacio, pero es difícil. Cuando hablan es distinto, pero cuando cantan... En el colegio, gracias a que teníamos escrita la letra de los cantos... *land where our fathers died...*, tierra donde murieron nuestros padres... Se me está olvidando todo..., recuerdo sólo trozos de las canciones... Prepararé el té.»

La nueva canción —dedicada a J. M., de Ana María— acunó la mecedora vacía, que se movía rítmicamente.

Al entrar con la bandeja en la mano, Luisa aguzó el oído.

«Charles Trenet o Leclerc. Creo que es Trenet. Este zumbido es horrible. Estropea la música. ¿Dónde dejé el libro?... La mesa... La mantequilla está un poco rancia...»

Ahora, los ojos de los padres, desde el retrato, están fijos sobre la nuca gris de Luisa, sentada en la butaca del balcón, al lado de la mesita.

«Hay que pintar estas maderas. De verde.» Las acacias de la calle ocultan exactamente la mitad de un escudo esmaltado en el balcón de enfrente: «Embajada de...».

—Una tarde muy tranquila, señor Díaz. Descansé, oí la radio y leí una novela.

El cuello blanco, alto y ceñido del traje impide a Luisa mover la cabeza con soltura. Entorna los ojos y examina el jarrón de flores, ante ella.

«Los gladiolos, demasiado altos. Los gladiolos... Ahora un rosa fuerte... Otra vez esa puerta. Todavía hace frío.»

—Todavía hace frío, señor Díaz. Ya no es tan insoportable, pero si no cuidamos esa corriente... Sí, hay que acercar las cestas al escaparate.

Los tulipanes se asoman a la calle, apretados, distribuidos armoniosamente en una escala de colores.

—Tulipanes amarillos. Sí, señora. Al hotel, señora.

Por la puerta abierta de la tienda y a través del cristal del escaparate, el sol proyecta un rectángulo de luz blanca. Luisa sale del mostrador.

«Todavía hace frío. Pero los pies ya resisten. Las manos, no; las manos agradecen el sol.»

En los anchos jarrones de cristal verde, los tulipanes se doblan graciosamente.

—Tulipanes; sí, señor.

La piel del cuello aprisionado se desborda en arrugas sobre la tela ceñidora. Luisa sonríe.

—Con las manos al sol, señor Díaz. Se está acabando lo malo. Acuérdese de esa puerta en enero... y de estas manos.

Luisa se inclinó, cogió un tulipán rojo y lo cambió de sitio para colocarlo al lado de uno blanco.

El papel azul, surcado de tiras blancas, había quedado sobre la vitrina de las tazas de china. Luisa lo recogió, lo leyó otra vez —«Felicidades. Abrazos. Tus hermanos, Luis, Charo»— y lo dobló. Luego lo metió entre las páginas del libro.

Por el balcón abierto, de maderas verde hoja, entra el sol vivo de mayo. Luisa cierra a medias el balcón. Va hacia la mecedora y se sienta. Extiende la mano hacia el viejo Telefunken. Lo enciende. Después de un momento, la voz se acerca entre zumbidos, desde una distancia incalculable. La voz llega, se agiganta, se apodera del silencio. Luisa ha cerrado los ojos.

«He esperado lo justo... Ya está aquí.»

El locutor, jovial e importante, grita al anunciar:

—... nuestro programa semanal... ¡¡¡Voces amigas!!!

Las manos de Luisa sostienen el libro y tiemblan un poco.

«Ahora. Será lo primero, estoy segura.»

Empieza la música, triste y lejana, como fondo a la voz que sigue hablando.

—A Luisa, en su cumpleaños, de Antonio.

Luisa tiene los ojos cerrados y siente que un rubor intenso sube quemándole la piel de la garganta, bajo el cuello alto y ceñido. El rubor llega a los ojos, a la frente.

«Si Antonio lo oyera, Antonio sabría... Soy muy absurda.»

La música llega lejana y pura, sin zumbidos.

«Antonio no sabría, ahora. Antonio supo hace veinte años que yo era absurda cuando recibió aquella carta tan fuera de lugar... y, luego, cuando no quise saber nada de la carta ni de él... Papá me tenía demasiado mimada...»

El zumbido se acerca con el final de la música. Las manos de Luisa no tiemblan ya.

«Ahora, la canción.»

—Para Luisa, de Santiago.

Las manos de Luisa se aferran a los brazos rígidos de la mecedora. Las uñas largas, cuidadosamente esmaltadas, arañan el barniz pardo de la madera.

«La canción de hace diez años... Ya sé, papá, que una señorita a los treinta años, si ha recibido una buena educación... Santiago es un desastre..., no se puede confiar en él... Es mejor quedarse sola que vivir siempre con el alma en un hilo... Y los hijos. ¿Te imaginas, papá, cómo serían los hijos de Santiago?»

—Tercero y último disco dedicado a Luisa en el día de su cumpleaños; con afecto, Díaz.

Luisa apaga la radio antes de que empiece a sonar el nuevo disco.

«El señor Díaz nunca oye la radio los domingos. Prefiere charlar largamente con su mujer en la sobremesa... El señor Díaz pasará el domingo con sus niños en aquel cuarto tan alegre, que da al parque... Señorita Luisa, ¿qué tal pasó usted la tarde del domingo?... Muy bien, señor Díaz... Fue mi cumpleaños. Cuarenta, sólo cuarenta... Me dediqué a mí misma tres discos...; una broma, señor Díaz...»

Luisa casi sonríe. Va hacia el balcón. Lo abre. Las acacias ocultan del todo el escudo esmaltado del balcón de enfrente.

Zona verde

Solían sentarse todas las mañanas en el mismo banco del paseo principal, el tercero entrando por la glorieta grande. Primero llegaba el señor Pedro, lento, pesado, exponiendo al aire en invierno y en verano su cabeza grisnegra, destocada. Se sentaba en un extremo del banco y miraba el paseo. Miraba, también, las sombras redondas y movibles que se agitaban en el banco, hecho de un tronco de árbol, fresco en aquel momento del tacto de la noche.

Don Alberto madrugaba menos. Conservaba de sus años en el periódico la costumbre de trasnochar. Dormía mal. Necesitaba prolongar la noche en vela hasta límites de amanecida.

—No sabe usted lo que es dormirse cuando se empieza a ver la luz del día —decía al señor Pedro.

Y el señor Pedro no lo sabía, porque había pertenecido al batallón de los trabajadores madrugantes, y para él el amanecer era un estremecimiento diario, un recuerdo de sueño interrumpido, de tos y chapuzones de agua fría para espabilar.

Don Alberto llegaba al banco cuando ya hacía rato que el señor Pedro estaba sentado y pensativo, con las manos apoyadas en las rodillas, repuesto y descansado del paseo hasta el parque.

—Buenos días —decía don Alberto.

Y el señor Pedro tenía un sobresalto alegre.
—Buenos días.

Luego don Alberto se sentaba y le ofrecía el periódico de la mañana. El señor Pedro daba vueltas entre las manos al diario, pero no se decidía a extenderlo.

—¿Hay algo nuevo? —preguntaba.

—Nada, lo de siempre —contestaba don Alberto.

Y el periódico se quedaba doblado entre las manos del señor Pedro mientras los dos buscaban palabras para enhebrar una conversación.

En las mañanas de primavera, el parque era alegre. La yerba brillaba de humedad, los niños salían a jugar al recreo en el patio de la escuela cercana y sus gritos llegaban al paseo, victoriosos y unánimes. Además, se oían los silbidos de los trenes, porque el paseo se extendía estrecho y largo, pegado a las vías del ferrocarril. Los trenes de la mañana eran trenes de llegada y sus silbidos pidiendo entrada eran sonidos gratos, invitaciones a la esperanza.

—Oiga usted —decía el señor Pedro—, ¿por qué cambiará esto tanto por la tarde? Por la tarde está todo más oscuro y da como ahogos estar aquí.

El suave declive de pradera verde que descendía de las vías al parque fingiendo lomas campesinas, y el tren que aparecía a lo lejos dejando tras de sí un poco más bruñido el hierro de los raíles, devolvían al señor Pedro un tiempo brumoso ya, una infancia aldeana, olvidada y sin embargo presente en los gestos torpes, en la ropa despegada del cuerpo.

—Por la mañana, estar aquí es estar en el campo. Se respira más a gusto...

Don Alberto callaba un momento. Al fin, decía:

—No sé. A mí tanto aire puro me da como mareo...

Se echaba hacia atrás el sombrero gastado y entonces podía verse el cansancio de su cara, amarilla y grisácea, inequívocamente ciudadana.

—No sé —repitió—. A estas edades le cansa a uno todo.

El señor Pedro apoyaba las manos en las rodillas en un gesto favorito, y suspiraba. Enseguida, obedeciendo a una necesidad de optimismo, hacía girar el disco de la conversación, le daba la vuelta y la cara triste quedaba debajo, oculta. El señor Pedro buscaba palabras alegres, las ponía en marcha aceleradamente.

—Oiga, usted ya sabe que yo he trabajado siempre en la fundición. Bueno, pues fíjese en lo que voy a decirle. Se me estaba ocurriendo hace un momento, cuando se oía el exprés de Galicia. A mí, ¿sabe lo que me hubiera gustado ser? Maquinista. Ya ve qué cosas. Maquinista para andar siempre por ahí recorriendo kilómetros, de estación en estación. No se me ocurre oficio mejor. Me gusta eso por lo movido, por lo que se anda. Uno ha tenido que estar siempre amarrado...

Las sirenas de las fábricas llegaban al parque y el señor Pedro sentía que algo dentro de él descansaba. Algo que permanecía tenso hasta esa hora; algo como una imborrable conciencia vigilante.

Los niños, liberados con las sirenas, salían de la escuela. Muchos llegaban hasta el parque corriendo y el paseo se llenaba de gritos y delantales blancos.

Don Alberto no escuchaba las sirenas ni veía a los niños. Un chorrito de ambiciones pasadas le había llegado al cerebro después de las últimas palabras del señor Pedro.

—A mí —dijo de pronto— me hubiera gustado ser el director o el redactor jefe de uno de esos periódicos grandes, como no hay en España. Uno de esos periódicos que tiran millones de ejemplares, en Nueva York y sitios así.

Los niños, al llegar cerca del banco de los viejos, se detenían un poco temerosos. Daban la vuelta a pasitos y enseguida corrían de nuevo. Don Alberto estaba otra vez silencioso. El señor Pedro agitaba en sus manos el disco de la alegría, lo ofrecía a don Alberto con insistencia, desesperadamente.

—¡Qué le parece el respeto que nos tienen estos chicos! Los que no nos conocen, porque los nietos, ésos no le hacen a uno ni caso. Los míos son como diablos.

Don Alberto sonreía al fin, débil y condescendiente. Don Alberto no tenía nietos. Ni mujer. Vivía con una hija soltera, solterona, que le atendía en las horas que le dejaba libre la oficina.

—No necesito más —solía decir don Alberto—. Mucha familia, muchos disgustos.

Pero el señor Pedro no opinaba así.

—A nosotros, los viejos, nos hace falta la familia. La familia parece que le da a uno más vida.

Entonces los dos callaban y el fantasma de la familia cruzaba por sus mentes. La familia, incierta y lejana, por la que una vez se luchó, se comentó con los amigos en la taberna o el café, alegremente, poderosamente:

—No tiene uno más remedio que sacrificarse... La familia.

Y luego la familia se había deshecho; matrimonios, emigraciones, muertes; por fin, la soledad.

En algún rincón del parque habían florecido los espinos y una ráfaga de aire traía hasta ellos el aroma fresco y dulzón de las frágiles rosas silvestres. El señor Pedro respiró con fuerza. Don Alberto respiró lenta, contenidamente. Los niños habían desaparecido camino de sus casas, acuciados por la hora de regreso a la escuela. El señor Pedro dijo:

—Esto de los olores, ¡qué cosa! Le recuerda a uno tanto...

Don Alberto recogió el periódico doblado, abandonado en el banco, se lo acercó a la cara y sonrió por segunda vez en la mañana. Fue una sonrisa descolorida y blanda la suya.

—A mí me gusta el olor de la tinta cuando está fresca. Es lo mío...

El señor Pedro pensaba que lo suyo era otro olor negro y húmedo, el olor del carbón mojado, dispuesto en una masa compacta para ser lanzado a paladas en la boca del horno.

—¿Qué tendrá esto de los olores? —repitió—. Cuando uno los tiene a su lado no se da cuenta, y luego, cuando se dejan atrás...

Sobre las cabezas de los viejos caía, vertical, el sol del mediodía. El señor Pedro se pasó la mano por la fuerte cabeza desnuda. Don Alberto le dio un toque al sombrero, ajustándolo. Dijo:

—Calienta mucho. ¿Nos vamos despacito?

Se levantaron. Caminaron unos pasos sin hablar, uno al lado del otro. En lo alto, paralelas al paseo, las vías del tren brillaban casi blancas. Los árboles daban sombra a los lados del paseo y dejaban desamparado el centro. Los viejos caminaban bajo los árboles y por sus cabezas pasaban las sombras de las hojas, movibles y redondas. Unos hombres jóvenes regaban el declive cubierto de yerba. La yerba se abatía bajo el chorro de agua y se erguía luego, con nueva fuerza, esponjada y jubilosa. El señor Pedro se detuvo un momento. Sacó un pañuelo grande y se secó la frente sudorosa. Miró el agua que salía de la manga en un chorro impetuoso.

—Oiga —dijo—, ahora, con el calor, sólo de ver el agua y el campo mojado y estas cosas se queda uno como nuevo, ¿verdad?

Don Alberto asintió con la cabeza. Luego suspiró. El señor Pedro guardó su pañuelo en un bolsillo y los dos siguieron andando, paseo adelante.

Secano

—No quiero ir —dijo la niña.

—Ni yo —se apresuró a aclarar él.

—No pensaréis que voy a ir yo entonces —protestó la madre—. Vagos, inútiles. Sólo pensáis en jugar y en hacer maldades.

Los insultos, conocidos e ineficaces, aburrían a Diego. Saltó del escaño y dio, al pasar, un ligero empujón a Elisa.

—Venga la cesta —pidió—. Iré yo.

Cuando salió al camino se arrepintió de su debilidad. «Ella, ella tenía que haber venido», se dijo. Y miró con rabia hacia atrás, a la casa de adobe, que se encogía de calor y soledad entre el cielo y la tierra. Camino adelante el sol le perseguía, le golpeaba la rubia cabeza. A ambos lados, la tierra estaba cubierta de una áspera capa de espigas tajadas, resecas. La tierra era una gran hogaza resquebrajada. «De las que a madre se le queman en el horno», pensó Diego. Y un sabor agrio a corteza quemada y ceniza le llenó la boca.

El camino tenía un lejano fin: una fortaleza cuadrangular por encima de cuyas altas tapias sobresalían verdes copas de árboles. Diego se detuvo a contemplarla, a calcular el esfuerzo necesario para llegar hasta ella. Por el cielo blanco, muy alto, se oyó el ronquido de un avión. «Se van a asar tan altos, tan cerca del sol», pensó Diego. Y protegió sus ojos con la mano para mirar hacia arriba. El avión era pequeño, como una mosca de alas brillantes, que zumbaba y zumbaba.

Diego siguió andando y las piedras punzantes le hirieron con nueva fuerza los pies. Las sienes le reventaban de sofoco cuando alcanzó la puerta de la finca, del oasis; de lo que era, desde la casa de adobe un constante espejismo.

—Tu padre no anda por aquí. Da la vuelta a la casa y entra por la puerta de atrás. Le encontrarás cavando al lado del estanque.

Diego sostenía la cesta con las dos manos y miraba atónito al casero de la finca. Su padre siempre solía andar por allí, a la entrada de la casa, en el pajar, en la cuadra. Diego no había visto nunca de cerca la casa grande, al fondo, y mucho menos lo que había a espaldas de la casa grande.

—Vete por ahí, si no; todo derecho. Así no tienes que salir al sol.

Los árboles de la finca eran muy altos y la tierra que Diego pisaba rezumaba humedad. Los árboles tenían fruta madura y fruta verde: cerezas y ciruelas coloreadas y manzanas y peras, todavía pequeñas. Pero Diego sólo sentía la humedad. Hubiera deseado quitarse las alpargatas y caminar por el suelo fresco, liso, blando.

La cabeza se le enfrió poco a poco, las sienes no le latían ya con la misma violencia. Diego envidió a su padre por trabajar allí. Diego hubiera querido ser como su padre para tener derecho a la sombra, a la respiración humedecida y fácil.

A espaldas de la casa grande estaban el jardín y el estanque. Diego vio a su padre inclinado sobre un parterre y le llamó. Enseguida vio a los otros y se arrepintió de haberle llamado. Eran dos mujeres morenas y un hombre rubio. Estaban sentados en el borde del estanque y apenas llevaban ropa encima. Diego miró al agua y comprendió. Se estaban bañando. Su padre ya le había visto y le reclamaba con urgencia.

—Acércate, chaval. ¿Ya son las doce? ¡Cómo pasa el tiempo!

Diego se acercó despacio y entregó la cesta a su padre. Deseaba mirar otra vez el estanque lleno de agua y a las personas desconocidas que se sentaban a su borde, con las piernas colgando hacia dentro.

Su padre le devolvió la cesta y le indicó un cobertizo cercano, adosado a la tapia.

—Métete ahí, chico, que allá vamos nosotros enseguida. Descansa un poco del camino antes de comer.

El cobertizo no tenía ventanas, estaba oscuro y fresquísimo. Había herramientas para trabajar la huerta, carretillas, un sillón de mimbre estropeado. Diego se sentó en el suelo y se quitó las alpargatas. «Desde afuera no me verán», pensó. Frotó los pies contra el cemento del suelo. No se atrevía a echarse. Además, sentado podía ver mejor lo que sucedía. Las mujeres y el hombre del estanque gritaban animándose a entrar en el agua. Al fin, una mujer, la más baja, se tiró de cabeza. El agua salpicó tan lejos, que casi alcanzó la puerta del cobertizo. La mujer alta y el hombre rubio aplaudían y se reían. Luego, los dos se decidieron y se tiraron, también, casi a la vez.

Desde el oscuro fondo del cobertizo, Diego los contemplaba. Bajo el monillo azul la carne sudada se le había quedado fría, pero sentía muy seca la garganta.

—Aquí estamos —dijo el padre.

Y el hueco de la puerta se llenó con la figura grande, conocida. Después entraron otros dos hombres, jornaleros también de la finca.

—¿Qué hay, chico? ¿Mucha hambre?

—¿Quieres un trago de agua?

Los dos eran cariñosos y le gastaban bromas cuando venía con la comida del padre. Se pasaba bien con ellos. Lo malo era el camino, el sol, las piedras, el sudor.

—¿Qué tal llevas lo de esta parte? —le preguntó uno al padre.

—Bien. Tengo sólo para dos días —contestó.

—Luego otra vez a comer al pajar, ¿eh?

—Sí. Y allí no está tan fresco... Vosotros todavía tenéis para un poco más de tiempo por acá. A lo mejor vengo a acompañaros estos días que os quedan.

Los tres hombres se pusieron a comer, sentados en el suelo. Diego se sentó al lado de su padre y fue recibiendo un poco de cada cosa: cecina y pan; chorizo y pan; pan.

Mientras comían guardaron silencio. Luego, uno de los hombres, que miraba al estanque, dijo algo en voz baja al otro. El otro rió. El padre quiso enterarse. El otro repitió en voz baja las palabras que le habían hecho reír. El padre también rió. Diego no quiso preguntar. Los tres hombres miraban hacia fuera, hacia las bañistas, y los ojos les brillaban. «Parecen gatos», pensó Diego. «Les brillan los ojos como a los gatos de noche.» Él también miró hacia el estanque y la boca se le resecó de nuevo al ver tanta agua junta.

—Dame agua, padre —pidió.

El padre le alargó el botijo. Diego bebió un trago grande, pero su sed no se calmó.

Después de comer, los hombres se echaron a dormir la siesta. El padre le dijo:

—Tú, échate también un poco, antes de marchar a casa. Así irás más descansado.

Diego se echó cerca de la puerta. Los hombres no dormían todavía. Cuchicheaban. Diego sabía que hablaban de los que estaban dentro del estanque chapuzando, jugando, dando gritos. Decían cosas que les hacían reír y que él no debía oír seguramente. Cosas que adivinaba propias de chicos mayores, de los chicos del pueblo, los domingos en el baile, cuando hablaban en grupo de las chicas que bailaban entre ellas, preparando el ambiente. A Diego no le importaba mucho lo que pudieran decir los hombres, porque estaba obsesionado con el agua del estanque. La sed le había vuelto con más intensidad y gozaba imaginando que él también estaba allí, dentro del agua recogida en la gran pila de cemento, metiéndose de cabeza bajo la superficie líquida, tragando agua al jugar, recibiendo en todo el sudado cuerpo la sacudida cosquilleante del agua.

En el camino de vuelta, Diego sufrió un espejismo verdadero. La casa de adobe no era una casa, era un estanque de cemento en el que saltaba el agua, impulsada por los brazos y las piernas de un montón de chiquillos...

Los padres dormían. Elisa dormía. El adobe de la casa estaba un poco más cocido después del calor del día. Diego empujó la puerta, que ninguna noche se cerraba, y salió al camino.

La luna estaba sobre su cabeza, exactamente en el lugar en que había zumbado el avión aquella mañana, negro y brillante como una mosca de alas metálicas. El final del camino era una masa oscura y Diego sintió miedo. Miró atrás, a la casa de adobe, protectora y humilde, agazapada entre el cielo y la tierra; la miró con amor y quiso volverse atrás, pero algo —la garganta reseca, la piel polvorienta y sudada de todo un día de fuego, el recuerdo de la tierra húmeda del paseo— le hizo seguir.

Cuando llegó al pie de la tapia, se detuvo. Los perros no ladraron y Diego caminó bordeando la finca, en busca de la puertecilla trasera. Una vez frente a ella, la luna le hizo ver hasta qué punto era difícil todo. La tapia era de ladrillo y de vez en cuando quedaba algún saliente, algún agujero en el que apoyar el pie. Pero la tapia era alta y existía el peligro de resbalar y darse un buen golpe. Diego volvió a sentir miedo y pensó que hubiera sido mejor no venir. En casa todavía quedaba agua, transportada cada mañana desde allí en un gran botijo; agua calculada de modo que durase veinticuatro horas: para hacer la comida, para beber, para remojarse la cara y las muñecas. Podía haber echado un trago largo del botijo y luego, con lo que quedara, haberse frotado la piel. Quizá hubiera sido suficiente para hacer desaparecer aquella obsesión, aquel angustioso, vegetal deseo de humedad que durante todo el día le invadía. Diego volvió a pensar en la mañana, las mujeres y el hombre felices, jubilosos, mojados. No dudó más. Aferrándose al primer saliente de ladrillo empezó la ascensión. A cada palmo vencido se detenía y respiraba fuerte.

La garganta le dolía de tan seca. En lo alto se sentó, apoyándose apenas en el tejadillo de la tapia, y miró hacia abajo. «Si hubiera traído una cuerda —pensó— y la hubiera atado aquí a lo alto...». No supo cómo llegó al suelo, pero allí estaba, al fin, cerca del gran estanque silencioso, cerca del agua conquistada. Los perros no ladraban. Se quitó el mono deprisa. Subió de un salto al borde del estanque. El nivel del agua había descendido mucho. Seguramente habían regado los árboles por la tarde. «Mejor así. Me cubrirá menos», pensó Diego. Saltó al agua. Al principio el frío le hizo estremecerse. Pero fue sólo al principio. Luego ocurrió lo contrario: estaban más calientes las piernas dentro del agua que el resto del cuerpo fuera. Los perros no ladraban, pero Diego tenía prisa. Se echó violentamente y el ruido de su cuerpo al chocar con el agua le sorprendió. Por un momento permaneció quieto, comprobando, por primera vez, la alegría del agua envolviendo su cuerpo; sintiéndose, por vez primera, isla batida por el agua y, sin embargo, firme y victoriosa en su solidez. Quiso imaginar un río. El padre hablaba mucho de ríos. En el pueblo del padre había dos: uno muy pequeño, que no servía ni para lavarse los pies, y otro muy grande, tanto, que no se podían bañar en él más que los mozos.

Diego se movió un poco en el agua, estiró las piernas, se sentó, apoyándose con las manos en el suelo blanduzco del estanque. Diego pensó: «Da gusto bañarse aquí. ¡Qué suerte tener este estanque para uno todos los días del verano!». El agua le resbalaba por el cuerpo, le abrazaba móvil y huidiza. «Si fuera mío el estanque, daría brincos y jugaría con el agua; pero así no, porque me van a oír...»

Los perros ladraron. Diego contuvo el aliento y el movimiento de cada parte del cuerpo. Los perros volvieron a ladrar. Una voz los aquietó. Por el paseo de la tierra húmeda, bajo los árboles, se acercaban la voz y los gruñidos de los perros. Diego pensó: «¿Qué haré? ¿Me quedaré aquí o saldré para esconderme en algún sitio? Si estuviera abierta la caseta de esta mañana...». La voz se acercó más. Gritó:

—¡Quietos!... —y luego—: ¿Quién anda ahí? ¡Que salga quien sea o disparo!

Diego tuvo mucho miedo y siguió quieto en el agua. Los gruñidos habían cesado. La voz no volvió a repetir su pregunta. Todo estaba en silencio. Diego permaneció inmóvil durante unos minutos. El agua y el miedo le hacían temblar. Poco a poco la necesidad de salir se le fue haciendo irresistible. Se incorporó lentamente. El silencio, afuera, continuaba. Se aferró a los bordes del estanque y saltó a tierra. El monillo había quedado en el suelo convertido en un rebujón oscuro e informe. Diego se vistió apresuradamente mientras miraba el paseo de los árboles. Sintió que el agua le chorreaba por la cara, cuerpo abajo, mojándole la ropa. Las alpargatas empapadas le pesaron al intentar andar. A pasos vacilantes se fue acercando a la tapia.

—Chico, espérate ahí —gritó el casero. Y los perros, excitados por la voz humana, ladraron fuertemente.

Diego temblaba de frío y de terror, esperaba que el casero avanzase, que le mordiesen los perros. El casero se aproximó, saliendo de las sombras. No llevaba escopeta, ni nada, en las manos.

—¿Qué haces aquí, chico? Venías a robar fruta, ¿verdad? ¡Acércate!

Diego se acercó. El casero sujetaba a los perros. Le cogió del pescuezo mojado. Diego quiso explicarle:

—No, no. Vine a otra cosa... Vine al estanque...

El casero no escuchaba. Insistía:

—A robar fruta. Ya se lo diré a tu padre. Y no te doy una paliza de muerte por él, sólo por él.

Ahora la puertecilla trasera se abría ante sus paralizados pies. No sería necesario escalar la tapia de nuevo. Los perros no ladraban, pero se movían inquietos. El casero tenía las manos vacías; ni escopeta, ni nada. Las manos del casero empujaron a Diego por la espalda.

—¡Hala, hala, que no se vuelva a repetir!

El camino estaba regado de piedras sueltas, erizado de piedras clavadas en la tierra. La luna, exactamente sobre la cabeza de Diego, contorneaba al final del camino la casa de adobes, el montón de polvo reseco y prensado.

Diego caminó despacio, sin miedo, sin prisa, sin cansancio. La piel de Diego estaba fresca.

El cuarto oscuro

Al entrar, un tufo frío se aplastaba contra el rostro del cliente, endureciendo el olfato, pegándose a los labios como un moho que daba dentera y náusea. Era una taberna húmeda, enemiga, que no llegaba a calentarse en ningún momento del día con la presencia de la gente, con el temple de sus voces. Tenía algo de buhardilla, algo de sótano, deshabitados desde hace mucho tiempo, pero en los que quedaba la huella más triste del paso del hombre: humo estratificado de tabaco, olor de vino agrio.

Jacinto Ruiz conocía la tristeza de su taberna; por eso solamente abría por la mañana y un rato al atardecer, y recibía con el agradecimiento de sus ojos acuosos, siempre como emergiendo de un reciente llanto, a sus escasos clientes.

Los clientes eran seres raros. Parecían preferir la desolada atmósfera de la taberna de Jacinto a la tumultuosa alegría de otros establecimientos cercanos. Se sentaban en torno a la única mesa que había en el local o se apoyaban como vencidos en el mostrador y conversaban largamente. Jacinto les contemplaba.

Les contemplaba. A veces les oía hablar de injusticias y no le extrañaba, porque eran gente joven. Otras veces hacían proyectos, golpeaban, impacientes, la mesa o el mostrador con sus vasos de vino, y los círculos húmedos se multiplicaban sobre la madera en confusa cadena.

Jacinto les escuchaba, pero nunca se hubiera permitido intervenir con un comentario o una opinión. También solía suceder que el rumor de la charla le adormeciese, y sólo le volvía a la realidad el ruido de las sillas, cuando los clientes se levantaban para marcharse, o los adioses de las despedidas.

Bebían vino blanco, malo, que era lo único que Jacinto despachaba. Probablemente, tampoco hubieran bebido otra cosa, aunque hubiesen estado llenas las botellas que adornaban los estantes: coñac, ginebra, vermut, jerez. Tenían poco dinero y no siempre pagaban el vino que tomaban. Más de una vez se acercó uno de ellos al mostrador para decirle:

—Esto, de mi cuenta, Jacinto. Para mañana, ¿le da igual?

Aquéllos eran los verdaderos clientes. Había, además, clientes de un día: gentes que pedían cerveza o vino tinto y se desconcertaban cuando Jacinto les ofrecía su vino blanco. Miraban a su alrededor, un poco asustados por la oscura amenaza de las paredes, revestidas de arpillera hasta cerca del techo. Procuraban beber deprisa el vino de Jacinto y salían preocupados, como quien se ha metido en un lugar equivocado y no ha aclarado la situación.

Por rutina, Jacinto Ruiz abría más temprano los domingos. «Por rutina», se dijo aquella tarde. Porque estaba seguro de que nada nuevo ocurriría.

Al levantar las trampas, el olor rancio de la taberna le sobó la cara, pero hacía frío y no quiso dejar la puerta abierta. En el suelo había colillas, palillos rotos, polvo. Jacinto pensó en barrer y una gran pereza le invadió. Fue a cobijarse tras el mostrador y miró al techo para olvidar la suciedad del suelo. En el techo, la humedad había ennegrecido los desconchados de la cal. «Eso no se puede limpiar», pensó Jacinto. Y sintió alivio.

De la calle entraba una luz tenue y angustiosa. A una distancia de dos o tres casas lloraba un niño. Jacinto echó el cuerpo sobre el mostrador y escondió la cabeza entre las manos.

Al atardecer llegaron dos de los clientes. Pidieron unos vasos. Preguntaron:

—¿No han venido los otros?

—No —dijo Jacinto.

Parecían cansados o tristes. O, como él mismo, agobiados por el peso del domingo. «Los domingos dan como pena y sueño», pensó.

Se veía que hacían esfuerzos por iniciar conversaciones que decaían antes de alcanzar el necesario nivel de interés y entusiasmo. Cuando se abrió la puerta, los dos miraron aburridamente. La niña entró decidida y alegre, esgrimiendo su botella. Se subió a la barra y se sujetó al mostrador con las dos manos. Luego dejó caer el cuerpo hacia atrás, balanceándose.

—Ha dicho papá que me dé la botella llena.

Jacinto sonrió a la niña.

—¿Y tu hermana?

La pequeña agitó la cabeza y el rubio flequillo se le abrió en abanico.

—No sé; estará jugando.

Los dos clientes observaban la escena. Jacinto se sintió charlatán. Como estaban callados, se dirigió a ellos:

—Va a ser una gran artista —dijo, señalando con un gesto a la niña—. Gente de circo —explicó—. Viven en la pensión de arriba. El padre es malabarista y ella quiere ser trapecista, como la madre.

La niña seguía balanceándose en la barra. Era tan pequeña, que ni aun así, subida a la barra, sobresalía del mostrador. Escuchaba tranquilamente las explicaciones del tabernero. Jacinto le preguntó:

—¿Y tu hermana? ¿Sabe ya lo que quiere ser?

La niña se encogió de hombros.

—No sé. Lo quiere todo. Quiere elefantes, quiere tigres. También quiere ser bailarina o monja.

Los clientes sonrieron. La niña cogió la botella de manos del tabernero. Dijo adiós desde la puerta.

La taberna quedó en silencio. Por el cristal del escaparate, vacío de toda muestra, entraba una luz cenicienta. Continuaba el llanto de niño en la calle.

Uno de los clientes se levantó y salió. Volvió al poco rato con un puñado de cigarrillos envueltos en papel amarillo. Jacinto sabía que los había comprado a la mujer de la esquina, que vendía, además, caramelos y cerillas, que estaría arropada en su mantón, contenta porque el domingo traía un aumento a su pequeño negocio.

Parecía que los cigarrillos encendidos caldeaban la taberna. Jacinto no fumaba, pero pensó que el tabaco daba alegría y animaba a hablar. El cliente que había salido a buscar el tabaco empezó a contar al otro cómo los niños se habían pasado la tarde encendiendo hogueras al lado del río, alimentándolas con las hojas secas de los árboles; hogueras en círculo que luego se dedicaban a saltar.

Jacinto les escuchaba distraídamente y al principio no pudo comprender por qué se levantaban, retirando las sillas apresurados, mirando al suelo. Cuando lo vio acababa de colarse bajo la mal ajustada puerta del retrete. Era un ratoncillo que había atravesado la taberna, pasando entre los pies de los clientes.

Jacinto se excitó. Salió de detrás del mostrador.

—¡Buen susto! Si me pasa a mí, me muero.

Los clientes le miraban sonriendo, un poco avergonzados de no haber sabido controlar su anterior reacción. Jacinto tenía necesidad de hablar, de ser escuchado.

—Siempre he pasado mucho miedo —confesó.

La bombilla daba una luz alta y débil y la noche, entrando por el escaparate, se aliaba con la oscuridad del interior. En la frente de Jacinto Ruiz nacieron arrugas de recuerdo y preocupación. Estaba de pie, junto a la mesa, con las manos cogidas en la espalda, y el atento silencio de los clientes le animaba a seguir hablando.

—De pequeño pasé mucho miedo. En mi casa había ratones, y de noche les oíamos roer mi hermana y yo. Nos tapábamos con las mantas y nos dormíamos así, medio asfixiados. Luego, de mayor, también pasé mucho miedo...

Los clientes le acercaron una silla y se sentó.

—De mayor, también —continuó—. Una vez, un amigo que tenía muy buen humor me gastó una broma. Habíamos ido a pasar el día al campo, por aquí cerca, y al volver, él venía detrás de mí por un camino estrecho. No se le ocurre otra cosa que coger un poco de hierba mojada y acercármela al cuello. Me pareció aquello la lengua de un animal. Oiga usted, cogí tal susto, que me tiré al suelo y me puse la cara y las manos perdidas... No le volví a hablar a aquel amigo. No le perdoné, aunque me pidió perdón muchas veces. Y bien lo sentí no perdonarle, porque le mataron en la guerra...

Los clientes fumaban los últimos cigarrillos. Con su somnolienta quietud le animaban a seguir. Jacinto iba extendiendo su miedo por las sombras de la taberna.

—En la guerra pasaba cada cosa... A mi mujer y a los chicos les pilló en un pueblo cerca de aquí, con unos parientes, y estuve seis meses sin aparecer por allí de miedo, porque todos los días se preparaba algún sabotaje al coche de línea. Cuando pudieron, vinieron ellos.

La cara de Jacinto se relajaba con la confesión.

—Siempre he tenido miedo. Menos mal que aquí no hay broncas, porque hay cada bar...

Los dos clientes dejaron de fumar. Esperaron la próxima frase del tabernero. Pero Jacinto se levantó limpio y sereno, y a la vez lejano, como al principio de la tarde, como otros días. Se metió detrás del mostrador y esperó con los codos apoyados en la sucia madera. Los clientes dieron las buenas noches y salieron.

Al quedar solo, Jacinto retiró los dos vasos de la mesa. Los enjuagó cuidadosamente en la pila de zinc y se secó enseguida las manos. El paño estaba mojado y Jacinto tuvo que sacar el pañuelo para absorber la humedad de la piel.

De lo alto de la calle se acercaba el canto desacompasado de un grupo de borrachos. Jacinto cogió apresuradamente el abrigo, colgado de un clavo en la pared de los estantes. Apagó la luz y echó las trampas. Ya en la calle, se metió las mangas del abrigo y caminó. Los borrachos se acercaban por la misma acera. Cuando llegaron a su altura, Jacinto bajó a la calzada, esquivándolos. Los hombres pasaron sin advertirle. Jacinto siguió andando con las manos en los bolsillos, pegado a las paredes de las casas.

A la vuelta de la esquina había un bar lleno de luces. Los cristales de las puertas estaban cubiertos de anuncios tentadores, escritos en blanco de España: «Tapas variadas». «Pida nuestro legítimo montilla.» «Calamares y gambas.» «Hay cerveza.»

Al abrir la puerta, Jacinto Ruiz sintió una ráfaga de aire caliente y espeso, cargado de olores, acariciándole la frente, la nariz, la boca. Miró con sus ojos llorosos la aglomeración de clientes y sonrió.

A ninguna parte

Por la mañana solía estar triste. Al mediodía empezaba a animarse y alcanzaba la tarde casi gozoso. Un incendio de exaltación le quemaba los ojos al anochecer, cuando, vigilante y ansioso, esperaba que de las cosas irradiase algo mágico.

Tenía diecisiete años. Se llamaba Eugenio. Vivía en una calle céntrica de un barrio suburbano.

Por la mañana bajaba a la tienda de su padre y le ayudaba a vender kilos de sal y de patatas; a sisar gramos de azúcar, centilitros de aceite. La urgencia de las mujeres repiqueteaba en el mostrador y sus protestas empañaban el cristal de la báscula.

—Señor Luis, no me dé esa porquería.

—Señor Luis, mañana le pagaré la cuenta de la semana.

—Señor Luis, no nos robe tan descaradamente, hombre. ¿Me quiere cobrar el tazón a precio de escabeche?

—Señor Luis...

Los chillidos de las mujeres entristecían la mañana de Eugenio, y la contemplación de la escuela, al otro lado de la calle, le producía desazón.

A las diez de la mañana salen los niños al recreo y llenan el patio de un revoloteo blanco de delantales y frío.

Los niños se mueven ordenada, concienzudamente, entre los árboles raquíticos y deshojados del patio-jardín.

Eugenio contempla sus juegos a través de un círculo transparente que ha hecho borrando la niebla del cristal. Eugenio siente el frío en sus piernas, que le parecen de pronto desnudas, despojadas de los pantalones largos, al aire del patio como las de los niños que juegan. Diciembre y enero eran lo peor, recuerda. En los recreos de diciembre y enero, Daniel se las arreglaba para quedarse castigado y solo en la clase.

—Eugenio, alcánzame ese bote.
—Eugenio, no te quedes pasmado, que es para hoy.
—Eugenio, dale a ésta chocolate de La Ermita.

Cuando los niños abandonan la escuela, en torno a los árboles blanqueados de hielo hay pieles de naranja.

—Anda ya, echa el cierre, que vamos a comer.

Eugenio entra en la tarde con el paso de la libertad. Cuelga tras de la puerta de la cocina el guardapolvos gris; saca del armario de luna de los padres un traje. Al salir dice adiós a la madre y a la hermana, que se disponen a bajar a la tienda. Saluda con la mano al padre, que asoma medio cuerpo rígido por encima del mostrador.

Eugenio monta en el tranvía y sube a la ciudad.

La tarde iba creciendo entre Daniel y él, iba resbalando por el pupitre de la academia, se iba gastando en palabras oídas a los profesores, en palabras pronunciadas para los profesores. La última era la lección de inglés —tinta, tintero, zapato, zapatero— y siempre salían hablando de ella.

—Te digo que el inglés es imprescindible. Que sin inglés no vas hoy a ninguna parte —afirmaba Daniel.

Y Eugenio cabeceaba asintiendo.

Los luminosos de los grandes comercios inauguraban la noche. Los coches se multiplicaban. Las gentes apresuraban el paso y Eugenio y Daniel frenaban el suyo, le imprimían ritmo de paseo. Eugenio tenía una sensación de final de viaje, de arribada feliz a una meta firme.

—... no vas a ninguna parte —repetía Daniel.

En las agencias de viajes, aviones milagrosamente sostenidos surcaban el cielo de los escaparates. Eugenio se detenía ante ellos y elaboraba rutas exóticas por los mapas de los continentes. Daniel miraba al suelo. Daniel desdeñaba el vuelo fingido y esgrimía cazurramente su argumento cotidiano:

—Sin el inglés, imposible... No te sale nada, ni vales nada, ni vas a nada.

El estribillo se introducía en el sueño de Eugenio, anidaba en él. Se apartaba con esfuerzo del escaparate.

—Tienes razón —decía—. El inglés es muy importante. Para conseguir trabajos, para viajar...

Los aviones plateados giraban como el mundo; seguían en el espacio las huellas nocturnas del mundo.

El anuncio le pertenecía. Era una llamada especialmente redactada para él, que no podía compartir con nadie, ni siquiera con Daniel. El anuncio tenía rasgos familiares y Eugenio tuvo la seguridad de que podría leerse en alguna de las rayas de su mano. Era un anuncio simple de los que a diario redacta el Destino:

«Necesítase persona iniciada lengua inglesa.»

Eugenio se reconoció. Los vocabularios de veintisiete lecciones le vinieron ordenadamente a la cabeza. Tinta, tintero, zapato, zapatero.

«Trabajo fácil, bien remunerado.»

«El comienzo del viaje —pensó Eugenio—. El comienzo de todo lo que deseo y necesito».

«Informarán de tres a cuatro de la tarde.»

A las tres de la tarde, la calle vivía una tregua de silencio y vacío. Eugenio caminaba despacio bajo el sol picante de abril. Se detuvo ante el escaparate de una mantequería cerrada. La contemplación del queso gigante, las flores, el papel de celofán de las bolsitas de arroz, le hizo despreciar la imagen de su propia tienda, pequeña y sucia, mal iluminada, oliendo siempre a boquerones en vinagre y a especias arranciadas.

«... de tres a cuatro de la tarde, en el hotel...»

Al final de la calle estaba el hotel. Una gran puerta y una fila de coches aparcados ante ella.

«... apartamento seis...»

Sin saber cómo se sintió sumergido a un tiempo en el terciopelo del diván y en la cálida ola de palabras extrañas. La mujer le miraba, reclamaba seguramente su respuesta. Eugenio escuchaba a la mujer, y la ola de su charla le golpeaba, le abatía, le ahogaba, inmovilizándole en el blando asiento. Cuando entró el hombre y habló en español, Eugenio sintió que las olas se retiraban.

—Una persona joven como usted nos parece muy bien. Usted sabe un poco de inglés, ¿no es cierto?

Eugenio respiró hondamente. Vaciló antes de contestar:

—Sí.

—Es un trabajo fácil, bien pagado. Dos horas diarias cada tarde. Se trata de que usted vaya con el chófer hasta las afueras, acompañando en el coche a nuestro perro, y una vez allí, en el campo, se dedique a pasear un rato con él, jugar, hacerle correr..., ya sabe. En cuanto a los honorarios, si le parece bien, yo había pensado...

Había una chimenea encendida en el salón y Eugenio pensó que era absurdo mantener aquel fuego a las tres de una tarde de abril. Eugenio contempló un momento la chimenea y luego alzó la vista hacia el hombre.

—No; creo que no sabré, que no podré... Yo creí... Yo no entendí bien el anuncio...

Dijo, y el fuego de la chimenea le encendió el rostro.

Cuando salió del hotel, el sol sacaba brillo al asfalto desierto. Eugenio miró a la calle, que se abría esperando sus pasos.

Una calle silenciosa, deshabitada, hostil. Eugenio miró a la calle y sintió miedo porque no sabía a dónde ir.

Transbordo en Sol

Con la nariz pegada al cristal, Carlos intenta descubrir misterios en el túnel. Entreví sólo la pared negra y cercana, el centelleo fugaz de los raíles de enfrente, iluminados por las luces del tren que pasa. Ahora, enseguida, está Sol. Es estupendo ir en el primer vagón, porque las estaciones se vienen encima de pronto, con sus dos filas de luces. Y parece que el tren va a tragarse las luces y los andenes.

—Carlitos, ven aquí que ya estamos en Sol.

Otilia, la criada, empieza a abrirse paso entre la gente. El tren está parándose. Carlos despega la nariz helada del cristal, pero no se decide a salir. Acaba de darse cuenta de que allí enfrente sucede algo. Hay un tren parado y vacío. Hay mucha gente en el andén que se agita, apretada, mirando a la vía. Abajo, en la vía, hay cinco hombres del Metro con gorras azules, que rodean alguna cosa. No se puede ver qué es. Carlos vuelve a pegar la nariz, pero una mano le arranca bruscamente del cristal, cogiéndole del brazo.

—¿Estás dormido, niño? Vamos...

La gente ya entra y Otilia tiene que iniciar un nuevo forcejeo mientras arrastra al niño tras de sí, cogido de la mano. Al fin se ven libres fuera del tren y se dirigen hacia su Correspondencia. Al pasar junto al puesto de mando del andén, empotrado en el arco de la pared, ven un grupo de empleados y viajeros, detrás unos de la mampara de cristal, y delante los otros. Hablan a voces, apresurados y gesticulantes.

—Ha sido ahí enfrente, en el tren de Ventas. Yo la vi tirarse. Estaba apoyada en el borde del túnel y...

Otilia se acerca a enterarse de lo que pasa. Carlos escucha, con los ojos muy abiertos, la respuesta del hombre del Metro que está dentro, al pie del teléfono:

—Una mujer, que se ha tirado al de Ventas.

Otilia no ha soltado a Carlos de la mano y le hace girar con rapidez.

—Vamos un momento a ver, Carlitos.

Dan una carrera por el andén, en dirección contraria a la del transbordo. Salen a los pasillos y buscan la entrada del andén opuesto. Hay muchos hombres y mujeres parados en ella. Se abren paso a empellones. Carlos suda y comienza a sentir dolor en la espalda, porque le empujan y le están clavando la cartera de los libros en las costillas. Tanta gente le agobia. Teme perderse de Otilia de un momento a otro. La criada ha avanzado como una cuña entre la masa y sigue sin soltarle; le lleva casi en volandas. Un señor protesta:

—Pero ¿dónde va usted con el niño, mujer?

Otilia ya no tira de su mano. Está delante de él, quieta. Carlos se pone de puntillas para ver y respirar. Está cercado de personas mayores. Oye un zumbido de comentarios.

—Le ha pasado todo el tren por encima. Le ha hecho papilla.

—Están esperando al Juzgado.

—¿Por qué se habrá tirado?

—Vaya usted a saber, señora. La vida, que es muy perra.

—¿Es joven?

—Habrá tenido algún lío gordo y no habrá sabido cómo salir de él.

—¿Iba bien vestida?

—¡Pobre...!

—Estaría loca.

—Estaría enferma.

Estaría... Sería... ¿Usted la vio?... Pobre. La vida... Carlos se ahogaba. Hizo un gran esfuerzo y de un empujón se colocó junto a Otilia. No había más que dos hombres delante de él y Carlos pudo ver que estaban al borde del andén. Agachó la cabeza, buscando el hueco que dejaban entre sí las piernas de uno de ellos. Miró hacia abajo. Los hombres de gorra azul eran muchos. Rodeaban un bulto alargado, cubierto con una manta, el cuerpo de la mujer aquella. La manta tenía grandes manchas de sangre. Carlos cerró los ojos para no seguir viendo. Los apretó fuertemente. El corazón le latía deprisa y el café con leche del desayuno se le venía agrio a la boca. Otilia le cogió del brazo.

—Anda, Carlitos, que llegas tarde al colegio.

Algunas personas se marchaban, como ellos, y otras iban llegando. El tren seguía vacío, con todas las luces encendidas.

Al mediodía, Carlos no tuvo ganas de comer. La mañana se le había hecho larga, a pesar de haber llegado tarde. Cuando Otilia le dejó, a las nueve y un minuto, en la esquina enrejada del colegio, no entró enseguida. Quería respirar hondo, llenarse el pecho de aire puro. Se le habían pasado las náuseas, pero estaba aturdido y a punto de llorar. Presintió la atmósfera de la clase, mal ventilada; le aterró el largo encierro del día. Dando patadas a una piedrecita llegó, distraído y vagabundo, hasta el jardincillo cercano.

El jardinero estaba arreglando los parterres. Con sus enormes tijeras recortaba las ramitas de boj, pulía la maciza bola vegetal. No había flores, pero el verde césped se conservaba vivo y tenía gotitas de agua que brillaban de tan frías. Carlos se quedó mirando al hombre que trabajaba. Bajo la bola iba quedando una alfombra de recortes verdes, de un verde más oscuro que el del césped. Carlos pensó que era bonito ser jardinero y estar siempre al aire libre, ocupado en cuidar plantas y flores. Era mejor que ser hombre del Metro, por ejemplo. Se estremeció. Era horrible trabajar en el Metro, siempre bajo tierra, y ver aquellas cosas que sucedían. El jardinero le miró y sonrió.

—Chico, que vas a llegar tarde al colegio. Ya han entrado todos. Son las nueve y cuarto.

Carlos, un poco asustado, se marchó sin decir nada. Cuando entró en el colegio, el patio estaba desierto. Se escurrió por la puerta abierta y recorrió despacio el pasillo de altos ventanales. Su clase estaba al final. Oyó el ruido de los asientos al bajarse. Los rezos habían terminado. El profesor le vio entrar, pero no le dijo una palabra. Carlos fue a sentarse a su sitio. Su compañero de mesa le miró de reojo y le cuchicheó:

—¿Cómo vienes tan tarde?

—Por el Metro... Es que se tiró una mujer...

El compañero se quedó callado un momento, reflexionando. Luego dijo:

—¿La viste tú tirarse?

—No; pero estaba allí, en la vía.

El profesor se indignó.

—Juárez. ¿Le parece a usted bien llegar tarde y encima distraer al compañero? Queda usted apuntado para el castigo de la tarde.

La clase estaba en silencio y todos le miraron. Carlos percibió la ira del profesor concentrada en aquel «Juárez», que siempre le impresionaba y le desconcertaba como si no fuera su nombre. Supo que se había puesto colorado porque las orejas le ardían. Pensó en el castigo: salir a las ocho. Suspiró. La lección había comenzado y ya nadie le miraba.

Antes de comer tenía media hora de estudio y media de recreo. En el estudio, Carlos se entretuvo pintando trenes y túneles en el forro del cuaderno. En el recreo contó los cromos de Aviación, los clasificó y cambió tres de los repetidos con su compañero de pupitre. Durante un rato olvidó la mañana y el Metro. Cuando llegó la hora de comer no tenía hambre. Al intentar tragar la sopa, clara e incolora, le vino una náusea a la garganta, como la del andén. El sabor agrio le trajo a la imaginación, con todos los detalles, la escena de la vía. No pudo comer.

Otilia le esperaba sentada en los bancos de la entrada, charlando con el portero. El colegio estaba oscuro y frío. En el pasillo, de ventanales altos, una luz débil arrancaba sombras de las paredes. Carlos salió pálido y ojeroso de la sala de estudio.

—¿Por qué te han castigado, niño? —le reprendió Otilia—. Cada día te portas peor. Ya verás si se entera tu padre.

Carlos no le hizo caso. Estaba obsesionado con una pregunta que quería hacerle.

—¿Está mamá en casa?

—Sí, allí quedaba. Y estará preocupada al ver que no llegamos. Hora y media me has tenido esperando, y menos mal que tenía que hacer unos recados por aquí cerca.

Otilia le abrochaba el abrigo, le ayudaba a ponerse los guantes, le zarandeaba.

Con la nariz pegada al cristal de la ventanilla, sentado en lo alto del autobús, Carlos miraba las luces de la ciudad. El parpadeo de los anuncios le hacía guiñar los ojos. Al volver a casa por la tarde, ya sin prisas, hacían este recorrido. Carlos trepaba alegremente al segundo piso y buscaba, a ser posible, los asientos delanteros. Era estupendo ir abriéndose paso entre los coches como si uno mismo fuera el conductor. Era también como ir en avión, tan alto, tan cerca del primer piso de las casas.

Hoy Carlos está muy cansado. Tiene hambre. Tiene, sobre todo, muchas ganas de ver a su madre, de contarle, de que ella se quede un rato a su lado charlando de muchas cosas, de que le sirva ella misma la cena.

La madre está de pie, en su cuarto. La madre lleva el traje oscuro y ceñido de las salidas. La madre lleva el collar brillante y tiene los ojos sombreados.

—Hijo, ¿cómo vienes tan tarde?

—Lo han castigado, señora.

Carlos mira a su madre silencioso y angustiado.

—¿Te marchas, mamá?

—Sí, hijo, vamos a cenar fuera. Papá está muy cansado y quiere distraerse. ¿Por qué te han castigado? ¿Has hecho los deberes? Otilia, prepare la cena del niño y que se acueste temprano.

La madre preguntaba rápida, pasaba de una pregunta a otra sin darle tiempo a contestar. Carlos tenía los ojos llenos de lágrimas.

—Mamá, esta mañana se tiró una mujer al Metro. Estaba tapada con una manta y decía la gente que su vida era muy perra...

Sintió que se atragantaba de llantos y quiso serenarse. Tenía ya ocho años y le daba vergüenza llorar. Cambió, brusco, de tema:

—Mamá, tengo mucha hambre.

La madre le había escuchado entre sorprendida y disgustada.

—¿Qué historia es esa del Metro, hijo? Tú no te preocupes de esas cosas. Son asuntos de personas mayores. ¿Qué te importa a ti lo que le suceda a cualquier desgraciada? Dame un beso y vete a cenar. Y estudia más, porque a papá no le hace gracia que te dejen castigado.

Carlos besó a su madre, se mordió los labios y se marchó, sin mirarla, al comedor.

La madre, ante el espejo, se pasó la mano acariciante por el pelo.

El puente roto

Carnaval, 1934

1

Sobre el puente aparecieron los tres taxis en caravana. El ruido de los motores debilitó por un momento el bronco paso del agua, que batía su furor de crecida contra los pilares.

El primer taxi viró a la derecha, frenó y se detuvo, trepidante, en la explanada seca y estéril, junto al cruce. Los otros dos se colocaron cerca del primero, de manera que el camino hacia el puente quedara libre.

El chiquillo, desde lo alto del montículo, contempló la maniobra de los tres coches. «Ya falta poco», se dijo. Y miró abajo, al río, y volvió a escuchar la ruidosa lucha del agua con las piedras y la tierra, sus choques sordos, como de derrumbe. «Como si se derrumbase el castillo», pensó. Inconscientemente, para asegurarse de que no era así, buscó al otro lado del río las altas cumbres desgarradas, la montaña encrespada de peñascos que se vencía ligeramente sobre los prados de la ribera.

El chiquillo se entretuvo tirando piedrecillas al agua. Unas caían en zonas de calma y provocaban breves ondas rápidas. Otras se perdían, absorbidas por un remolino de aguas inquietas. «Ya falta poco», volvió a repetir para sí mismo. Y miró a lo lejos. Por las últimas curvas de la carretera se aproximaba una mancha azul. El niño la descubre, observa cómo avanza tambaleándose, agitándose con torpeza de coleóptero.

—Ya está aquí —dice en voz baja.

Los taxistas le ven bajar corriendo, sorteando las piedras y las matas espinosas.

—¿Viene, chico? —le pregunta uno.

—Sí. Ya está aquí.

El chiquillo se frota las manos, se sopla la nariz, estira y encoge los dedos de los pies, prisioneros helados de las botas.

Los tres taxistas aguardan al borde de la carretera, pero el niño se retira un poco, como esperando la postrer acometida del autobús que se acerca.

Los viajeros descienden. El chiquillo se pega a la portezuela.

—Baldo, Baldo, estoy aquí.

El hombre se vuelve y se sorprende con la presencia del niño.

—¡Salvador! ¿Por qué has venido, di? Con este frío...

Los tres taxistas acomodan a sus clientes en el interior de los vehículos. El coche de línea arranca y sigue carretera general adelante. Salvador sonríe a su hermano.

—No hace frío. Vamos, Baldo.

En el puente, Salvador y Baldo se retiran a un lado, pegan las espaldas al pretil para dejar pasar a los taxis. El puente no es ancho y cuando pasan coches o camiones hay que tener precaución. Enfrente, dos mujeres de luto han quedado también quietas, aplastándose contra la piedra, sosteniendo sobre el vientre los cestos repletos de envoltorios.

—Son de Los Valles —explica Baldo—. Vienen de arreglar en León la viudedad de una de ellas.

Salvador está alegre porque Baldo ha vuelto, porque él ha ido a esperarle, porque harán juntos, charlando, el camino hasta casa. Baldo, inclinado sobre el puente, mira el agua sucia, violeta, espumeante. Dice:

—Debe de haber cada trucha... Si padre baja mañana...

—No bajará —replica Salvador—, porque esta noche le toca en la mina y mañana querrá dormir.

Las dos mujeres enlutadas caminaban deprisa, delante de ellos. Se movían como vagonetas desvencijadas, inseguras sobre sus tacones torcidos, cansadas del asfalto de la ciudad. Antes de llegar al pueblo torcieron a la izquierda por un amplio camino que se alejaba entre árboles de ramas desnudas y blanquecinas, quemadas por la helada. Después de andar un poco volvieron la cabeza hacia atrás, recordando algo, e hicieron un gesto mudo de despedida hacia el hombre y el niño, levantando la barbilla en un movimiento brusco.

—Allá arriba —dijo inesperadamente Salvador— han empezado el Carnaval.

—¿Tan pronto?

—Sí, esta mañana andaban los chicos con las máscaras y vestidos de sacos por la plaza.

A ambos lados de la carretera había campos de labor cercados por arbustos enmarañados o protegidos por espinos trenzados. El cielo estaba blanco y gris.

—Parece que va a nevar —dijo Baldo. Y apresuró el paso.

Salvador pensó: «En la plaza, esta mañana, cuando fui a buscar la carne...».

La plaza estaba en lo alto del pueblo. La carretera ascendía hasta allí en suave cuesta. La plaza era grande. Había que subir a ella por unas escaleras y cuando se estaba arriba se podía ver otra vez la carretera, desde una de las barandillas que contorneaban la plaza como un jardín. En la plaza había castaños y bancos de piedra. En el centro estaba la pista de tierra en la que se bailaba durante las fiestas y por la que corrían los niños todo el año, jugando al marro, a la pelota o a la teja.

La plaza tenía una tierra negruzca, porque las minas estaban cerca y el polvo del carbón venía a posarse en los árboles y el suelo. Un polvo fino que se levantaba en pequeñas nubes cuando la gente pisoteaba el terreno al bailar o al jugar.

Desde la barandilla se veía la carretera subiendo hasta la colonia de los ingenieros, fin y remate del pueblo que se perdía después en una red complicada de almacenes, vías, vagones de carbón, andenes sucios, todo tras la verja de entrada prohibida. Los pozos estaban mucho más allá, ocultos y alejados.

Pero la carretera no terminaba allí. Seguía hasta otro pueblo, más arriba, hasta otras minas. La carretera bordeaba la verja, pasaba por encima del ferrocarril industrial y salía de los dominios de la Compañía para alcanzar de nuevo el campo verdegrís de los alrededores.

—En la plaza había muchos chicos saltando y armando jaleo —dijo Salvador—. Algunos tenían la cara pintada de carbón y ladrillo. Daba risa verlos.

Baldo pensó: «Mañana, domingo de Carnaval. A padre no le gusta que vayamos al baile. Dice que hay borracheras y broncas y qué sé yo qué».

Se acercaban a las primeras casas del pueblo, que alineaban sus fachadas, de un blanco sucio, a uno y otro lado de la carretera.

—A mí me gustaría vivir allá arriba. ¿Y a ti? —preguntó Salvador.

Baldo no contestó.

—¿Y a ti? —insistió Salvador.

Baldo pensó: «A mí también». Pero dijo:

—A mí me da igual.

Los padres, no. Los padres preferían la tranquilidad del barrio bajo, el barrio de los labradores, a la entrada del pueblo, lejos de los comercios, de las tabernas, del ayuntamiento. Florentino, el minero, encontraba en la casa campesina refugio y entretenimiento después de las horas de trabajo en la mina. Ella, Matilde, la mujer, la madre de Salvador y Baldo, no se hubiera resignado a vivir junto a los otros, en las casas pequeñas y destartaladas de la Compañía. Había aceptado el pueblo negro del marido con la condición de llevar a él un poco de su pueblo de la llanura, seco y triguero.

—Arriba no podríamos tener animales, en aquellas casuchas de los mineros —dijo Baldo en voz alta, pero hablando para sí mismo.

—Ya —reconoció Salvador—, Pero está la plaza para andar todo el día por allí jugando con los otros chicos.

Como esta mañana todos aquellos que corrían y se reían, metidos en los sacos.

El portal era oscuro y frío, pero al venir de la calle se entraba en él como en un tibio refugio. La madre estaba en la cocina, sentada junto a la lumbre. Al verles entrar levantó la cabeza. Tenía el pelo negro y era gruesa y fuerte.

—¿Qué tal te fue por allá? —preguntó.
—Bien —contestó Baldo.
—¿Hiciste lo de padre?
—Sí.
—¿Y el encargo de don Luis?
—También.
—Vete a llevárselo.

Salvador se adelantó a la respuesta del hermano:
—Si quieres, voy yo.

Baldo se estaba quitando la pelliza y se acercó al escaño para sacarse las botas. La madre fue a buscar las zapatillas bajo el armario. Baldo dijo:

—Vete si quieres, pero no tardes.

Y entregó a Salvador un paquete pequeño envuelto en papel de seda. Cuando el hermano salió de la cocina, Baldo preguntó a la madre:

—¿Qué tal padre? ¿No viene hoy por la noche?

La madre, de mala gana, contestó:
—No —y añadió—: ¿Qué te dijeron en el sindicato?

—Que siga adelante y que espere. Que de momento no pueden darle más esperanzas.

La madre volvió a su puesto junto a la lumbre y no dijo nada. Baldo quiso alegrar la charla y comentó:

—Me ha dicho Salvador que allá arriba ya están de Carnaval. Habrá que darse mañana una vuelta por la plaza, porque el lunes... otra vez a la mina.

La madre contestó, lejana y entristecida:

—Mañana hay que arreglar el pesebre de la vaca. Se está cayendo a pedazos y tu padre no querrá más que dormir cuando venga de trabajar.

La cocina olía a humo y a leche agria. En la lumbre baja ardían unas ramas delgadas. En la lumbre alta se quemaba, despacio, el carbón. Baldo sintió hambre.

—Madre, deme algo de merendar.

Afuera oscurecía. De las casas grisáceas salía humo. Hacía mucho frío. El barrio bajo del pueblo entraba, silencioso, en la noche del sábado. La carretera blanca se perdía cuesta abajo, hacia el puente.

2

El taxi se detuvo ante la amplia portalada. Doña Sofía descendió de él con esfuerzo, sintiendo en la cintura una opresión incómoda. Félix, el taxista, salió también de su asiento delantero y se dispuso a bajar los equipajes, una maleta grande, dos cajas de cartón y una cesta de rejilla llena de fruta.

—Está todo, ¿no? —preguntó a la señora.

Doña Sofía miró un momento los bultos y contestó:

—Sí, Félix. Pásese luego por la tienda.

La gran puerta se abrió y la señora entró en el portal, mientras una sirvienta recogía el equipaje. Al cruzar el patio, doña Sofía pudo oír el ruido del motor del taxi, arrancando con dificultad en la carretera.

El patio era grande, tenía el suelo cubierto de cemento y había algo en él que recordaba el patio de un cuartel o de una cárcel. La alta tapia que lo cercaba por un lado, quizás, o la ausencia de objetos familiares, sillas, mesas, macetas. Un patio vacío, limitado por paredes, silencioso como un pozo seco. Doña Sofía suspiró y miró al fondo, a los balcones de la casa, y los contempló como a una cercana salvación. Anduvo deprisa. Sus tacones repiquetearon en la soledad del patio. Cuando alcanzó la puerta interior, bajo los balcones, la opresión de la cintura le había subido al pecho, a la garganta.

—Sofía —don Lucio la miraba desde el umbral—. ¿Qué te ocurre, Sofía?

Ella dijo:

—Hace frío ahí fuera. Estaba deseando llegar. ¿Y las niñas?

Don Lucio la miraba sin hablar. Al fin dijo:

—Las niñas están arriba, en el cuarto de la plaza.

El cuarto de la plaza, en la planta principal, era el preferido por las niñas. «No sé por qué —solía decir doña Sofía—, no sé por qué, puesto que es tan horrible como los otros y además tiene esa vista deprimente de la plaza, llena de gente sucia todo el día».

Pero las niñas, como siempre, estaban allí.

Lucía, asomada al balcón, esperando el paso apagado de los hombres de la mina que regresaban a sus casas.

Elena, sentada en la silla baja, junto al balcón, leyendo, como siempre, novelas o revistas o periódicos.

Sofi, la pequeña, en el suelo, jugando con sus muñecas o recortando trozos de cartón.

—Mamá.

Sofi la vio primero. Vio sus zapatos asomando en la puerta y levantó la vista, sorprendida.

—Mamá.

Se levantó de golpe, dejando caer unas tijeras. Se acercó cauta, mirando a los ojos a su madre.

Doña Sofía la besó. Lucía y Elena también se habían levantado y se acercaron en silencio.

—¿Qué tal, hijas?

Procuró que su voz no fuese dura, pero no pudo impedir la queja.

—Lucía, por Dios, ¿cuándo dejarás de mirar por el balcón? ¿Se te ha perdido algo en la calle?

Lucía miró a su madre y no contestó. Elena miró a Lucía con extrañeza, como si fuera la primera vez que la madre hablaba del asunto y como si también por vez primera la respuesta de Lucía fuera el silencio.

—¿Por qué, hija mía? —insistió doña Sofía.

Lucía habló, al cabo:

—Porque me gusta ver gente, mamá. Me distraigo así.

La madre se irritó.

—Lee o juega o cose, como una mujer que eres ya, pero no pases las horas muertas perdiendo el tiempo, como si no hubiera nada mejor que contemplar a la gente de este pueblo.

Elena bajó los ojos y deseó que su madre se fuera pronto para seguir leyendo.

Sofía daba vueltas en las manos a un círculo de cartón. La madre apoyó una mano en su cabeza.

—Sofi, guapa, ven tú conmigo a ver lo que he traído. Ven a ver los trajes de mañana.

Se volvió a las otras dos. Dudó. Luego dijo:

—Venid vosotras también.

Para Lucía, un traje de holandesa. Para Elena, un traje de gitana. Para Sofi, un traje de raso azul con canarios bordados en oro. Un traje muy armado, cuya falda parecía imitar una jaula en la que los pájaros hubiesen quedado prendidos, sobre el azul sólido de un cielo transparente, a través de los barrotes.

—¿Os gustan?

La madre sonreía. Elena y Sofi, un poco admiradas de su elegancia, apenas podían hablar, pero sonreían también, conmovidas y felices. Lucía se miró en el espejo. Arregló la toca un poco torcida de su disfraz y dijo, decidida:

—Mamá, yo no quiero ir a ese baile.

Doña Sofía tuvo miedo. Volvió a sentir el sofoco interior llegándole a la boca, abrasándole la lengua, impidiéndole casi hablar. Por fin dijo:

—¿A qué baile quieres ir entonces? ¿Al baile de la plaza, a lo mejor? ¿Al baile de los mineros? ¿O prefieres quedarte en esta habitación encerrada, contemplándoles desde el balcón?

Lucía no contestó. La madre volvió a sentir miedo. El sofoco, el ahogo, el vacío del patio. Casi corriendo huyó a encerrarse en su habitación.

Las niñas se quedaron calladas. Sofi y Elena volvieron a mirarse tímidamente en el espejo y luego fueron quitándose los trajes con lentitud. Lucía salió al pasillo y volvió al cuarto de la plaza. Con el disfraz puesto se acercó al balcón, se pegó a los cristales empañados. Limpió con la palma de la mano un gran círculo de vaho y miró a la plaza. Los grupos de chiquillos daban gritos y se asustaban mutuamente con las caras tiznadas de rojo y negro. Se movían torpes dentro de los sacos, agujereados para dejar pasar los brazos y la cabeza.

Los últimos mineros, que caminaban bordeando la plaza, se detuvieron un momento, comentando algo entre ellos mientras señalaban a los chicos. Lucía, con la nariz pegada al cristal, conteniendo la respiración, trató de oír, de entender lo que decían aquellos hombres sucios y demacrados.

Los castaños de la plaza tenían sus ramas envueltas en una tenue neblina. El polvo del carbón aureolaba los cuerpos de los que jugaban.

3

Por las rendijas de la contraventana se filtraba la luz de la cocina. Salvador sabía que los encontraría allí, reunidos al calor de la lumbre, escuchando la radio. Entró en el portal y subió deprisa las escaleras. Al llegar a la puerta golpeó discretamente el llamador.

Se oyó una voz de mujer.

—Voy.

Abrió la puerta doña Lupe y Salvador recordó que Patro, la criada, sólo iba un rato por la mañana.

—Pasa, Salvador.

El chico entró y esperó a que ella marchara delante o le indicase con un gesto el camino, como si fuera la primera vez que iba a la casa. Doña Lupe dijo:

—Entra en la cocina, que allí está Maruja.

Salvador echó a andar por el pasillo, pero doña Lupe no le siguió. Entró en otra habitación y el niño pudo oír el suave ruido de la puerta al cerrarse y luego un rumor de conversación.

«Don Luis está trabajando y ella le ayudará», pensó Salvador.

Maruja estaba en la cocina sentada a la mesa, de espaldas a la chapa negra y caliente. Escribía en un cuaderno y al ver a Salvador levantó un poco la cabeza, sin moverse. Dijo:

—Hola.

—Hola —contestó Salvador.

Pero no se decidió a sentarse, porque no estaba doña Lupe para indicárselo. Miró al armario donde estaba guardada la radio y Maruja, que había seguido su mirada, explicó:

—Hoy no la ponemos porque papá está trabajando.

Salvador comprendió.

—¡Ah!

Y Maruja, para compensarle de la mala noticia, dejó a un lado el cuaderno y propuso:

—¿Jugamos al parchís?

De un cajón del armario sacó un parchís encristalado, protegido por un marco claro de madera barnizada. Sacó también el cubilete con las fichas de colores.

—Ven, siéntate aquí.

Salvador pasó por debajo de la mesa al escaño y se sentó frente a la niña. Maruja disponía las fichas en montoncitos, de acuerdo con sus colores. Se mordía un poco los labios, embebida en su actividad, y el flequillo, en desorden, se le abría en dos mechones a ambos lados de la frente. Salvador dijo:

—Ha venido Baldo. Le fui a esperar al puente.

Maruja se alegró.

—¿Qué te ha traído?
—Nada. Iba a cosas de mi padre. Cosas importantes.
Se puso repentinamente serio.
—Cosas de política.

Maruja asintió, grave también, consciente de la importancia de Baldo.

De pronto, Salvador recordó el paquetito envuelto en papel de seda. Se ruborizó intensamente. Lo sacó del bolsillo y se lo tendió a Maruja.

—Se me ha olvidado darle esto a tu mamá. Es para tu papá. Es un encargo.

Maruja lo cogió y le dio vueltas entre sus manos. Se sintió, a su vez, intermediaria de asuntos serios.

—Son medicinas —dijo—, medicinas muy caras.

Colocó el paquete en el armario y comenzó a mover solemnemente las fichas del parchís.

4

Maruja llevaba un vestido de franela roja, con rayas blancas, y un abrigo azul, con piel blanca al cuello. Además, estrenaba unas zapatillas rojas de pompón sedoso, que se movía al andar. Estaba realmente satisfecha de su indumento y al subir, pueblo arriba por la carretera, al lado de Salvador, iba pensando en el efecto que haría en sus amigas el traje y el pompón.

Hacía mucho frío. En el aire se quedaba el aliento convertido en gotitas heladas. Las casas, a ambos lados de la carretera, estaban cerradas, y no se podía ver el interior a través de los cristales, fuertemente empañados. La gente subía en pequeños grupos hacia la plaza. Algunas mujeres se arrebujaban en mantones negros. Los hombres se cubrían toda la cara con el tapabocas peludo, dejando un pequeño espacio libre para que los ojos asomasen bajo la boina. Quemaba el aire y los árboles extendían sus ramas cenicientas, de una desnudez patética. El pueblo, penetrado de una luz débil y triste, era un hosco regazo para la tarde de Carnaval.

Antes de llegar a la plaza se detuvo Salvador.

—Tengo que dejar la cesta de los huevos aquí. ¿Qué haces tú?

Maruja explicó:

—Voy un momento a casa de Sofi. Espérame en la plaza, en el banco que hay cerca de la escalera.

El patio de don Lucio era grande y hermoso. Maruja recordó los juegos en el verano, la alegría de los juegos con Sofi y sus primas en el fresco cobijo del patio. Ahora el patio estaba frío y desierto, pero en verano había mecedoras y tiestos en fila junto a la pared del sol. Maruja llamó al timbre y cuando subía hacia el cuarto de la plaza se alisó el pompón, rozándolo suavemente con las puntas de los dedos. La criada iba delante y la dejó pasar. Maruja abrió la puerta.

—Y allí estaba Sofi ya vestida para el baile, ¿sabes? El traje es precioso, todo de pájaros bordados en oro. Se lo ha traído su mamá de León. Pero Sofi no está contenta, porque su mamá está en la cama y Lucía no quiere ir al baile y la otra hermana no le hace caso cuando van juntas a una fiesta. Prefiere estar con sus amigas que ya son mayores.

Salvador asentía sin oírla. De puntillas en el banco, miraba a todas partes, quería dominar por completo el espectáculo de la plaza.

Un grupo de hombres y mujeres jóvenes venía hacia ellos chillando, alzando hasta la estridencia las voces en falsete, inarticuladas y chirriantes. Vestían disfraces improvisados; una mezcla de traje regional y atuendo dominguero. Venían cogidos de la mano, arrastrándose los unos a los otros, con el gesto y la mirada congestionados.

Salvador sintió la garganta seca y trató de tragar saliva. El polvo negro de la plaza dificultaba la respiración. Salvador esperaba. Sucedería de un momento a otro. Tenía que suceder o de lo contrario no habría esta preparación inusitada, este torrente de gritos, este polvo. Todo estaba dispuesto para lo extraordinario. «Ahora lo harán —se decía Salvador—; ahora pasará lo que tiene que pasar.»

No sabía qué, pero esperaba con paciencia, admirando el movimiento de los grupos, la actividad de los chicos de su edad, que se subían a los árboles para esperar también; los comentarios de las personas mayores, que se protegían unas a otras apretándose contra los árboles o las barandillas de la plaza.

Maruja, subida en el banco al lado de Salvador, ya no hablaba. Tampoco se esforzaba por ver, empinándose sobre las cabezas de los demás. Sentía en su cuerpo el vaivén del cuerpo de Salvador cada vez que éste se inclinaba hacia uno u otro lado. Maruja pensaba: «Si yo tuviera un traje, un traje cualquiera, bonito, o mamá tuviera trajes que se pudieran arreglar, como los que tiene guardados la mamá de Sofi, yo podía haber ido al baile de disfraces. Pero ya no. Aunque al volver a casa tuviera un traje precioso que me hubieran mandado de algún sitio, ya no. El baile es ahora y todas las niñas están preparadas. La niña de don Lisandro tendrá un disfraz más bonito que ninguno, más que el de Sofí seguramente, porque para algo da el baile su mamá».

Sobre los árboles de la plaza el cielo era gris y negro. Una vieja dijo: «Hace un frío que espanta; pero éstos, con la juerga, no se dan ni cuenta». Y fue alejándose escaleras abajo.

Los niños se subían a los árboles, porque ese día nadie hubiera podido impedírselo. La gente seguía llegando de las calles altas de la plaza, de la carretera, de la colonia minera. Venían familias enteras, en silencio, a contemplar el bullicio de los otros. De cuando en cuando irrumpían violentamente nuevos disfrazados con la cara tiznada o cubierto el rostro con caretas de cartón o antifaces de tela negra toscamente agujereados. Algunas mujeres vestían pantalones de hombre, atados a la cintura con un pañuelo de seda de colores. Otras llevaban refajos de paño rojo y blusas blancas y un sombrero de hombre atado a la cabeza con cintas de algodón.

—Parece que van a bailar —dijo un mirón.

Porque era difícil saber lo que iban a hacer las máscaras de la plaza, aunque uno fuera testigo del Carnaval todos los años.

—Mira, mira —dijo entusiasmado Salvador, empujando a Maruja para que se asomara—. Mira a esos dos.

En el centro del corro saltaba una pareja nueva que había salido de repente de algún rincón o que llegaba ahora mismo de su casa. Eran dos hombres y vestían un extraño disfraz hecho con ramas verdes atadas en torno del cuerpo. Las hojas pequeñas, duras, de un verde brillante, cubrían la ropa y en el pelo también se habían colocado ramas entrelazadas. «Acebo —dijo Salvador—, se han disfrazado de acebo». Estaba satisfecho. Aquello era lo que se esperaba. Todo el mundo pensó lo mismo. La sorpresa, la novedad, lo que iba a diferenciar este Carnaval de los otros eran esos dos cuerpos vegetales y monstruosos que se agitaban bailando en el centro del corro. El verde de las hojas perennes destacaba fuertemente contra el gris negruzco del cielo, el suelo, los árboles, la gente.

Maruja, después de ver a los nuevos payasos, se retiró al fondo del banco.

Se aburría en el estruendo de la plaza. Le parecía horrible el baile, la gente disfrazada, el griterío. Se volvió de espaldas y miró abajo, a la calle. Enfrente de la plaza, en el balcón del cuarto de jugar de las niñas de don Lucio, había luz.

«Ya van a salir», pensó Maruja.

La luz del balcón aumentaba el frío de la plaza. La luz se apagó y Maruja dijo en voz alta:

—Ya vienen.

Sofi cruzó la calle de mano de la criada. «Elena no viene —pensó Maruja—; habrá ido a vestirse a casa de sus amigas». Al mismo tiempo, otra niña salió de un portal cercano. Iba vestida de princesa, con un enorme cucurucho pintado de purpurina y un chal de gasa flotante saliendo de la punta del gorro.

Las dos niñas se encontraron en medio de la acera y se cogieron de la mano. Las criadas, juntas, marchaban detrás de ellas, manoteando.

Maruja sintió ganas de llorar. El corazón le latía apresuradamente. Se estremeció de frío, de pena de sí misma, de soledad. Casi gritó al asir la mano de Salvador:

—Míralas, mira qué guapas vienen Sofi y su prima.

Salvador se volvió de mala gana. Las miró distraído y volvió a su puesto de observación. Maruja miraba a sus amigas fascinada y llorosa. «Soy la hija del médico —pensó— y los padres de ellas son unos tenderos. Yo tendría que ir al baile y no ellas. Mi papá es médico».

Las dos pequeñas empezaron a subir las escaleras de la plaza. La gente se detenía a mirarlas, se daba codazos y sonreía admirativamente.

La casa de don Lisandro estaba al otro extremo. Había que cruzar por el centro de la plaza o ir bordeando el ángulo que formaban los dos paseos laterales. Cuando llegaron a lo alto de las escaleras, Maruja las perdió de vista y se alegró. Quiso pedir a Salvador que se marcharan. El barullo de los disfrazados crecía y las nubes de polvo negro se hacían más espesas. Se encendieron las luces de la plaza y todo era más triste así, a la luz de las débiles bombillas.

—Vamos, vamos, Salvador...

Salvador miró a su derecha. Algo nuevo venía por allí, porque la gente se agolpaba en aquella dirección y el corro deshecho esperaba la vuelta de los que se abalanzaron a ver lo que ocurría. Todos daban voces y no se podía entender lo que decían. Salvador sentía el cuello tenso y dolorido de tanto esforzarlo. Al fin, la compacta masa se abrió en dos y por la calle que se formó aparecieron los desertores del corro, saltando y cantando. Detrás, entre los dos hombres del disfraz arbóreo, venían dos niñas.

—... Son ésas, Maruja —gritó, excitado, Salvador—. Míralas. Son ésas, que vienen a bailar a la plaza.

Maruja no comprendía, pero se esforzó en mirar.

Sofi y su prima, con sus canarios bordados y sus gasas, estaban allí en el centro del corro, cogidas, apresadas por los disfrazados. Tenían una expresión atemorizada y confusa que luego, al ver que la broma duraba, se convirtió en terror y desesperación. Los del corro las hicieron girar en el centro, cogidas de la mano de los hombres-abeto, mientras los demás, en su torno, batían palmas y animaban con gritos el juego.

Salvador reía a su gusto. Esto no se esperaba, pero estaba siendo muy divertido.

Los espectadores, en general, reían. Algunos parecían molestos o asustados y comentaban:

—Se va a armar una por culpa de esta tontería. ¡Qué ganas tienen de buscársela!

Maruja estaba atónita.

Escaleras abajo, la criada de don Lucio corría desalada, cruzaba hasta el portal, entraba en la casa a grandes zancadas.

Sofi y su prima tenían los trajes sucios de las manos de sus raptores, el pelo desrizado y la cara cubierta de una oscura capa de polvo. Corrían entre las máscaras, arrastradas por ellas en todas direcciones, zarandeadas sin piedad atrás y adelante.

La gente ya no reía y todos se miraban entre sí, inquietos por la prolongada situación, esperando de nuevo que algo sucediera.

—... la Guardia Civil. Va a venir la Guardia Civil.

—No, señora. La Guardia Civil está para servir al pueblo, no para ir contra el pueblo cuando se divierte.

—No sé, no sé.

—El alcalde no lo consentirá. No están los tiempos para bromas.

—Es un insulto al pobre. ¿A qué se visten de reinas, si son unas señoritingas de tres al cuarto?

—Así está España.

—Va a pasar algo gordo.

Salvador estaba serio. Participaba de la general sensación de incomodidad y expectación. Había olvidado a Maruja, que se acurrucaba al fondo del banco, sentada en el respaldo de piedra, mirando a la carretera, a la casa de don Lucio, a la portalada.

El balcón que antes tenía luz se abrió de pronto. Apareció doña Sofía, envuelta en una bata gris, desgreñada del lecho y de la agitación. Miró a la plaza y se llevó las manos a la cabeza. Alguien a sus espaldas la arrancó de allí, cerrando ruidosamente los cristales.

Maruja ya no sentía frío ni miedo. Se había quedado absorta, contemplando lo que sucedía, esperando el final de la catástrofe.

Don Lucio se abrió paso entre todos. Nadie sabía de dónde había salido. Maruja no le vio subir las escaleras de la plaza. Pero estaba allí, apartando gente que no oponía resistencia alguna, llegando hasta el corro de máscaras, arrebatando de las manos sucias las manos ateridas de su hija, las desmayadas manos de la otra niña; mirando a todos sin palabras, pero desafiante, como pidiendo a alguno que se resistiera, que se quejase, como exigiendo el insulto. Las niñas lloraban, nerviosas, al verse protegidas. Los espectadores, silenciosos, no querían o no sentían necesidad de intervenir. Don Lucio se fue alejando con la cabeza vuelta hacia atrás, esperando todavía la palabra que no llegó a decirse, apretando con cada mano la cabeza de una de las niñas.

Maruja le vio bajar las escaleras lentamente, con la cabeza inclinada, ahora que ya había pasado el momento de desafío y peligro. Le vio cruzar la calle y entrar en su casa llevando tras de sí a las niñas, que corrían apresuradas para ajustar sus pasos cortos a los del hombre. Cuando se cerró la puerta grande y negra de la casa, todos los ojos de los de la plaza estaban fijos allí. Una mujer gritó:

—¡Gallinas, cobardes! Le tenéis miedo porque es rico. No seréis nunca nada. No saldréis nunca del hoyo de la mina.

Salvador apretó los dientes y sintió en su rostro el insulto de la mujer como un salivazo. Los del corro reían otra vez y se disponían a seguir la interrumpida fiesta. La pareja de las hojas verdes, con las manos enlazadas, hacía muecas en el centro del corro, intentando coger un cucurucho imaginario, imitando a las niñas, diciendo groserías entre carcajadas.

—No ha llegado la hora, mujer —contestó un hombre viejo, seco y arrugado, con una sombra de negro polvillo en cada surco de la piel—. No ha llegado la hora. Se armará cuando llegue el momento.

La que había gritado, encendida de ira, salió del montón de los mirones y se perdió, cruzando la plaza, en un callejón que subía a la colonia minera.

Maruja no quiso seguir allí. Todo había pasado y el cansancio le hacía sentir las piernas débiles. Pensó en el chocolate del domingo por la tarde, caliente y espeso, en las tostadas con mantequilla, en el calor de la cocina y en el último cuento que le esperaba a medio leer.

—Vamos, Salvador. Si no vienes, yo me marcho. Tengo frío.

Salvador la miró como si de pronto recordase la existencia de cosas lejanas: la casa, la madre reclamando la cuenta de los huevos, el padre levantándose de la cama después del sueño diurno.

—Bueno, vamos. Aquí no hay nada que ver.

Cogidos de la mano, carretera abajo, les sorprendió la primera ráfaga de nieve. El viento helado traía los copos pequeñísimos, afilados.

—No abras la boca, que se te meterán por la garganta y te harán daño —dijo Salvador, porque él mismo estaba pensando en la posibilidad de que la nieve se le clavase en la carne, dura y aguzada como venía.

Maruja se miró las zapatillas. El pompón de una de ellas estaba ajado y ennegrecido de algún pisotón que no pudo recordar. «La plaza estaba muy sucia», pensó. Y luego se dijo: «La nieve cubrirá el polvo negro de la plaza. La gente se marchará. O a lo mejor no. A lo mejor se quedan las máscaras para ponerse todos blancos de nieve como si se hubieran cambiado de disfraz».

—A mí me gustaría ser minero como mi padre y Baldo, cuando sea mayor.

Salvador había hablado sin querer, como para sí mismo, pero Maruja quiso seguir la conversación.

—Tu madre no querrá. Tu madre quiere que seas labrador.

—Mi madre querrá lo que yo quiera, que para eso soy hombre —contestó Salvador.

Tras el último recodo de la carretera, tras las últimas casas visibles, empezaba el barrio bajo. La nieve se iba cuajando en los tejados rojinegros. Los árboles escasos que bordeaban las cunetas se volvían también blancos y tiesos.

—Yo, cuando sea mayor —dijo Maruja—, quiero ser Miss España y tener muchos trajes y marchar a Nueva York a que me elijan Miss Mundo.

Cuando llegaron a casa de Salvador se dijeron adiós. Maruja anduvo unos pasos más hasta su puerta. Al subir las escaleras temió la regañina. La oscuridad era completa y las casas del barrio bajo estaban ya cubiertas de nieve.

Corpus, 1934

1

La víspera del Corpus llovió. Fue una brisa de verano tormentosa y espectacular, que dejó el aire limpio y asentó el polvo negro del pueblo, amasándolo en capas compactas pegadas a la tierra.

Por la mañana, Salvador y Maruja habían ido al monte a buscar escobas floridas para el día siguiente. Era una mañana tranquila y sofocante y el monte estaba amarillo con las flores de las escobas. Muchos otros niños recogían, como ellos, zapatitos dorados. Maruja y Salvador habían barrido ya el terreno rectangular que se extendía delante de sus casas (un espacio amplio, como para un jardín, pero abandonado y desnudo) y calcularon que las flores recogidas eran suficientes para cubrirlo. Sin embargo, no querían dar por terminada la excursión al monte, la divertida tarea de llenar los cestos y bajarlos casi a rastras, alegremente, hasta la carretera. Así que por la tarde decidieron volver.

La calma de la mañana se había convertido en opresión. El sol se ocultó y la ropa, húmeda de sudor, se pegó un poco más a los cuerpos de los que recogían las flores. Salvador propuso:

—Vamos a beber un poco de agua a la fuente del prado grande.

Maruja asintió y siguió al niño, dejando en el suelo, junto a la última escoba desflorada, el cesto a medio llenar.

La fuente era un manantial que corría prado adelante, hecho regato, hasta perderse en la cuneta del camino.

En las márgenes del regato crecían berros tiernos.

—Cogeremos unos pocos y los llevaremos para merendar.

A Maruja se le llenó la boca de agua al imaginar el sabor ácido de la verdura, la avinagrada sazón de la ensalada. En aquel momento cayeron las primeras gotas.

—Es una nube y pasará. No te preocupes —dijo Salvador.

La nube era grande y cubría casi todo el pueblo, pero daba gusto recibir el agua en la cara y en la carne sudorosa y caliente.

Los dos niños se quedaron inmóviles junto al arroyo, y el agua de la tormenta fue empapando sus cuerpos. Brillaron relámpagos a lo lejos y los truenos retumbaron sobre sus cabezas, volcando nueva lluvia a cada estruendo.

—Deberíamos guardarnos en algún sitio —dijo Maruja, porque su traje estaba calado y la lluvia no cesaba—. Mira, debajo de aquel árbol.

—No es bueno esconderse debajo de un árbol cuando hay tormenta —dijo Salvador.

—Pero allí nos mojaremos menos.

Caminaron hacia el árbol y al andar los pies se les hundían en la blanda tierra del prado. La hierba les hacía resbalar y el camino fue lento y dificultoso.

—Si hubiésemos traído un saco —dijo Salvador— para ponérnoslo por la cabeza...

La luz del sol se filtraba suavemente a través de la oscura nube y reverberaba en el prado encharcado. Bajo el árbol había un pequeño círculo seco, en torno al tronco. Maruja preguntó:

—¿Tú crees que quedará alguna?

—¿Alguna qué?

—Alguna flor.

—No creo. Con esta lluvia tan fuerte...

—Pero tenemos ya muchas en casa. Con tal que mañana no llueva...

«Mañana —pensó Maruja— saldrá la procesión y nosotros no iremos a verla salir. Pero pasará por casa y se verá muy bien desde el balcón».

—¿Tú mañana vas a misa? —preguntó Maruja.

—Yo no, ¿por qué?

—Porque es el Corpus.

—¿Y qué?

—No sé. Pero, entonces, ¿por qué adornas tu puerta?

—Eso es diferente.

Maruja insistía:

—Tu madre sí va a misa.

—Ella sí.

—El día del Corpus se debe ir a misa. Otros días no sé, pero el Corpus es una fiesta muy grande. Yo quiero ir —dijo Maruja—. En la escuela nos han dicho que debemos ir, ¿a vosotros no?

—Tu maestra es una beata. A nosotros no —replicó Salvador.

El sol asomaba tímidamente y la tormenta se había alejado hacia abajo.

—Hacia Los Valles —dijo Salvador.

El campo estaba más verde que antes.

—Ya no llueve, vamos —dijo Maruja.

—Bueno —asintió Salvador.

La lluvia había volcado el cesto y las flores se derramaban en su torno. Bajo cada escoba florida había un cerco dorado de zapatitos desprendidos. El monte entero estaba así, cubierto de flores, y el sol las volvía más amarillas y hermosas.

Los niños recogieron el cesto vacío y se dispusieron a bajar hacia casa.

—Me alegro de que haya llovido —dijo Salvador—. Hacía mucho calor esta mañana.

—Pero que mañana no llueva, porque si no no saldrá la procesión —contestó Maruja.

—Si mañana hace buen día —dijo Salvador—, me iré a bañar al río.

—A lo mejor, nosotras también. Mamá dijo que si hacía buen día vendrían a buscarnos las niñas de don Lucio.

Cuando llegaron al pueblo, el aire olía a hierba mojada y a humo de carbón. En las explanadas de las dos casas, el agua había construido una red de canalillos y lagunajos.

Las fachadas blanquecinas tenían ahora unas grandes manchas de humedad.

2

Por la ventana entornada entraba un calor seco y picante. La luz arrancaba el polvo de la madera encerada y lo subía en surtidor hasta la ventana.

Don Luis se levantó y el polvo se le quedó, brillante, en el hombro, interrumpida su ascensión.

Don Luis se dispuso a decir adiós y doña Sofía miró a su marido, suplicante. El marido, lentamente, con esfuerzo, pidió:

—Un poco más, don Luis. No tenga tanta prisa. Todavía falta mucho tiempo para la hora de comer. Además, en un día de fiesta siempre se retrasa la comida...

Don Luis volvió a sentarse en la butaca baja, al lado de la cama. Miró a la enferma. Sonrió.

—¿A usted qué le parece esta insistencia de don Lucio?

La mujer se animó al contestar.

—Me parece muy bien. Siempre tiene usted mucha prisa. Y nos gusta que venga por aquí. Usted me reconforta más que sus medicamentos.

Los tres callaron.

Doña Sofía pensaba: «La única persona con la que se puede hablar aquí. La única después de tanto tiempo».

Don Luis pensaba: «Cinco minutos. Ni uno más. Empeoran las cosas así. Esta mujer edifica día a día su enfermedad. Trabaja en ella como en una obra de arte».

Don Lucio habló:

—La procesión debe de estar ya cerca de su casa. He sentido no acompañarla este año.

El médico hizo un gesto de vaga comprensión.

Doña Sofía dijo:

—Las niñas han ido con la muchacha. Espero que las tres recen por mí.

Don Lucio miró a su mujer y la arruga vertical que cruzaba su frente se acentuó.

El médico se levantó.

—Ahora sí que me marcho. Es tarde.

La mujer repitió la mirada de súplica, pero el marido no se inmutó.

—Le acompaño, don Luis. Le acompaño hasta abajo.

La enferma suspiró hondamente. Dijo:

—Mañana vendrá usted a ponerme la inyección. Le espero, ¿verdad?

El médico asintió.

—Mañana, a esta hora.

La mujer continuaba:

—Esta tarde les enviaré a las pequeñas para que doña Lupe las vigile un poco. Quieren ir al río con su niña. Por favor, diga a su mujer que se haga cargo de mi situación... Siento tanto molestarla...

Cuando los hombres salieron, la habitación se llenó de un silencio pesado. La tarima se abría a la luz del sol, se deshacía en partículas luminosas.

«No hay trenes. Parece que falta algo y es que no se oyen los trenes», pensó la mujer y volvió la mirada a la ventana, al silencio que empezaba al otro lado de la ventana, en la red negra del ferrocarril.

«Trenes de carbón. Carbón y hombres sucios. Si algún día este pueblo tuviera ferrocarril normal, con trenes de pasajeros que llevaran a la ciudad...»

Don Lucio entró, pero el silencio continuó allí, indiferente a la llegada del hombre. Don Lucio se sentó en la butaca que había ocupado el médico un momento antes. Su mujer, en voz baja e imperiosa, ordenó sin mirarle:

—Quítate de ahí. Me das calor tan cerca.

Don Lucio la miró y el recuerdo fue más rápido que su voluntad.

Era un día de verano, hace diez años, y Sofía estaba como ahora, como casi siempre, pero aquella vez con un motivo justificado, porque acababa de nacer Sofi, la hija pequeña.

Fuera, en la calle, el sol hacía daño en los ojos. La ventana se entornaba como ahora, y dejaba entrar una luz verdosa, vegetal, a través de las persianas recién instaladas.

Como ahora, Sofía estaba abatida, amarga. Una criada cuidaba de la niña en otra habitación. Ellos, solos, trataban de hacerse compañía. Lo intentaba él al menos, con buena voluntad.

—Tres hijas —dijo en voz alta. Y se asustó de sus palabras, porque ella le miró con desprecio, con asco—. Tres hijas, Sofía —repitió a pesar suyo.

Y fue a acercarse a ella, a cogerle una mano, a hacer algo capaz de borrar la dureza de los ojos semicerrados. Ella le había apartado con un gesto, sin dejarle llegar, y le había dicho, como ahora:

—Quítate de ahí. Me das calor.

El definitivo, el último calor que había intentado darle. Desde entonces, desde Sofi, ninguno de los dos se esforzó ya. La enfermedad de la mujer fue creciendo entre ellos como una explicación, como una causa ajena a ellos mismos, de la que tenían que sufrir las consecuencias.

Don Lucio, desde el recuerdo, miró a su mujer. Dijo despacio, sin darle importancia, atravesando con su voz la cortina brillante:

—Don Luis no te daba calor.

3

El río tenía un color verde terroso. Junto a la orilla se veía el fondo de piedras negras, se percibían, en enmarañada confusión, raíces de arbustos que crecían en el agua ribereña y hojas tiesas de espadañas.

Las niñas lamentaron una vez más el baño perdido. Maruja se quitó los zapatos y metió los pies, a medias, en el agua.

—Salvador se habrá helado —informó—. Arriba, junto al puente, en el pozo de las truchas...

Sofi no contestó. Miraba el agua y pensaba: «Está fría sólo al principio. Metiéndose de repente no se nota. Se nota si se mete uno poco a poco, como hace siempre Lucía, y se va mojando el cuerpo lentamente».

Doña Lupe cosía sentada en una piedra lisa. La criada de doña Sofía devanaba una madeja de lana, ayudada por Elena. Se dirigía a doña Lupe y explicaba con apasionamiento:

—Y dijo la señora: «Pues si no quieres ir, te quedas en casa. ¡Habrase visto la caprichosa!». Y ella dijo: «Pues me quedo».

Elena pensó: «Cuando termine esto me pongo a leer. Doña Lupe no habla, no interrumpe. Me sentaré junto a ella de espaldas al sol».

Maruja, débilmente, volvió al ataque.

—Mamá, el agua está muy caliente. No tengo frío en los pies. Si nos bañamos sólo un ratito...

La madre, sin levantar la cabeza, contestó:

—No. El agua está muy fría por la lluvia de ayer.

Maruja pensó: «Salvador viene solo al río y se baña si quiere. Me gustaría ser chico. Si no fuera por los vestidos y el pelo, que siempre lo llevan igual».

Agradeció su propio pelo castaño, lacio e indomable, su flequillo recortado cada semana.

—Cuando sea mayor me rizaré el pelo —dijo Maruja—. ¿Y tú?

—Yo haré lo que diga mamá.

El pelo de Sofi era suave, ondulado, de un color claro, casi rubio.

«Pero tiene ojos de hormiga —pensó Maruja—. Tiene ojos pequeños y saltones como las hormigas».

El río bajaba un poco turbio. Arrastraba tierra removida y barrosa de la tormenta del día anterior, pero el agua estaba templada y la hierba de la pradera, verde y tierna, se había secado después de todo el día de sol.

—Quisiera que hubiera usted visto la salida de la procesión, señora —continuaba hablando la criada—. ¡Qué lujo! Pero había menos gente que otros años. Yo digo que en este pueblo cada vez hay menos gente religiosa. Quisiera que viese usted mi pueblo, en cuanto se organiza un festejo a un santo... Claro que mi pueblo es todo de labradores, no como éste, que con las minas anda envenenado.

Hizo una pausa. Pensó: «A cualquier hora en mi pueblo iba una a coser en domingo como esta señora hace y en una fiesta tan señalada como el Corpus». Daba vueltas entre las manos al ovillo que acababa de hacer con la lana devanada.

—Esos mineros no son gente de fiar. Allí vería usted qué caras más largas mirando la procesión. Parecía que nos querían comer, y no iríamos arriba de cuarenta, no crea usted...

Doña Lupe cosía en silencio. Elena, a sus espaldas, había abierto un libro.

Doña Lupe cosía. A veces levantaba la cabeza para mirar a las dos niñas que jugaban a la orilla del río. Hacía calor. Las niñas se habían quedado silenciosas. Maruja sentía los pies calientes y ligeros dentro del agua. Pensó: «De tanto moverlos. Se mueven como peces. Si se me escaparan los pies solos río abajo, se convertirían en peces...».

Maruja sonrió. Sofi dijo:

—¿De qué te ríes?

Maruja se puso seria.

—No me río. Estaba pensando.

Miró a su madre, suplicante, una vez más.

—Mamá, el agua está muy buena. Tengo los pies muy a gusto dentro de ella y estoy asada de tanto calor. Fíjate la hierba cómo quema...

La madre se aferró a su primera decisión.

—No puede ser. Os haría daño.

Por el río venían flores amarillas.

—Mira —dijo Maruja. Y olvidó el baño—. Mira, flores del Corpus. Como las que se echan delante de las casas.

Las flores se hundían en el agua, reaparecían luego. La mancha dorada se perdió en la corriente.

—¿Quién las habrá tirado? Eran muchas —dijo Sofi.

Maruja preguntó:

—¿Echaste flores delante de tu casa?

Sofi negó con la cabeza.

—Yo sí quería, pero no me dejaron ir a buscarlas. Las muchachas estaban muy ocupadas y no podían ir conmigo. Elena y Lucía no quisieron acompañarme.

Maruja pensó: «Tiene el pelo rubio y vive allá arriba, pero no lo pasa tan bien como yo. No la dejan hacer nada de lo que le gusta y se aburre con los juguetes en aquel cuarto de la plaza». Sin poderlo evitar fue cruel.

—Pues yo lo pasé muy bien —dijo—. Fui al monte con Salvador por la mañana y por la tarde. Por la tarde llenamos una cesta enorme de zapatitos y llovió y nos escondimos debajo de un árbol todos mojados. Cuando fuimos a recoger la cesta se había volcado, pero no nos importó, porque ya habíamos recogido muchas por la mañana. Ya viste cómo estaba la explanada delante de casa...

Sofi escuchaba admirada. Maruja concluyó, orgullosa:

—Y al llegar a casa no me riñeron. Mamá me frotó el cuerpo con una toalla y me cambió de ropa, pero no me riñó.

Sofi sintió necesidad de defenderse.

—A mí no me dejarían ir por ahí con Salvador. Su padre es minero.

Maruja se asombró.

—¿Y qué? Su padre es minero, pero tiene huerta y pajar y cuadras también. Desde las vigas altas del pajar nos tiramos a la paja y no creas que te haces daño, no; te hundes, te hundes y está todo blando y da mucho gusto. Luego subimos otra vez a las vigas y nos volvemos a tirar. También van las niñas de la maestra y no les importa que el padre de Salvador sea minero.

Sofi reconoció:

—A Lucía le gustan los mineros. Le gusta verlos pasar por la plaza cuando salen de la mina. Pero les tiene miedo. No se atrevería a hablarles. Además, mamá no quiere que los miremos siquiera. ¡Qué sucios van! ¿Verdad?

Doña Lupe suspendió la costura y llamó a las niñas para merendar. Elena cogió de la pradera una hierba larga y fina y la colocó entre las páginas del libro, como señal.

Doña Lupe traía membrillo, nueces y pan. La criada sacó de una bolsa galletas y chocolate. Con los pies descalzos y mojados, Maruja se acercó a su madre, recogió su merienda y volvió al lado del agua.

El sol era, en el río, un disco ondulante que oscurecía las aguas a su alrededor.

4

Florentino, el minero, suspiró.

—No hay nada que hacer, don Luis... Se lo digo yo. Otra vez atrás y siempre atrás. Esto no tiene remedio.

Don Luis apartó con el pie una rama cargada de flores que se había enredado en la pata de la silla. Estaban sentados al fresco de la explanada, en la noche de verano recién estrenado y mojado ya y vuelto a renacer. Se sentaban allí, a la puerta de don Luis, los dos, el médico y el minero-labrador, para hablar de cosas que les dolían y les sorprendían o para no hablar y sentir el silencio amigo entre los dos, como un puente vivo, enraizado en sus cuerpos. La explanada estaba amarilla de las flores del Corpus, derramadas allí por los niños. Don Luis movió la rama florida con el pie y la luna llena arrancó brillo a las flores.

—Ya ve usted, Florentino, si es difícil luchar contra esto. Las flores del Corpus al paso de la procesión y los chiquillos, nuestros hijos, que van a recogerlas y se sienten felices adornando sus puertas.

Florentino piensa en su mujer, Matilde, en su callada aprobación a las luces de la procesión, al florido cortejo, a la ofrenda ante el portal. Y Florentino, el labrador, suspira.

—No es eso sólo, don Luis. A mí no me importaría que mi mujer fuese a misa si hubiera más justicia y más igualdad y más de todo lo que no hay. Pero, mire usted, que ella vaya a misa para tener al lado a ese don Lucio, por ejemplo, dándose golpes de pecho y explotando al pobre..., eso no.

Doña Lupe se asomó al balcón y miró a los hombres abajo, silenciosos, dos manchas oscuras sobre el fondo blanco-amarillo del suelo.

Maruja dormía ya y doña Lupe, apoyada en la barandilla de hierro, sentía el cansancio del día —el trabajo habitual y el calor y el paseo— como un hormigueo adormecedor por todo el cuerpo. Respiró hondo al aire de junio, miró a lo lejos, a la masa negra del castillo.

«Nunca se caerá... Hicieron bien eligiendo esa peña para hacer un castillo, si es que ha existido alguna vez y no es todo sueño y las mismas piedras que quedan, marcando divisiones imaginarias, no son también restos de un sueño...»

Los hombres seguían abajo, en silencio. Doña Lupe llamó suavemente:

—Luis.

Don Luis volvió la cabeza, miró hacia el balcón.

—Luis, voy a acostarme. Estoy cansada. No tarden ustedes mucho en ir a descansar... Buenas noches.

Don Luis se levantó.

—Creo que es hora de acostarse, Florentino. Es verdad que se ha hecho tarde.

Le dio una palmada en la espalda.

—A dormir bien, hombre, y a no pensar. Es malo pensar por la noche cuando se tiene trabajo al día siguiente.

La habitación estaba iluminada por una lámpara de mesa con una gruesa pantalla. La habitación era humilde, casi pobre, y en invierno muy húmeda. Caían goteras desde dos o tres puntos del techo y había que colocar cacharros en el suelo para que no se inundase. La casa toda era vieja y mala, pero no peor que la mayoría de las del pueblo alto o bajo.

Los muebles eran escasos y estaban en función, únicamente, de su inevitable necesidad. Don Luis había construido por sí mismo la mesita cercana a la cama en la que se asentaba la lámpara; también un tosco armario con tablones y una cortina que ocultaba y protegía las ropas del interior. La cama, grande y alta, era de hierro negro y se cubría con una colcha de encaje casero color marfil.

La lámpara de mesa apenas iluminaba la habitación. La bombilla era pequeña y el grueso caparazón de falso pergamino disminuía la luz. Las sombras de los cuerpos y los muebles se dibujaban borrosas contra la pared.

Don Luis dejó en la mesilla el reloj, junto al vaso de agua. Su mujer le miraba desde la cama. Don Luis recordó la mañana. La mujer del comerciante recostada en el lecho, la atmósfera tensa y pesada de la habitación, los ojos brillantes de la enferma.

—No está enferma, Lupe; desea estar enferma para poder huir de él.

La mujer se incorporó a medias.

—¿De qué hablas, Luis? ¿De quién estás hablando?

El médico inclinó la cabeza hacia su mujer.

—Doña Sofía, la mujer de don Lucio. Esta mañana, cuando he ido a verla, estaba exaltada, y el pobre hombre, él, don Lucio, sin saber qué hacer, queriéndome retener como si yo fuera a ayudarle a él más que a ella.

Doña Lupe habló y su voz fue dura a pesar suyo, casi rencorosa.

—Lo que le ocurre a esa señora es que no tiene problemas graves de que ocuparse. Poco trabajo y mucho tiempo libre para pensar en la suciedad de este pueblo y en la desgracia de vivir aquí. Mejor sería que se ocupase de educar a sus hijas, de conocerlas y estar cerca de ellas, en lugar de agobiarlas con sus estupideces...

Don Luis se sentó en la cama y rozó suavemente con sus dedos el pelo suelto de su mujer.

—No te exaltes tú ahora. Déjala. ¡Pobre mujer!

La ventana abierta dejaba entrar un rectángulo de luz lunar. En el aire fresco de la noche venía disuelto el aroma dulzón de las flores amarillas, humedecidas del contacto con la tierra. Don Luis apagó la luz y se asomó a la ventana.

5

Las flores amarillas formaron un montón en el centro de la explanada.

«Es bonito», pensó Maruja. «Si duraran mucho tiempo las podríamos dejar ahí como si fuera el centro de un jardín o un montecito amarillo que ha nacido de la tierra...»

Salvador salió de su casa y empezó a barrer con una escoba grande de raíces. Maruja se acercó a él.

—Yo ya he terminado. ¿Qué hacemos ahora con ellas?

Salvador siguió barriendo y contestó:

—Yo las voy a echar a la cuadra. Si quieres, te recojo las tuyas y las echo allí también.

Maruja sintió pena por las flores, pero no se atrevió a replicar.

—Bueno —dijo.

Cuando Salvador terminó de barrer entró en la casa a buscar un cesto grande. Fue echando en él las flores aplastadas, llenas de tierra, ayudándose de la escoba y la pala. Maruja, a su lado, le contemplaba en silencio. Quiso olvidar las flores, la explanada amarillo brillante de la víspera. Dijo:

—Ayer fuimos al río, pero no nos dejó mamá bañarnos. ¿Tú te bañaste?

Salvador seguía el trabajo serio y afanoso. Una sirena silbó en la parte alta del pueblo.

—Las doce —dijo—. Ya salen.

Luego recordó la pregunta de Maruja.

—Sí, yo me bañé. Estaba buena el agua. Un poco fría, pero buena.

—Yo lo pasé muy bien —dijo Maruja—. Fui con las niñas de don Lucio.

Salvador cogió el cesto con las dos manos y fue hasta la explanada de don Luis.

—Has barrido mal, has dejado muchas por aquí.

Dio un repaso con su escoba al círculo cercano al montón. Volvió a buscar la pala e inició la recogida.

—Ésas son unas señoritingas idiotas —dijo de pronto.

Maruja se ofendió.

—¿Por qué?

Salvador sintió rabia contra sí mismo por haberlo dicho y contra Maruja por haberse asombrado.

—Porque sí —crecía su irritación—, porque son hijas de ese canalla de don Lucio.

Maruja tuvo ganas de llorar.

—Me alegro de lo que les pasó en Carnaval. Las debían haber dejado allí, en medio de la plaza toda la noche, a ver si se helaban.

La carretera empezaba a llenarse de gente. Bajaban los primeros grupos de mineros. Maruja tenía los ojos nublados y las figuras oscuras que se acercaban por la carretera le parecieron grandes bloques de carbón, con piernas que se movían, que andaban. Pensó en Lucía asomada al balcón de la plaza, espiando el paso de los hombres, y recordó también aquel día de Carnaval y la gente haciendo corro a las niñas. Tuvo miedo.

Era como si la carretera se hubiese roto en algún punto. Maruja sabía que la rotura se había producido en el punto invisible que unía el barrio alto con el bajo. Le pareció que la casa de don Lucio estaba muy lejos o que quizás había volado de la plaza, había sido arrancada y arrojada a otra parte.

Entre los últimos mineros venía el padre de Salvador.

—Hola, padre —saludó el niño.

Luego, sin mirar a Maruja, avergonzado e iracundo, cogió el cesto de flores y entró en su casa.

Maruja se quedó a la puerta de la suya, desconcertada, angustiada por las palabras de Salvador. La carretera estaba ahora vacía y la niña sintió temor de su soledad. La sirena volvió a sonar y Maruja subió escaleras arriba en busca de su madre, deprisa, huyendo de la nueva caravana de mineros que en breve empezaría a bajar desde el barrio alto.

Octubre, 1934

1

Había que atravesar el bosque de hayas, y ésta era la parte de camino que Maruja prefería.

Era el otoño, las hojas se enredaban en los pies y daba gusto andar sobre ellas, húmedas y sin embargo crujientes, calientes del sol templado de la mañana y penetradas ya de la humedad de la tierra jugosa. Había que atravesar el bosque, pero no importaba porque era un bosque abierto, sin miedos, y los helechos antiguos que lo llenaban habían perdido en algún momento su misterio, quizás cuando el gran bosque fue talado en su mayor parte y horadado su suelo en busca de carbón.

El retazo de bosque, prisionero entre Los Valles y la mina, vecino de las praderas del Castillo, conservaba sus hayas, y los helechos eran como un recuerdo del perdido misterio.

Ahora los helechos sirven para las truchas de Florentino, para envolver las truchas que Florentino regala a don Luis cuando baja al río, de pesca. Con las hojas grandes de los helechos, Maruja sabe hacer cestos simples, clavando la punta del tallo en el extremo opuesto de la hoja. Son cestos que para nada sirven, porque los hayucos se caen de ellos y no se puede pensar en transportar allí ninguna cosa; pero son cestos, porque su forma y su momentánea función —hasta que los hayucos se caen— es de cesto.

El bosque es húmedo y las hojas crujen al andar; los pies se hunden un poco y da gusto que se hundan, sabiendo de antemano que no hay peligro de quedarse clavado en la tierra. También en primavera hay humedad. En primavera, cuando se acerca el cumpleaños de la madre y Maruja va al bosque con don Luis a recoger peonías. Las peonías son grandes, rojas, aparecen en macizos salvajes incomprensiblemente. Maruja no puede aceptar que crezcan solas, tan grandes y bellas, e imagina fantásticos jardineros nocturnos que las plantan y las cuidan. De todos modos, allí están cada mayo y puede hacerse con ellas y con las campanillas de los valles un ramo enorme rojo y blanco.

Para llegar a las praderas del Castillo hay que atravesar el bosque, y antes de emprender la subida es necesario descansar.

Maruja se sienta en una piedra, mira a su padre.

—¿Qué te pasa?

El padre estaba serio y durante el paseo apenas había hablado.

—¿Qué te pasa, papá? ¿Te aburres? ¿Nos volvemos?

El médico miró a la niña volviendo de sí mismo, de la preocupación y del temor.

—Nada, hija. No me pasa nada.

El temor estaba escondido, pero era difícil de olvidar. El temor había quedado atrás, en el pueblo minero, en la callada atención de los hombres que esperaban, en la indiferente actitud de las mujeres, en ciertos especiales movimientos, apenas perceptibles, del pueblo entero.

El temor quedó en la voz de doña Lupe: «¿Sigues decidido a salir? ¿No te da miedo llevar a la niña? ¿No parecerá que huyes de algo?».

Maruja ya había descansado bastante. Se levantó de la piedra, verdosa de humedad en la parte cercana a la tierra, suave y pulida en la superficie expuesta a la lluvia y el viento de todo el año.

—¿Vamos, papá?

El padre permanecía de pie, de espaldas al bosque, a Los Valles, al pueblo. Echó a andar en silencio. Después de los primeros pasos dijo:

—Vamos.

La ascensión era fácil y el aire de la altura les iba envolviendo, empujándoles, ayudándoles a andar.

—Mira el río, ya se ve el río.

Maruja cogió a su padre de la mano y miró abajo, a la nueva perspectiva que el Castillo había mantenido oculta y que surgía de pronto, en una revuelta del sendero.

—El río.

Maruja repetía la palabra con nostalgia. El río abajo, vedado hasta el próximo verano, el río inútil ahora para los baños y los paseos a su orilla.

—El verano que viene me enseñarás a nadar. Acuérdate que me lo prometiste.

El médico miraba al río y la inquietud se le desleía en las aguas contempladas.

«Después de todo, no ocurrirá nada. Como siempre. Mucho ruido y, al final, nada», pensó. Apretó la mano de la niña y ella sonrió.

—Mira el sol en el río, papá. Parece que se lo va a tragar. Parece que el sol sale del río.

Caminaron un trecho, montaña arriba.

El médico olvidó el río y la momentánea serenidad de la contemplación. La inquietud volvía, machacona. El temor, el sordo rumor que se extendía por el pueblo. La amenaza sonriente de Florentino: «Esta vez habrá más que palabras. Ha llegado el momento, don Luis». Y su propio desvelo, toda la noche esperando. Y nada. Y la mañana, y nada todavía. Sólo los niños llevando mensajes aparentemente poco urgentes, sin importancia, pero, no obstante, sospechosos. Sólo el ruido, sólo las palabras. «No es posible que suceda nada. No debe suceder...»

—Sí, hija, el sol parece que...
—¡Papá!

Tirados en el suelo, los dos permanecieron abrazados durante unos breves, atronadores segundos. Las piedras sueltas rodaron ladera abajo.

—¡Papá!

Maruja lloraba y el padre la apretaba contra su cuerpo.

—No ha sido nada, Maruja, no llores.

El padre sintió que no tenía fuerzas para levantarse y miró abajo, al río, al sol hundido, al lugar del estruendo.

—No ha sido el sol.

Dijo para sí mismo:

—No ha sido el sol, Maruja, no llores.

Y se despertaba del absurdo sueño a que la explosión le había hecho aferrarse.

—No ha sido el sol.

La niña no quería mirar. Escondía la cabeza en el padre y se liberaba del terror en sollozos convulsos.

—Papá, papá.

El padre despertó.

—El puente; han volado el puente a nuestra vista, abajo, en un instante, mientras nosotros mirábamos al sol... Era eso, el puente..., los misterios y la promesa de Florentino... Están perdidos.

La niña se iba tranquilizando. Quería saber.

—¿Quién ha volado el puente? ¿Por qué han volado el puente? ¿Era una bomba?

¿Quién? ¿Para qué? Don Luis imaginó el puente aislado provisionalmente, imaginó los despachos telegráficos de la Guardia Civil, la alarma en León. ¿También en otros sitios? «El Gobierno hará algo. El Gobierno...»

—Papá, vámonos a casa. Tengo miedo aquí arriba.

Maruja tenía mal color y las lágrimas habían dejado unas escamitas de sal en las ojeras sombrías que empezaban a dibujársele.

El padre cogió las manos de la niña y las frotó entre las suyas. Le dio unas palmadas en las frías mejillas.

—Vamos a bajar deprisa, Maruja. En cuanto lleguemos a la pradera daremos una carrera hasta el bosque. A ver quién llega antes. Vamos deprisa, porque mamá estará preocupada. Y olvida el susto, porque no ha sido nada...

Don Luis miró por última vez al río, al puente, limpiamente tajado en dos, sereno como una ruina de hace mucho tiempo, dejando pasar el sol por su grieta gigante. La terrible quietud del puente herido le dio miedo. Se apresuraron y sin darse cuenta se encontraron en Los Valles, en el pueblo suburbial y sucio, callado entonces, con las puertas cerradas, como abandonado.

—¿Nadie lo ha oído aquí, papá? —preguntó Maruja.

Y don Luis volvió a temer el silencio, la tranquilidad en que la catástrofe había envuelto a los hombres y a las cosas de su pequeño mundo.

«No durará mucho el silencio», se dijo.

Cuando entraron en casa, doña Lupe los recibió también callada, pálida. Los abrazó fuertemente y luego se derrumbó en una silla, sin aliento, como volviendo de una larga carrera.

2

Don Lucio abrió el periódico y leyó: «En el norte, en Asturias y León, los mineros rebeldes...».

Doña Sofía abrió la puerta del comedor y fue a sentarse frente a él en la silla alta, tapizada de rojo oscuro. Se sirvió café en silencio, luego un poco de leche. Empezó a beberlo sin azúcar. Su marido la contempló cariñoso y triste.

—¿Qué tal va eso?

—¿Qué?

—Las maletas y los nervios.

Doña Sofía estaba seria. Dijo:

—Todo está ya listo. Las niñas están vestidas, esperando en el cuarto de la plaza.

En el cuarto de la plaza, Elena empaquetaba tres libros.

—Sólo tres —había dicho la madre—. Escoge los que te gusten, pero no más de tres.

Lucía estaba de pie, de espaldas al balcón, a la plaza. Hacía cuatro días que los mineros no salían a trabajar, no oscurecían la calle, de tiempo en tiempo, con su presencia.

Cuatro días de espaldas al balcón. Lucía no empaquetaba nada porque no quería marchar.

—Me quedaré yo aquí, con papá —había suplicado a la madre.

Y la madre hubiera deseado dejarla. Prefería llevar sólo a las dos pequeñas, abandonando definitivamente a la mayor con el padre, en la casa de la plaza. Pero don Lucio no hubiera aceptado la responsabilidad, el peligro después de los últimos sucesos. Además, algo como un afán de venganza impulsaba a la madre a llevársela a la ciudad, a llevársela a disgusto de ambas, a arrancarla del balcón y mantenerla para siempre alejada de aquel pueblo y aquella gente.

Lucía estaba de pie, dando la espalda a la plaza. Miraba a Sofi, que había vestido una muñeca, la última, la más nueva, con su mejor vestido, y había decidido dejar allí el resto de los juguetes.

—Mamá me comprará otros cuando lleguemos a León.

Lucía callaba, envarada dentro de su traje nuevo. No miró a su madre cuando ésta entró a ver si estaban preparadas.

—Dentro de media hora vendrá a buscarnos el taxi.

Lucía apretó las uñas contra sus palmas cerradas. Sofi dijo:

—Mamá, ¿no podré despedirme de Maruja?

La madre pensó en el médico y por un momento dudó en acceder a la petición de su hija. Detenerse un momento con el taxi y despedirse desde dentro, en un minuto. Decir con una sonrisa:

—Ya ve cómo huyo de todos ustedes. De todos los de este pueblo.

Y añadir para sus adentros: «Quédense aquí hasta que revienten».

Pero recordó la casa de al lado, Florentino, el minero, y el terror de hacía unos días.

—No podemos detenernos. Papá se despedirá de ella en tu nombre.

Por la plaza cruzaron unos soldados. Iban armados, con un sargento al frente; marchaban en balbuceante formación. Bajaron las escaleras de la plaza, pasaron delante de la casa de don Lucio. Al ruido de las botas, Lucía volvió la cabeza. Vio a los hombres, uniformados y silenciosos, andando cansinamente, y los siguió con la mirada hasta que se alejaron.

Se parecían en algo —el torpe paso, el gesto triste, el silencio, el misterio— a los hombres de la mina.

Cuando el taxi arrancó, don Lucio se quedó mirándolo desde la puerta grande de la tienda-almacén. Se habían despedido dentro de la casa, sin testigos.

Don Lucio había dicho a su esposa:

—Cuídalas y cuídate, mujer. A ver si todo pasa y podéis volver pronto.

La mujer contestó:

—Sí.

Y pensó: «Nunca he estado más segura de no volver».

Don Lucio besó a sus hijas, una a una, sin palabras.

Elena le sonrió distraída, mientras apretaba bajo el brazo el paquete de libros. Sofi estaba a punto de llorar. Lucía abrazó a su padre y con el abrazo deslizó las palabras:

—Volveré pronto, papá.

El taxi de Félix recorrió el pueblo carretera abajo. A la mitad del camino se encontraron con los soldados y el sargento, que se hicieron a un lado y les dejaron pasar. El sargento inició un saludo, mano al gorro, mirando al interior del coche.

En algunas ventanas había caras inmóviles. Pero la carretera estaba vacía, de no ser por el pelotón de soldados.

La carretera estaba desierta aunque había sol y el aire de octubre, caliente y húmedo, azotaba suave, cariciosamente, las ventanas cerradas. No había niños en la calle, aunque los niños salen, con la nieve y la lluvia, a jugar delante de las casas.

—No hay niños —dijo de pronto Sofi.

Nadie le contestó.

La carretera estaba vacía y, a ambos lados, las casas de los mineros, de los empleados, de los humildes labradores, se cerraban, calladas, al paso de los soldados y del coche.

Al llegar a la casa de Maruja, Sofi pegó la nariz al cristal, intentando ver algo. El coche pasó sin detenerse, como estaba previsto, y Sofi apenas tuvo tiempo de mirar hacia arriba, hacia el balcón cerrado.

—No sabía la hora; ni siquiera sabría que nos marchamos —dijo Sofi, entristecida.

—¿Qué dices, niña? —preguntó la madre.

—Maruja. No estaba asomada.

El pueblo quedó atrás y la carretera se abrió entre praderas brillantes de un verde húmedo y soleado.

—El campo está hermoso —dijo Félix, el chófer.

El campo, el bosque del otro lado de Los Valles, el Castillo. Todo intacto y fiel a la calma templada del otoño. «Como si nada hubiera pasado», pensó Félix, pero no lo dijo en voz alta.

En la primera revuelta se pudo ver el río, y enseguida el taxi frenó y se detuvo frente al puente destrozado. Los muñones de piedra se dibujaban en el agua. Un pájaro perfiló con su vuelo la trayectoria del arco destruido. Luego fue a posarse en uno de los pilares desnudos.

—Las niñas, aquí, a mi lado. Usted, enfrente, con las maletas. No hay peligro, no asustarse.

El barquero hizo girar la barca hasta dejarla paralela al alto cable. Enganchó en ella su bichero.

—¿Van bien?

El río es ancho y la corriente fuerte.

«Si volcásemos —piensa doña Sofía— ahora que estamos tan cerca del otro lado...»

Sofi va muy quieta junto al hombre que dirige la embarcación. Tiene un poco de miedo, pero no mucho. El justo para desear llegar lo más pronto posible y no tanto como para negarse a cruzar o reclamar la cercanía de la madre.

Elena ha colocado sus libros en el regazo y mira el agua turbia y profunda, intentando fijar su imagen, completarla un momento en la móvil sucesión de las ondas.

Lucía está de pie, junto al barquero. Fascinada, clava los ojos en el puente roto.

—Estamos —dice el hombre.

Doña Sofía, rápida y ágil, pone el pie en la otra orilla, cubierta de altas hierbas, blanda y cenagosa, bullente de los pequeños animales de la humedad. Como la orilla de enfrente.

3

Estaban los tres en casa de Florentino, el minero, con Salvador y su madre.

—¿Y de Baldo?

La mujer de Florentino dijo:

—Nada.

Y pareció volver de su abstracción. Empezó a recoger algunas cosas, colocándolas sobre la mesa de la cocina. Pequeños paquetes envueltos en tela. Fardos con objetos imprescindibles.

—He ido allá arriba esta mañana —dijo don Luis—. Florentino está bien. No se preocupe, Matilde.

Matilde levantó la mirada hacia el médico y había tanta resignación en ella, que el médico se arrepintió de su consejo.

—Preocupándose no se arregla nada —dijo la mujer—. Hay que hacer. Y yo voy a hacer lo único que me queda: salvar estas pocas cosas y sacar de aquí a mi Salvador. Los otros dos están perdidos. Mañana los trasladan a León. Saldrán cuando Dios quiera...

La cocina estaba fría y como deshabitada. La lumbre apagada y los bultos dispuestos para la marcha, distribuidos por los rincones, por las sillas, sobre la mesa, daban a la oscura pieza un aire deprimente de sala de espera en una estación rural de ferrocarril. Una estación para un tren que se acerca por el campo, traqueteante e inseguro.

Salvador y Maruja estaban sentados en el escaño y escuchaban a las personas mayores con atención.

En la carretera se oyó el motor de un coche y Maruja, instintivamente, como hacía siempre en su casa, fue a levantarse para asomarse a la ventana. El padre la detuvo con un gesto.

—Es el taxi de Félix —dijo—. Lleva a la familia de don Lucio a la barca para pasar a un taxi de Villares que las espera al otro lado y las lleva a León.

Matilde esperó, sin mirar a la ventana, hasta que el coche se alejó. Luego habló:

—Ellos también se marchan, ¿por qué? Ellos tienen la culpa de todo. Ellos y los que son como ellos.

Maruja pensó en Sofi huyendo del pueblo con su madre, y la hostilidad de Matilde no fue bastante para evitar la repentina tristeza que la invadió. «No iré más allá arriba a jugar con ella. Las amigas de la plaza... Se marchan.»

Sintió ganas de llorar, pero el grupo que la rodeaba la cohibió. «Si me ve llorar Salvador...»

Y recordó el odio de sus palabras, un día de verano, el día del Corpus, cuando habló de las niñas de don Lucio. Maruja no había olvidado aquel día, y cada vez que estaba con sus amigas trataba de descubrir las causas que habían impulsado a Salvador a hablar de aquel modo.

Ahora, la marcha, la separación quizá definitiva, lo hacía todo más oscuro.

«Se marcha Sofi, se marcha Salvador», pensó. Y sintió de nuevo deseos de llorar. Salvador y Sofi se unían para abandonarla y ella quedaba al margen de esa forzada unión para la huida, de esa coincidencia en el abandono del pueblo, transformado en un lugar temible desde hacía cuatro días.

Salvador le tocó la mano.

—¿Vienes conmigo al huerto, Maruja?

Matilde aprobó.

—Sí, vete con Salvador. Luego venís a merendar.

Las personas mayores se quedaron hablando en voz baja y ellos salieron, por la puerta de atrás, al aire libre.

Los manzanos del huerto estaban ya vendimiados. Las manzanas, que ellos ayudaban a recoger todos los años, fueron arrancadas apresuradamente y cargadas en cestos grandes. Salvador había llevado uno de los cestos a casa de don Luis y doña Lupe extendió la fruta en el suelo del cuarto de Maruja, sobre papeles, para que fuera madurando.

Sobre la pradera quedaban algunas manzanas, pequeñas o dañadas. Salvador cogió una y le hincó el diente.

—Está muy dura —dijo. Y Maruja imaginó su amargor.

—Dame un poco.

Maruja mordió con fuerza hasta hacerse daño en las encías.

—Está buena.

Salvador cogió otra manzana del suelo y luego miró a los árboles, desnudos de frutos.

—Estaban muy cargados. En casa de mi abuela también tienen manzanas, pero no tan buenas. Aquello es muy seco. Cuando lleguemos lo que habrá será mucha uva. Llegaremos para la vendimia.

Maruja pensó en la marcha de Salvador, y la manzana que tenía en la boca se volvió más amarga.

—¿A qué hora os marcháis?

—A las seis de la mañana. Tenemos que dar la vuelta por el puente de Villares y con el carro y las vacas se va despacio. Tardaremos mucho tiempo en llegar a la carretera grande.

Maruja recordó la carretera general tal como la veía desde el Castillo cuando subía con su padre a lo alto: una culebrilla negra que se perdía dando vueltas entre los cerros del otro lado del río.

—Cuando sea mayor, marcharé yo también del pueblo. Ha dicho papá que le gustaría mucho mandarme a un colegio francés de Madrid. ¿Sabes? Es un colegio en el que los niños tienen que pedir lo que quieren en francés, si no no se lo dan. Si quieres una manzana, la tienes que pedir en francés. Así se aprende muy bien.

Maruja hablaba deprisa. Quería hacer planes reconfortantes que la aliviaran de su cercana soledad.

—Mamá lo dice siempre. Puede que el año que viene o dentro de dos me lleven a ese colegio.

Salvador dijo de pronto:

—Si te quedas con uno sería mejor.

Maruja volvió de sus sueños.

—¿Un qué?

—Un conejo. ¿Tú tienes un cestito pequeño y viejo para prestarme? Es que nos quedan dos conejos recién nacidos y no me los dejan llevar. Si tú quieres uno y me das un cesto para llevar el otro... Creo que así es más fácil esconderlo en el carro...

—Bueno —dijo Maruja.

Los dos niños salieron al portal y desde allí, a la calle. Los mayores seguían hablando en la cocina y sus voces llegaron hasta ellos como un murmullo.

La casa del médico estaba cerrada, pero Maruja sabía la forma de abrir tirando de un cordón oculto bajo el picaporte.

—Sube.

En el cajón de los juguetes, en la parte inferior de la librería, estaba el cestito. Maruja se lo dio a Salvador.

—¿Te servirá?

—Es muy nuevo —apreció el niño—. Es una pena, porque el conejo lo va a dejar hecho un asco.

Maruja se encogió de hombros.

—No importa. No tengo otro.

Luego recordó su parte en el trato.

—¿Y el mío? ¿Cuándo me darás el mío?

—Te lo traigo enseguida si me esperas aquí.

Salvador salió y Maruja oyó en la escalera los pasos de sus padres. Venían hablando en el mismo tono bajo y cansado que usaron en la conversación con Matilde.

—Mamá —casi gritó Maruja—, Salvador me va a regalar un conejito. ¿Lo puedo tener aquí?

Había angustia en la pregunta y una desmesurada inquietud. La madre se quedó mirándola y algo en la expresión de la niña le hizo conceder:

—Claro que sí. Veremos cómo lo arreglamos.

La respuesta desconcertó a Maruja, que estaba preparada a luchar, a implorar. Inesperadamente se sintió sin fuerzas y la tristeza contenida toda la tarde volvió a acongojarla. Corrió a su habitación y, derrumbándose sobre la cama, se echó a llorar. La madre acudió a su lado.

—Maruja, ¿qué tienes? ¿Por qué lloras?

El padre estaba a la puerta del cuarto, pensativo, esperando el final del llanto. Maruja decía:

—Todos se marchan, mamá. Salvador y Sofi y todos. Todos se marchan menos nosotros...

El padre se acercó al balcón y a través de los cristales, sin visillos, miró a la carretera. Los soldados y el sargento avanzaban por ella, moviéndose pesadamente en su lento patrulleo por el pueblo, llenando por un instante la carretera de una parda melancolía.

4

No entraba luz por los cristales del balcón, pero eran ellos, estaba segura. El ruido del carro, su chirriar vacilante, como de ciego que tanteara el camino, la despertó. Se levantó de un salto y fue hasta el balcón descalza. Sin abrir, miró afuera.

La luz nacía en alguna parte, muy lejos aún, pero a su escasa claridad se podían ver los bultos de las cosas.

Maruja reconoció el carro, con las vacas uncidas una al lado de la otra, cargado de trastos y de sacos llenos de ropa, de pienso, de manzanas. Matilde estaba parada delante del carro, con un pañuelo atado a la cabeza y un mantón negro enrollándole el cuerpo. Esperaba la llegada de Salvador, entretenido en una última gestión dentro de la casa.

Salvador vino al lado de la madre y su sombra pequeña se movió en torno del carro, observándolo todo, comprobando la resistencia del carro al viaje, tal vez, o el previsible fallo de una madera o una correa.

Maruja veía las sombras, el borroso contorno que una luz a punto de nacer prestaba a las sombras.

—Ya arrancan —dijo.

Efectivamente, fueron moviéndose todos con pesadez, con ritmo. «Como en la procesión», pensó Maruja.

Delante Matilde, erguida y fuerte, dispuesta al cansancio de un viaje de kilómetros. La primera, Matilde, de espaldas al pueblo minero que había aceptado por amor, que la rechazaba ahora, después de tantos años, que la empujaba otra vez a sus campos de la Castilla leonesa, lejos de la humedad y el carbón.

Después Salvador, el niño, la figurilla inquieta que daba vueltas en torno a las vacas y al carro, recorriendo el camino dos veces, desconociendo en realidad su verdadera longitud, incapaz, por otra parte, de ahorrar fuerzas. Salvador, marchando, sin saber si lo deseaba, del pueblo que era el suyo y el único que conocía, fuera de Los Valles. Salvador, preocupado por su conejo, oculto dentro de una cesta en el rincón más escondido del carro; imaginando la llegada a casa de la abuela, las uvas, la vendimia. Salvador, que odiaba a don Lucio y a las niñas de don Lucio y a la gente que había acabado por arrebatarle al padre y al hermano mayor, sin que él supiera para cuánto tiempo. Salvador, abierto a la esperanza del viaje, pero creyendo en un rápido retorno.

Y el carro arrastrado por las vacas, llevando en su vientre de madera una carga preciosa. Cosas sin las que es imposible vivir: ropas, cacharros, un gran retrato enmarcado, las últimas cosechas del huerto, las primeras herramientas para trabajar la nueva tierra.

Maruja les veía avanzar y el frío de los pies, del amanecer próximo, del sueño interrumpido, sacudió su cuerpo.

—Ya está, se fueron —dijo en voz baja, y se volvió a la cama.

El carro chillaba en la carretera y Maruja se tapó los oídos para olvidarlo. El calor de las sábanas la hizo temblar de nuevo. «¡Qué pereza marchar ahora carretera adelante, con lo bien que se está en la cama!», pensó; pero no se consoló.

Oía el ruido, a pesar de la fuerza de sus dedos sobre la oreja. Lo oía sordamente, disminuyendo en la lejanía, casi como un zumbido a los propios oídos, como algo interno y ajeno a la carretera, a la marcha de Salvador y su madre, a la fugaz visión de hace un instante.

«Cuando lleguen al puente torcerán a la derecha, al camino de Villares. Buscarán ese camino porque no pueden pasar en la barca con el carro.»

El puente, cortado en dos, se le apareció con la claridad de la tarde del Castillo. El puente, el rojo sol, la explosión, la incomprensible relación de Florentino y Baldo con todo aquello.

«Si no hubieran volado el puente, Salvador y su madre pasarían ahora sobre él, en lugar de dar esa vuelta tan grande», pensó Maruja. E inmediatamente: «Si no hubieran volado el puente no tendrían que haberse marchado, dejando aquí la casa vacía». Y enseguida: «Ni Sofi se hubiera marchado, ni nadie».

El puente roto, cortado en dos, ella de un lado y Salvador y Sofi, los amigos, del otro. El puente roto, desligándola de lo que había sido alegre hasta entonces: los paseos al monte con Salvador en busca de hierbas o berros; las excursiones al bosque para recoger hayucos; las meriendas de «allá arriba» con las niñas de don Lucio, después de haber jugado en el cuarto de la plaza o en el patio. Todo increíblemente perdido a causa de un puente que vuela una tarde, que puede verse saltar en pedazos desde lo alto del Castillo.

Maruja odió el puente, pero luego volvió de su odio. El puente no tenía la culpa. La culpa debía de estar en otra parte. Maruja se tapó los oídos. El carro ya no se oía en la carretera. Poco a poco, la niña se fue quedando dormida.

El carro llegó al puente y Salvador se detuvo. La madre andaba ya por el camino de la derecha, cuesta abajo, hacia Villares.

Salvador se detuvo y se acercó a la ruina.

—Madre —llamó—. Ven a ver cómo quedó.

La madre siguió andando por el camino paralelo al río, lleno de piedras y hojas secas.

La luz gris se había hecho blanca y endurecía la superficie del agua. Salvador permanecía absorto contemplando el puente roto.

«¡Cómo pudieron!», pensó. Y admiró a los hombres que habían sido capaces de destruir la piedra.

La madre se paró y sin volver la cabeza le llamó:

—Salvador, ven aquí.

Las vacas rumiaban su descanso. Salvador se acercó y las empujó suavemente con la aguijada y las hizo torcer hacia el camino. El carro, remolón al principio, rodó pesadamente por la cuesta. Matilde siguió adelante sin hablar. Salvador se volvió un momento, cogió una piedra y la tiró lejos, la disparó en dirección al agua.

El leve chapoteo le hizo sonreír.

«Así debieron de caer las del puente, muchas, en todas direcciones. Me hubiera gustado verlo desde algún sitio. Ver cómo saltaban las piedras en el aire. Me hubiera gustado haberlo hecho yo, si hubiera sido mayor como Baldo, como padre...»

La luz gris-blanca se volvía amarilla, de un amarillo metálico, al otro lado del río.

Los viejos domingos

1

Sara dijo:
—Hoy no vienen.
Y subió la suave ladera del cerro.
La carretera embreada brillaba al sol. No había árboles a los lados y podía verse toda saliendo de la ciudad, curvándose a la derecha, ascendiendo luego en una difícil cuesta hasta allí. Por la carretera se acercaban dos curas paseando y charlando, y un poco más lejos, un hombre en bicicleta pedaleaba lentamente.
—Nada. No se les ve —dijo Sara.
Y bajó de la colina a la pradera. Cuca estaba sentada en el verde sacándose la tierra que se le había metido en el calcetín.
—Pues si no vienen, mejor —dijo—. Así podremos jugar tranquilas.
Maruja botaba la pelota contra el suelo duro de la carretera. El sol de las cuatro de la tarde iluminaba la hierba y envolvía en una neblina blanca los perfiles cercanos de la ciudad. Sara arrebató la pelota a Maruja y se la tiró a Cuca con fuerza.
—Si no vienen, que no vengan —dijo.
Pero estaba triste y sentía que la tarde de domingo había quedado paralizada, encerrada en un gran paréntesis

que no terminaría hasta el anochecer, hasta el cine de los Antonianos.

Si no venían, nada valía el aire caliente de abril ni la gran pradera blanda en la que daba gusto caerse al correr tras la pelota. Nada importaba la pelota si no venían, ni Cuca y Maruja, que se esforzaban en pasarlo bien solas. Si no venían, nada valía el domingo.

—Ya vienen —gritó Cuca.

Por la carretera, empezando a subir la cuesta, se veía a los cinco en un grupo desordenado y fácil de reconocer.

—Vienen todos —dijo Sara alegremente.

Todos eran sólo dos, Diego y Juanjo. «Y para mí, sólo uno: Diego —pensó Sara—. Aunque me gusta ver a Juanjo y es necesario que venga para decir lo que han hecho y lo que van a hacer».

Cuca y Maruja jugaban a la pelota como disimulando y reían con risas poco naturales. Sara les vio acercarse con el rabillo del ojo y no se molestó en moverse. Permaneció en pie, al borde de la carretera, con la cabeza inclinada hacia el suelo, abstraída, como si contemplase los movimientos de una inexistente línea de hormigas, pero tensa, comprobando la fuerza de su corazón, que le subía y bajaba en el pecho.

Juanjo salvó de un salto la pequeña barrera de tierra que separaba la pradera de la pista embreada. Se colocó entre Cuca y Maruja y recibió en sus manos la pelota.

—A ver quién viene a quitármela —gritó. Y huyó con ella pradera adelante.

Los demás se habían quedado en la carretera; esperaban a que Juanjo les marcara un rumbo antes de intervenir.

Cuca y Maruja alcanzaron a Juanjo y forcejearon con él para quitarle la pelota. Él reía y luchaba y al fin llamó:

—¡Eh, vosotros, venid a echarme una mano!

Diego y los otros tres, que formaban una masa confusa e imprecisa para Sara, entraron en el juego gritando. Las niñas gritaron también.

—¡Sara, ayúdanos! —pidió Cuca.

Pero ella no se movió. No sabía por qué reaccionaba así y pensó que debería decidirse a tomar parte en aquella agitada pelea en la que todo era fingido: la acometida brutal de ellos y la queja alborotada de las amigas.

—No vale. Sois cinco contra dos. Así ya podéis.

—¡Sara, Sara, no te quedes ahí quieta!

Juanjo decidió, al fin, organizar dos bandos para jugar; pero faltaba un jugador para que fueran pares y Sara no tuvo más remedio que acercarse y entrar en el sorteo de campos. A ella le tocó en el de Juanjo, y a Cuca y a Maruja en el de Diego, que se colocó en medio de las dos y dijo: «Defendedme», mientras sonreía burlón. Sonrisa que turbaba a Sara y que le borraba la imagen de Diego: el rostro blanco y rubio, el suéter azul marino de cuello alto, que tan bien le sentaba, las largas piernas... Juanjo lanzó la pelota al aire. Los del frente contrario avanzaron. El juego había comenzado.

Cuando regresaban a la ciudad alguien propuso que entraran en el cementerio viejo. Ya no se enterraba allí, pero estaba abierto todo el día; bastaba empujar la verja de hierro para entrar. Caminaron por los paseos entre las tumbas, que aparecían cubiertas de hojas verdes, de piedras, de ladrillos rotos. De vez en cuando veían una rosa blanca y orinienta, desmayada, desprendida de una corona de hierro, resbalando hasta casi tocar el suelo, como una rosa viva desgajada de su tallo. En el mármol sucio de las lápidas, el tiempo pasado hacía confusas las letras doradas que formaban nombres y recuerdos.

Uno de los amigos de Juanjo y Diego dijo:

—Aquí está enterrado mi bisabuelo.

Se detuvieron ante un panteón pomposo y arruinado y Sara se santiguó, porque le pareció que era un modo de manifestar interés y piedad por aquel viejo muerto desconocido. Sin embargo, de quien ella se preocupaba era de Diego, que estaba situado a su lado, y por la noche, cuando quiso recordar antes de dormirse al que había hablado de su bisabuelo, no pudo lograrlo y sólo estuvo segura de que había sido uno de los tres amigos de Juanjo y Diego, uno cualquiera de ellos.

Lo que sí recordaba eran las palabras de Juanjo.

—De noche brillan los huesos de los muertos, y la gente que pasa por aquí delante mira a otro lado para no ver la luz que dan.

Lo decía en broma, pero ellas se desazonaron.

Atardecía y de las montañas cercanas se levantó una brisa fresca que cambió de sitio las hojas sueltas. Un trozo de papel blanco llegó volando y fue a detenerse a los pies de Sara. Sara se estremeció y sintió frío, pero nada dijo, porque se encontraba bien allí, dando vueltas por los desolados paseos al lado de Diego, que callaba como siempre.

—Te he visto en misa esta mañana —se atrevió a decirle.

Él sonrió y afirmó vagamente con la cabeza.

—¿Vais al cine? —preguntó Sara.
—Sí —contestó él.

Los demás aparecían y desaparecían a su alrededor, hablaban, descubrían cosas que se comunicaban. Sara percibía con tanta intensidad la presencia de Diego, que apenas se percataba de las idas y venidas de los otros.

Cuca o Maruja hablaron de la hora. Y Diego dijo:
—Tenemos que marchar. Vamos a los Antonianos.

Seguramente era la frase más larga que había pronunciado en toda la tarde, y Sara trató de encontrarle muchos significados.

—Claro que vamos —dijo.

Y aquel plural le pareció un fuerte lazo de unión.

El cielo tomaba un color morado. Unas nubes cansadas se entrecruzaron y el morado se volvió violeta. Por la puerta del cementerio se silueteaban las negras figuras de dos curas, aquellos que paseaban por la carretera en las primeras horas de la tarde.

Uno de los muchachos se acercó a besarles la mano.

—¿Pero me quieres decir —preguntó la madre de Sara— cómo es posible que no pases un domingo en casa?

Sara merendaba mientras su madre le ataba una cinta azul en el pelo.

Sara dijo:
—Mamá, no me voy a quedar en casa el domingo después de estarme toda la semana encerrada en el instituto.

No era del todo cierto, porque las clases dejaban algunos espacios libres que permitían a las muchachas correr hasta el paseo del Río, asomarse un momento al Puente Nuevo buscando algo en las sosegadas aguas y retornar luego a las aulas con las mejillas enrojecidas por el viento y la prisa.

Era mejor el instituto que un colegio de monjas como el de las primas, donde no tenían un minuto libre. Y pensar que cuando ella era pequeña las envidiaba... Recordaba un invierno que pasaron internas en un colegio del norte, en Vergara. Sara había tenido en sus manos un folleto que contenía el reglamento y las vistas del colegio y entonces deseó acompañarlas. Una de las cosas que más le gustaba de aquel colegio era que cada niña tuviese que llevar las camisas, las medias, los pañuelos, todo marcado con su inicial bordada en rojo. Influida por aquel reglamento, Sara había comprado tira bordada con eses y había recortado las suficientes para marcar su ropa interior.

Otra cosa del colegio de monjas era el uniforme. Eso todavía le seguía gustando: la falda negra, plisada, el sombrero y la capa. Pero a pesar del uniforme, cada vez le parecía mejor el instituto, que mantenía abiertas las puertas a la calle. Por ellas se podía salir libremente con sólo aceptar la responsabilidad de las salidas.

Un día que los alumnos de los Antonianos jugaban un partido de fútbol, ellas, Cuca, Maruja y Sara, faltaron a todas las clases para ver jugar a Juanjo, Diego y los otros. Al día siguiente Maruja llevó una tarjeta de su padre, falsificada, para los profesores; pero Sara y Cuca no se atrevieron.

Las mañanas de clase no eran malas. Peor eran las tardes que transcurrían en casa, ante los libros abiertos, por los que la mirada se perdía, somnolienta de tedio. Sara dulcificaba el encierro leyendo novelas de aventuras y de amor.

Los domingos era diferente.

Cuando Sara se despertaba, algo en el aire le anunciaba la fiesta. Sara solía pensar: «Si yo despertara de pronto en una isla desierta sin saber el día de la semana, adivinaría el domingo».

El domingo estaba en el aire y se podía respirar. Estaba en la casa alborotada desde la mañana, con el padre pidiendo a gritos el desayuno desde la cama; la criada recogiendo montones de ropa tirada por el suelo de las habitaciones; la madre apresurándose en la cocina para llegar a misa de once. Estaba en la ropa limpia que esperaba en el respaldo de las butacas, en el cuarto de baño, que tenía los espejos cubiertos de vapor y olía a humedad caliente.

Sara iba a misa con sus dos amigas. Siempre se colocaban en el mismo sitio y una vez al mes comulgaban las tres. Se confesaban una después de la otra con el mismo padre. Sara empezaba siempre igual: «Padre, me acuso de todo lo de la última vez». Y el padre hablaba de arrepentimiento y del propósito de la enmienda.

Habían elegido aquella misa porque a ella asistían los colegiales de los Antonianos. Cuando les veía pasar desde su sitio, en filas de dos, con las cabezas bajas, Sara adivinaba el rubio pelo de Diego, que sobresalía entre los demás, y una exaltada emoción la envolvía. Entonces pedía tímidamente que Diego fuera a la plaza por la mañana y al cine por la tarde.

Al salir de la iglesia iban las tres hasta una churrería cercana, reunían todo su dinero y apartando lo suficiente para el cine de la tarde, se gastaban el resto en churros. Luego, en casa, no tenían ganas de desayunar.

Las amigas vivían en una larga calle que tenía distinto nombre en cada tramo. Cuando Cuca salía de su casa iba a buscar a Sara; Sara y Cuca llamaban a Maruja y las tres desembocaban en la calle principal, rumbo al instituto los días corrientes y a la plaza los domingos.

En la plaza tocaba la banda de música en el templete municipal.

En la plaza, los cafés abrían sus terrazas a los soportales para que tomasen el aperitivo las personas mayores cuando el tiempo lo permitía.

En la plaza se hacía el paseo entre las mesas después de misa de una.

Por la plaza paseaban Cuca, Maruja y Sara cuando aparecieron bajo los arcos Juanjo, Diego y los otros. Al pasar cerca de ellas, Juanjo dijo en voz alta: «Esta tarde, en la carretera de Galicia». Lo dijo y no lo dijo para ellas, pero ellas entendieron. Luego empezaron las discusiones.

—No vamos.
—¿Por qué?
—Porque a lo mejor no van.
—Y si no van, ¿qué? ¿Es que no podemos ir a la carretera, con ellos o sin ellos?
—Como queráis.
—No, como vosotras digáis.
—A mí me da lo mismo.
—Y a mí.
—Entonces, vamos.
—Bueno.

Habían ido y ahora ya estaban de vuelta. La tarde del domingo se estaba cumpliendo como Sara quería: juego, charla y paseo al lado de Diego. Y todavía quedaba la segunda parte, la tarde-noche, el cine de los Antonianos, a una peseta veinte céntimos la butaca de patio.

Las taquillas estaban llenas de chiquillos que pretendían adelantar puestos burlando el orden de la fila. Los mayores esperaban a que disminuyera el barullo y paseaban un poco displicentemente, un poco lejanos ya a aquel griterío, a aquel local destartalado, a las mujeres que vendían en el patio regaliz y castañas pilongas, caramelos y chicle.

Cuando ellas entraron, ellos ya estaban allí, pero no se acercaron ni las saludaron de lejos. No importaba, porque era la norma del juego. Un juego en el que siempre se empezaba de nuevo, que no dejaba huellas ni lazos ni pequeños compromisos. Todos eran libres y en eso estaba la gracia y el dolor de su amistad. Todos podían hacer lo que gustasen sin contar con los otros. «Aunque si yo —pensaba Sara— hiciera de verdad lo que quiero, iría donde están ellos y les diría: ¿Entramos? Me sentaría junto a ellos y al salir nos iríamos juntos Diego y yo, porque precisamente Diego vive al lado de casa». Pero no. Lo acordado desde siempre era que ellas callasen y que ellos las ignorasen y que a veces se encontraran durante unas horas en un punto que se desvanecía después y que costaba trabajo volver a encontrar.

Sara vio que Juanjo sacaba las entradas de todos y empujó a Cuca para que hiciera lo mismo.

—Por Dios, espera —dijo Cuca—. Va a parecer que andamos siempre detrás de ellos...

Al fin entraron y desde la puerta buscaron sitio. Ellos ya estaban acomodados en una fila bastante llena de gente, pero eso no preocupaba a Sara. Ella prefería estar delante, de modo que pudiera oírles durante la película, oír sus comentarios y esperar que uno de ellos les tirase del pelo, les dijese alguna cosa, anudase de algún modo la perdida ligazón. Una fila delante era lo bueno; dos, regular, y de no ser así, cualquier sitio era malo. De no ser así, ya nada importaba hasta la salida, hasta la nueva oportunidad de caer al lado y esperar el chispazo del reconocimiento, el alegre chispazo de la amistad recomenzada.

—¿Te parece bien aquí? —preguntó Maruja.

Se dirigía a Sara porque había un acuerdo tácito entre ellas que consistía en plegar en cada momento los actos de las tres a la voluntad de la más necesitada de ayuda. En el asunto de los muchachos, Sara era la interesada, la que tenía un empeño más concreto y, por tanto, la más débil, y a ella había que seguir.

—No está mal. Todo se ha llenado tan de repente... Deberíamos haber entrado antes...

Se sentaron. Luego Sara se volvió disimuladamente para darse cuenta del lugar que ellos ocupaban. Estaban detrás, dos filas detrás, pero lejos; no hacia el centro, sino al lado izquierdo. Diego a un extremo, para mayor desazón de Sara. ¿Quién se sentaría a su lado? Podía haber sido ella, puesto que el sitio estaba vacío, pero eso hubiera sido un grave error. Tal cercanía significaría demasiadas cosas, haría sonreír a Juanjo y a los demás y pensar a Diego cosas que no eran; cosas que eran, pero que no convenía dejar traslucir. Sara recordaba las conversaciones de sus tías sobre noviazgos y cortejos.

Las tías sabían mucho y cuando hablaban de las chicas que pierden su buena fama o de las chicas que se hacen muy vistas en los paseos, Sara sufría un ligero escalofrío. ¿Sería ése su caso? Desde luego, no se guardaba bastante; ella salía lo que podía; a diario se escapaba al paseo aunque sólo fuera un momento, y disimulaba torpemente su interés por Diego. Las tías la aconsejarían que no le mirase, que no le diera a entender que él era guapo, que tenía la cabeza más rubia del colegio, la figura más esbelta, la sonrisa más... «Dios mío, si las tías lo supieran —pensaba Sara— se enfadarían mucho». Y mirándola indignadas, le dirían: «Pero tú, tú ya piensas en chicos... A tu edad. A tu edad todavía hay que jugar con las muñecas...».

Sara se sentía culpable con sólo imaginar la escena; se sentía triste y como sucia y con ganas de llorar.

—Sara, ¿no ves? —le dijo de pronto Maruja, dándole golpecitos nerviosos en el brazo—. Mira quién se ha sentado junto a Diego.

Sara esperó un momento. El corazón subía y bajaba, subía y bajaba; resonaba en los oídos, en la garganta, le dolía en los ojos. El corazón... Con disimulo miró hacia atrás.

—Isabel —dijo Maruja—. Isabel, la de las trenzas.

Isabel, en el sitio que ella nunca hubiera ocupado. Isabel, hablando a Diego sin pensar que se expone a que él piense... Isabel, que no tiene miedo a la mala fama.

—Diego le habla —informó Cuca—. ¡Claro, qué va a hacer!

Isabel, la de las trenzas largas, gruesas, negras. Cuando ella pasa, los chicos se acercan a coger sus trenzas. En realidad no le tiran fuerte; más bien las acarician. Ella se revuelve y se enfrenta con todos embravecida, resuelta, y los muchachos se alejan sonriendo, bobalicones y cobardes.

Isabel, con sus trenzas y sus ojos, porque también sus ojos eran muy bonitos, al lado de Diego. «Es la peor desgracia», pensó Sara.

Isabel, que nunca venía al cine de los Antonianos, porque en nada se parecía a las demás chicas de su edad. En los trajes menos que en cualquier cosa. La madre de Isabel se los hacía distintos. Inventaba ella misma los modelos, ella misma se los confeccionaba y hasta las telas parecían venidas de fuera, aunque habían sido elegidas en las tiendas entre las más despreciadas por las otras madres o entre aquellas que las otras madres no se atrevían a comprar por miedo a que, después de terminados los trajes, no hicieran buen efecto.

La madre de Isabel sabía cómo vestirla, cómo peinarla. Debía de ser una madre muy extraña. Sara recordaba haber oído a sus tías comentarios sobre ella, turbias sugerencias que le costaba trabajo entender.

—No te preocupes —dijo Maruja queriendo animarla.

En aquel momento se apagó la luz y en la pantalla empezaron a bailar las letras del título de la película. Los chiquillos de general patearon rítmicamente, gritando: «¡Fuera, fuera!», como todos los domingos. Como todos los domingos, las escenas fueron aclarándose poco a poco y cesaron los gritos y los silbidos. Como todos los domingos, Sara pensaba en Diego, sentado filas atrás.

—Atiende a la película —dijo Cuca.

La protegían. Como si ellas supieran qué amargo era pensar que Diego estaba con Isabel. En aquel momento, probablemente, Diego rozaba con sus dedos las trenzas de Isabel y puede que ella no se retirara enfurecida, sino que, por el contrario, le mirase sonriente. Las trenzas negras de Isabel... En eso sí que era difícil competir. Sara sabía que siempre que ella había intentado dejarse crecer el pelo tenía que acabar por cortárselo, porque las trenzas que le salían eran delgadas, flojas, ridículas. Y sin embargo, con el pelo largo se podían hacer tantos peinados...

—Oye, Cuca, ¿qué tal me estaría a mí el pelo largo y suelto, con las puntas dobladas hacia dentro?

Cuca volvía de un paraíso de caballos y tiros.

—Bien, muy bien. Pero fíjate, atiende, mira el sheriff...

En la oscuridad se veía con dificultad, pero existía una ventaja: nadie se daba cuenta si uno volvía la cabeza. Sara miró y al principio no distinguió nada. La luz de la pantalla, al reflejarse en los rostros, los iluminaba turbiamente y los transformaba. Cuando los vio, Diego no parecía Diego e Isabel parecía más morena y sus facciones más duras. Sara quiso olvidar. Se sumergió en la ondulante pradera blanca y negra. Trató de imaginar que ella vivía en un campo salvaje como aquél y tenía una casa de troncos con cortinas a cuadros, en la que preparaba café en jarros de lata para un vaquero rubio.

La película se cortó por vez primera. Las luces se encendieron y bajo las bombillas, la sala desnuda, vieja, fea, triste, parecía un cuartel. Sara reconoció que el domingo estaba estropeado, perdido por completo, irremediablemente roto. Había que esperar otra semana: lunes, martes, miércoles... Sara presintió que el recuerdo de Isabel le haría temer el próximo domingo. La luz se apagó de nuevo y en la pantalla floreció un mundo de aventura. La última ilusión del domingo.

2

El sol de las cuatro de la tarde alegraba el campo cercano a la ciudad. Por la carretera de Galicia paseaban los viejos lentamente y grupos de chiquillos jugaban a la pelota en las praderas lindantes. Algún solitario penetra en el cementerio y pasea entre las tumbas, en las que han brotado flores. Algún cura se detiene allí un momento y sigue adelante.

A las cuatro de la tarde de abril, la ciudad tiene los tejados calientes, tibias las calles de asfalto, frescos los interiores de las casas.

En su cuarto, Sara está de pie y, girando ante el espejo, se pregunta:

—¿Éste o el verde?

Sara está sola y la pregunta empieza y acaba en ella misma.

—Éste me favorece más por el color, pero el verde me hace mejor tipo.

Su respuesta la tranquiliza; le devuelve la seguridad de que con cualquiera de los dos se encontrará bien. Ahora otra duda: ¿medias o calcetines?

El espejo tiene hacia el centro una imperfección que deforma la imagen. Sara busca el lugar preciso y se queda quieta, contemplando su cuerpo partido en dos, medio cuerpo delgado y medio grueso; su rostro partido en dos, media sonrisa alegre y media triste.

—Ya está —dijo—. Si llevo este traje, calcetines. Si llevo el verde, medias.

Hay tiempo para decidirlo. «A las siete», piensa Sara. Y se estremece por su aventura. Es un secreto. Nadie en la familia lo sabe, ni la madre ni las tías ni mucho menos el padre. Tampoco Cuca y Maruja, aunque puede que ellas lo sospechen. Vieron cómo, al despedirse de Isabel la mañana del sábado, habían hablado Sara y ella.

—¿Vendrás?
—Sí.
—A las siete.
—Bueno.

Cuca y Maruja las miraban, pero no se acercaron a preguntar. Sucedía siempre así en estos últimos tiempos. Veían cómo Sara se escapaba; la sabían cada día un poco más lejana. Quizá sufrían. Quizá se lamentaban de aquella separación, que era el final de muchas cosas buenas; pero no se lo reprochaban ni trataban de ganar el terreno perdido. «Son como piedras», se indignaba Sara. «¿Por qué no están celosas?» Hubiera deseado luchar por la amistad de Isabel. También hubiera elegido un poco de dolor para despedirse de la vieja amistad. Dolor y lucha para pagar por lo nuevo, que así valdría más. Maruja y Cuca se limitaban a observar. Sólo en alguna ocasión insinuaron un dejo quejoso.

—Queríamos hacer algo el día de mi cumpleaños —dijo un día Maruja—. Merendar en casa y luego ir al cine; pero no sé si a ti te interesará...

Y Cuca añadió:

—¿Contamos contigo o tienes algo mejor que hacer?

Isabel las había derrotado en un combate breve y violento al que eran ajenas todas: Isabel y las dos vencidas y hasta la propia Sara. «Yo no tengo la culpa de nada», se justificaba Sara en los momentos que dedicaba a analizar la nueva situación. «Sin Isabel todo hubiera sido igual, porque ya empezaba a cansarme de ellas y ellas acabarían por cansarse de mí: nos interesan cosas diferentes.»

—A mí me gusta leer —dijo Isabel el día en que coincidió con Sara en la biblioteca del instituto pidiendo el mismo libro—. Me gusta tanto leer, que no estudio bastante y me van a suspender.

Isabel se había cortado el pelo y había crecido mucho. Isabel era mayor que Sara y poseía algo, algo que antes Sara hubiese asegurado que se desprendía de las trenzas macizas, brillantes, inimitables; pero que permanecía sin las trenzas y la distinguía de todas las demás muchachas que Sara conocía.

—¿Por qué te cortaste las trenzas? —preguntó Sara el día del encuentro.

Desde mucho tiempo antes deseaba llegar a aquel instante del tropiezo casual, a aquel amistoso arranque de la conversación que le permitiría acercarse a Isabel, preguntar:

—¿Por qué te las cortaste? Yo me fijaba mucho en tus trenzas. Me hubiera gustado tenerlas, pero con mi pelo no quedan bien.

Isabel tenía una forma curiosa de hablar. Contestaba rápidamente a las preguntas y enlazaba sus respuestas con cosas que parecían absorberle por completo.

—No sé... Las trenzas eran complicadas y molestas para mamá... Si te gusta leer, yo tengo libros que te interesarían. Pero llévate éste; tú lo has pedido primero.

Al día siguiente, Sara dijo a Cuca y Maruja:

—¿Sabéis con quién hablé ayer? Con Isabel. Es muy simpática y creo que podemos ser amigas suyas.

Sara no se sorprendió de que ellas acogieran la noticia con poco calor. Y tampoco de que se retiraran y dejaran campo libre a Isabel cuando llegó la primavera y fue posible pasear un rato a la salida de las clases. Cuca y Maruja no podían cambiar, pensaba Sara. Eran monótonas y limitadas. Se negaban a aceptar lo que viniera a transformar su mundo. Además, Isabel no tenía buen ambiente entre las alumnas del instituto. La miraban todas con una mezcla de prevención admirativa y discreto temor que nacía del aura de excentricidad que rodeaba a la familia.

El padre de Isabel era representante de algo y viajaba mucho. La madre vivía aislada en una casa de las afueras, con los dos muchachos e Isabel. La casa estaba junto al río y tenía un jardín descuidado por el que deambulaba la madre de Isabel. Desde pequeños, los chicos se bañaban en el río, y también Isabel, que era la menor de la casa. Éste era un detalle muy significativo, porque el río estaba vedado a las familias respetables de la ciudad. El río se quedaba para los que nada tenían que perder; era un lugar chabacano y hostil, frecuentado por excursionistas ruidosos y groseros, por vagabundos y gitanos.

Nadie que pensara en hacerse una casa elegía aquel lugar. Para eso había otras zonas silenciosas y limpias: el pinar del Este o la solitaria carretera del Sur. Pero en el río, pequeño, sucio y pedregoso, sólo se reflejaban casitas modestas de vecinos humildes que madrugaban para buscar leña en sus orillas; casitas insignificantes que se ocultaban tímidamente entre los chopos del soto.

La casa de Isabel era grande y bonita. Pocos la habían visto por dentro, pero se hablaba de ella. Se hablaba de una amplia sala que ocupaba casi todo el piso bajo y que no era comedor ni despacho ni verdadera sala de recibir. En la sala cosía la madre y los chicos jugaban, y si llegaba una visita pasaba a la sala, entrando de golpe en la intimidad de la casa. Se hablaba de la sala con recelo, porque no parecía posible que en una casa tan sólida y buena a su manera, la familia comiese en la cocina durante el invierno y cuando hacía buen tiempo en el jardín, en una mesa de piedra sombreada por un nogal gigantesco, teniendo espacio para un comedor en el lugar de aquella sala de indefinible carácter.

Arriba había cuartos independientes para cada miembro de la familia. Se decía que los padres dormían en habitaciones separadas; comunicadas, pero separadas. Se decía también que cada hijo había organizado su cuarto a su manera, sin la menor lógica, haciéndose ellos mismos caprichosos muebles y decoraciones.

En la gran sala de la planta baja había, de cuando en cuando, reuniones alegres que duraban hasta la madrugada. Se oían música y risas desde fuera. Unos decían que era la familia sola, pero eso era poco probable, porque el rumor parecía de muchos, de varios hombres y mujeres. Otros decían que allí se reunían matrimonios conocidos de la ciudad que frecuentaban a la familia como buenos amigos, aunque privadamente, porque no eran aquellas fiestas socialmente valiosas, sino brotes espontáneos; nada organizado ni previsto. Ni siquiera respondían a causas que permitieran justificarlas: fiestas de aniversario, de homenaje, de la Virgen o de Navidad.

Nadie se atrevía a condenar abiertamente a la familia de Isabel; defenderla tampoco era fácil. Lo cierto es que aquella gente era diferente a la mayoría y, por lo mismo, peligrosa.

—Peligrosa, muy peligrosa me parece esa amistad tuya con Isabel —dijo un día la madre de Sara—. No me explico ese entusiasmo que te ha entrado por ella, teniendo a tus amigas de toda la vida, tan buenas y apropiadas para ti.

Eso fue un día que Sara invitó a Isabel a subir a su casa para prestarle un libro.

—Otra cosa que no puedo soportar: verte perdiendo el tiempo con esas novelas y esos libros de versos. Me gustaría más verte coser o bordar en los ratos libres. Me parece más propio de una mujer...

La madre seguía hablando tiempo y tiempo. La madre solía reñirla ahora con frecuencia. Estaban las dos en una constante y tensa disposición de pelea. Las cosas se habían agravado desde su amistad con Isabel, pero en aquel asunto Sara no estaba dispuesta a renunciar. Tampoco podía decir la madre que abandonaba del todo a sus antiguas amigas. Aquella misma mañana habían ido juntas a misa de una a San Agustín, como todos los domingos.

La iglesia estaba llena y tuvieron que quedarse en la puerta, adonde llegaba más el rumor de la calle que el susurro del rezo.

—No importa —decía Cuca—; lo que vale es estar con intención de estar. La misa nos llega lo mismo que si estuviéramos dentro.

Cuando se arrodillaban, Maruja dijo por lo bajo:

—Fijaos qué rota tengo la suela del zapato derecho. Cualquiera que pase me lo verá. Por eso me da rabia llegar tarde. Estar aquí es como estar en un escaparate.

Al terminar la misa paseaban un rato por la plaza. En cada vuelta se cruzaban con Juanjo, Diego y los otros. Sara pensaba: «¿Cómo pudo gustarme Diego?». Ahora le parecía vacío y menos rubio y menos guapo que antes.

Por entonces se fijaban las tres en un mismo personaje. Un hombre mayor, tendría más de treinta años, y viudo. Vestía siempre de luto riguroso, aunque se murmuraba de su fingido duelo y se le hacía protagonista de muchas aventuras alegres. El viudo llevaba gafas negras, fumaba en pipa, andaba solo y se sentaba en un rincón semiescondido de un café de la plaza, mirando distraído el ir y venir de los paseantes.

Sara, Cuca y Maruja se habían fijado en él porque se parecía a un actor conocido. Pero sobre todo, porque necesitaban apoyos para su tambaleante amistad, porque necesitaban circunstancias de unión, intereses comunes. La fábula del viudo servía para endulzar la desabrida sensación de estar juntas a la fuerza.

—Nos ha mirado —decía Cuca—. Seguro que nos ha mirado.

—¿Cómo lo sabes, con esas gafas que lleva? —replicaba Maruja.

—Nos ha mirado —afirmaba Sara—. Y me parece que ha mirado más a Maruja.

Reían. La presencia del viudo era un estímulo, una luz, un espejismo. Algo alegre y ligero que flotaba entre ellas y las envolvía y les hacía creer durante un rato que todo seguía igual. Así su amistad se iba disolviendo sin dolor, sin acritud.

A las seis en punto, Sara había decidido ponerse el traje verde, las medias y los zapatos de medio tacón. A las seis y media bajaba las escaleras de su casa. A las siete menos cuarto caminaba de espaldas al convento de monjas, que se afirmaba en el puente de entrada a la ciudad, por un sendero estrecho, de tierra lisa y dura, que conducía a casa de Isabel. El sol estaba ya rojo y se veía entre los chopos del río el intenso resplandor de su hoguera. El río, con su escolta de árboles, quedaba a la izquierda del camino. A la derecha, las tierras de labor se extendían hasta el lejano horizonte, llanas, rectangulares, cubiertas de una capa fina de verdes tallos de cereal. El aire era fresco, de un frescor casi líquido y, al beberlo, Sara sentía ganas de correr hasta cansarse, de cantar luego, cansada de correr, de dormir profundamente después de cantar. En algún punto de la ribera cercana se levantó un chorro de humo denso que olía a invierno. Era un humo de ramas quemadas con dificultad, de ramas húmedas que conservan todavía hojas vivas en su corteza. Desde que era niña, aquel olor hacía pensar a Sara en un bosque hondo y sombrío. Luego recordó que era abril y que el sol había calentado con fuerza todo el día. La chimenea de Isabel estaría apagada y aún encontraría a todos en el jardín.

Isabel la vio de lejos y salió corriendo al camino.

—Creí que no venías —dijo.

—Pero si me dijiste a las siete... —protestó Sara.

—Sí, pero no sé por qué creí que no te decidirías a venir.

Entraron sin hablar en el jardín. Sara visitaba por primera vez aquella casa y se notó aguzada y tensa por dentro, como preparándose a penetrar en todo lo que le rodeaba.

Le parecía que después de aquella visita comprendería mejor a Isabel y, a la vez, se sentiría más firme para defenderla cuando su madre la atacara.

—Ésta es Sara —dijo Isabel—. Y éstos son Pedro y Santiago y Marga, la mujer de Pedro. Mamá está en la cocina. Ven por aquí.

Sara sonrió y los tres la saludaron brevemente, sin mucho interés. Marga y Pedro estaban sentados en unas sillas de lona. Santiago permanecía de pie cerca de ellos y sostenía bajo el brazo un libro cerrado. Sara se apresuró a entrar en la casa y el aire cálido de la sala suavizó la fría acogida del grupo del jardín.

Dentro empezaba a oscurecer. Isabel hizo girar el interruptor y un farolillo de barco que colgaba del techo iluminó la habitación con un resplandor cobrizo. En el centro de la sala había una alfombra roja y sobre ella pisaron para cruzar al otro lado del cuarto, donde se abría la puerta de la cocina.

—Mamá, aquí está Sara —dijo Isabel.

No es que pareciera muy joven, pero se veía enseguida que no era como las demás madres. Quizás fuese la figura delgada y esbelta, o el pelo, corto y liso como el de un muchacho. Puede que influyera el traje, claro y airoso como el de una muchacha. La madre de Isabel sonrió y también eso, la sonrisa, era diferente. Sara pensó que cuando su madre sonreía a las amigas de su hija lo hacía de modo provisional y afectado, como si se tratase de una sonrisa desperdiciada, de un gesto gratuito. La madre de Isabel sonreía generosamente, de una forma acogedora y tierna.

—Me alegro de verte aquí, Sara —dijo—. Os preparaba unas cosillas para la merienda.

—Faltan Elisa y Javier, mamá. Son mis primos —explicó Isabel, y Sara se preguntó por qué nunca había sospechado que Isabel tuviera algún pariente en la ciudad—. Si quieres, subiremos a mi cuarto mientras llegan —propuso Isabel.

Arriba las ventanas estaban todavía abiertas y del jardín llegaba el fuerte aroma de la tarde. Sara se sentó en la cama de Isabel y desde allí lo examinó todo con atención.

—¡Qué a gusto se debe de vivir aquí! —dijo.

Isabel no contestó, porque se entretenía en buscar algo entre los papeles de su mesa, situada bajo la ventana. El cuarto era pequeño y las paredes estaban cubiertas de libros, de fotografías clavadas con chinchetas. La cama era un diván forrado con una tela de flores rojas.

—Si yo tuviera un cuarto así... —dijo Sara.

—Tú tienes un cuarto bonito —replicó Isabel.

Pero Sara sabía bien lo que quería decir.

—Algún día tendrás un cuarto a tu manera. Cuando ya no vivas en tu casa —dijo tranquilamente Isabel.

—¿Quieres decir cuando me case? —preguntó Sara.

Isabel se quedó mirándola.

—No. Quiero decir cuando seas mayor y trabajes y te vayas a vivir a otro sitio.

Sara no contestó. Con frecuencia, en sus conversaciones con Isabel, llegaba a un punto en el que prefería detenerse. Avanzar más, sospechaba Sara, era arriesgarse a tropezar de pronto con una verdad escondida, que era la clave y la fuerza de Isabel. Seguir preguntando y obtener respuestas era a la vez una amenaza y una tentación. «Algún día sabré —se decía Sara—, pero todavía es pronto». Se angustiaba adivinando que el día en que Isabel le descubriera lo que verdaderamente importa en el mundo, lo que únicamente merece la pena, ella, Sara, estaría perdida para siempre; perdida para todo lo que hasta entonces había sido suyo y le había parecido indiscutible y firme. Por eso no dijo: «¿Y qué harás tú cuando seas mayor?», sino que buscó una senda para huir.

—No sabía que tu hermano y su mujer fueran tan jóvenes —dijo—. Tampoco sabía que estuvieran aquí.

Isabel había encontrado lo que buscaba entre los papeles.

—Te voy a leer algo —dijo. Y contestando a la pregunta de su amiga, añadió—: Pedro es muy joven, sí, y Marga también. Llegaron anoche y se van mañana. Nunca pueden quedarse mucho tiempo, porque los dos trabajan.

Dónde, cómo, por qué... Sara necesitaba saber, quería enterarse bien de lo que hacían Pedro y Marga, de lo que trataban de conseguir.

—Te quiero leer algo —insistió Isabel—. Lo escribí ayer y me gusta, pero no sé qué opinarás tú.

—Léelo —dijo Sara.

Cuando terminó de leer, Isabel preguntó:

—¿Te gusta?

Abajo se oyeron voces, risas y una música lenta que empezaba a sonar.

—Vamos —dijo Isabel sin esperar la respuesta de Sara—. Ya han llegado Javier y Elisa.

Sobre la alfombra roja bailaban Marga y Pedro con las caras muy juntas. Sus cuerpos se mecían con lentitud al ritmo de la música que nacía de un gramófono colocado sobre una silla en un rincón de la sala. Sus cabezas brillaban a la luz dorada del farol marinero. Sus cuerpos parecían oscuros en contraste con los rojizos destellos de sus cabezas iluminadas. No hablaban y danzaban como si navegasen, rozando desmayadamente la alfombra. En sus movimientos había un concentrado acuerdo, una fervorosa armonía que impresionaron a Sara al observarlos mientras bajaba la escalera detrás de Isabel.

«Es como si no estuvieran casados», pensó Sara. Nunca había visto un matrimonio así y, sin embargo, comprendió que su actitud era natural allí, que aquél era el sitio de Marga y Pedro: un trozo de alfombra roja bajo una lámpara de cobre. Un sitio reservado para que ellos bailasen enlazados toda la vida.

La madre de Isabel tenía una bandeja en la mano y le ofreció algo de comer. Al mismo tiempo, Santiago le ofreció un vaso.

—Es vino —le dijo.

Javier y Elisa comían y bebían y se acercaron enseguida con Isabel.

—Me alegro de conocerte —dijo Elisa.

—Y yo —añadió Javier.

Santiago, sentado cerca de la puerta, miraba abstraído un punto inconcreto de la pared que tenía enfrente. Javier se acercó a Sara.

—¿Bailas conmigo? —preguntó.

La alfombra estaba vacía. La luz de la lámpara dibujaba un sol pálido en el lugar que habían ocupado Marga y Pedro. Ellos estaban ahora sentados en el diván de cuero tostado, bajo la ventana. Al pasar a su lado, Sara creyó ver aún la luz cobriza de la lámpara rodeando sus cuerpos mágicamente. Javier dijo:

—No bailo muy bien.

No era cierto, porque enseguida logró hacerse dueño de la música y de la propia Sara y la llevó hacia todas partes girando y girando con fuerza y suavidad. El cuerpo de Javier era estrecho y largo y se movía con rapidez. Tendría la edad de Santiago o un poco menos, la edad de Isabel quizás.

—Me gusta bailar, pero más me gusta nadar, por ejemplo.

Sara quiso ser amable y mostrar interés por su pareja.

—¿Qué estudias? —preguntó.

—Mucho y nada —respondió él—. Las cosas que yo quiero hacer no se estudian en los libros.

—¿Qué cosas? —indagó Sara.

—Aventuras —contestó Javier—. Daría media vida por llenar la otra media de aventuras. Escalar el Himalaya o explorar el Polo. Cosas así...

—Lo comprendo muy bien —dijo Sara.

Mentía. No podía comprender que un muchacho soñara con ser algo distinto de médico, abogado o director de un banco importante.

Elisa y Santiago bailaban también. Sara no se había dado cuenta de quién había tomado la iniciativa, y sin saber por qué, supuso que Elisa. La madre de Isabel se había sentado a hacer punto en una silla baja y de vez en cuando levantaba la vista para mirarlos a todos.

—¡Qué cortos son los domingos! —decía Elisa a Santiago.

«¿Cómo serán los otros días en esta casa?», se preguntó Sara. Y tuvo una clara sensación de que en la casa de Isabel todos los días tenían algo de domingo. Fue una impresión producida, en parte, por la fuerte individualidad de la casa, que vivía desvinculada de todas las casas y las calles y las gentes de la ciudad. Fue, sobre todo, la imagen de la madre de Isabel sentada apaciblemente, tejiendo un jersey blanco para Pedro o Santiago o para el padre, ausente en aquel momento, y que tan bien completaría el cuadro familiar. La imagen de la madre de su amiga, aparentemente ajena a la fiesta, entregada a una tarea que se salía de los límites del domingo, que empequeñecía aparentemente el domingo y que, sin embargo, por una graciosa virtud que ella poseía, estaba tan dentro del domingo, era tan domingo ella misma, que sería capaz de convertir la fiesta en mil fiestas, de desmenuzarla para sembrar un poco de ella en cada día de la semana, para hacer crecer bellos lunes-domingo, martes-domingo, miércoles-domingo...

—¡Se acabó! —dijo Javier, porque la música había cesado.

Pedro se levantó del diván. Colocó en el gramófono un nuevo disco y fue hacia su madre.

—¿Quieres bailar, mamá? —preguntó.

Marga también fue hacia la madre y se apoyó en el respaldo de su silla.

—Baila —dijo. Y le pasó los brazos por el cuello.

La madre dijo que no y se levantó para ir a la cocina. Enseguida regresó con un plato blanco y azul sobre el que se alzaba un hermoso pastel, y todos la rodearon.

Ella repartió grandes trozos y, mientras comían de pie, Javier dijo algo afortunado que fue acogido con carcajadas. Sara encontró los ojos de Marga y ésta sonrió. Sara entonces rió con más ganas.

—Te irás con Javier y Elisa cuando sea la hora —le advirtió Isabel al poco rato—. Ellos te acompañarán.

Sara se sintió aliviada, porque estaba imaginando lo que iba a ser el camino de vuelta en la noche, junto a los árboles del río. «Aunque —pensó— nunca me hubieran dejado ir sola».

Como adivinando su pensamiento, Isabel aclaró:

—Así no es necesario que vaya Santiago.

No obstante, cuando en el próximo baile Santiago la eligió como pareja, dijo al tiempo que bailaban:

—Cuando quieras marchar te acompañaré.

Hablaba poco. Tenía un modo grave de mirar y una forma serena de decir las cosas.

—No es necesario —dijo Sara—. Gracias. Me iré con Javier y Elisa.

Íntimamente lo lamentó, porque la compañía de Santiago le parecía más segura y deseable. «Es una persona —quiso analizar— con la que parece fácil todo, a la que darían ganas de elegir como compañero para dar la vuelta al mundo».

La madre de Isabel les miró un instante y Sara enrojeció. Al cesar la música fue a sentarse a su lado y empezó a hablar con ella.

A la hora de marchar, Sara se dio cuenta de que hacía rato que Marga y Pedro no estaban en la sala, pero no se atrevió a preguntar por ellos para despedirse.

Los vio de pronto al cruzar el jardín. Marga se apoyaba en el tronco del nogal que sombreaba en verano la mesa de piedra. Pedro la abrazaba y Sara creyó por un momento que bailaban, pero luego reparó en que no había música y pudo ver claramente cómo se besaban. Al sentir sus pasos los dos alzaron la cabeza para decirles adiós. Seguían enlazados por la cintura y su saludo llegó apagado, como del sueño.

—¡Adiós!
—¡Hasta pronto!

Sara dijo: «Adiós» y salió deprisa, seguida por Elisa y Javier. Isabel se quedó en la puerta de la casa con Santiago y su madre, que les miraban ir en silencio.

Por el estrecho camino del río, las luces de la ciudad daban un reflejo blanco y cegador. Cuando estuvieron más cerca llegó a sus oídos el rumor bullicioso de la noche de domingo.

3

—No puedo resistirlo —dijo Sara. Y cerró la ventana.

Había hablado en voz alta, aunque estaba sola, pero esto solía ocurrirle con frecuencia últimamente.

«Debe de ser —pensó— desde que se fue mi compañera de cuarto». Miró la cama vacía, separada de la suya por una mesa cargada de libros. La cama de la compañera estaba hecha, intacta. Sara intentó vanamente arreglar la suya. Luego desistió de su débil empeño y se tumbó sobre las ropas revueltas, con una sensación incómoda de desorden.

Durante unos minutos permaneció inmóvil, contemplando el techo, en el que una antigua gotera había dibujado oscuras formas circulares. «Rezuma como el techo de una gruta —pensó Sara—, como una cueva en la que yo estuviera oculta. Pero hasta una cueva llegarían los días como hoy; en ningún rincón del mundo es posible ignorar los domingos».

La calle de la residencia era habitualmente tranquila. Estaba situada en una zona que se aislaba de la ciudad naturalmente por el tipo de construcción y forma de vida de sus habitantes. Las casas que rodeaban la residencia tenían aire de fortaleza con jardín, y dentro de ellas se ahogaba toda manifestación ruidosa de vida. «Sin embargo, también aquí llega el domingo», pensó Sara.

Sobre una silla había un traje arrugado y en el suelo un revoltijo de medias y ropa interior. Detrás de la puerta, una bata colgada por un hombro barría el suelo con un extremo. Junto a la ventana había un lavabo y encima un gran espejo con marco de madera clara. Desde la cama, Sara podía verse reflejada en el espejo. Si pegaba el cuerpo a la pared, su imagen coincidía con una imperfección vertical que atravesaba el lado izquierdo de la luna. Su cuerpo adelgazaba en aquel punto, se volvía increíblemente afilado. «Si a la derecha —pensó Sara— el espejo me hiciera pequeña y redonda, este cuarto acabaría pareciendo una barraca de feria. Barraca o jaula, porque cuando estoy mucho tiempo encerrada aquí me convierto en un bicho rabioso... Pero sólo estaré hasta mañana...». Mañana todo sería igual que ayer; las tiendas estarían abiertas, los mercados, los bancos, las escuelas, las peluquerías... Todo estaría abierto y las gentes podrían recuperar sus puestos, cada uno el suyo. Entre todos pondrían en marcha el mecanismo de la ciudad y la ciudad empezaría a moverse, a funcionar, a vivir. La gente marcharía de un sitio a otro, buscando algo; se afanaría por llegar a tiempo; correría tras un tranvía, un coche, una persona.

—Pero hoy es domingo —dijo Sara.

«Y Pablo no está de acuerdo conmigo», añadió para sí. Pablo venía a decir: «El domingo es espléndido, aunque no quieras reconocerlo. El domingo es un paréntesis de alegría para los que trabajan a disgusto, para los que no encuentran el sentido de su tarea y la cumplen por necesidad. Es decir, el domingo es bueno para la mayoría y yo me alegro del domingo, aunque a mí no me guste».

Por eso él prefería quedarse en casa y nunca podían verse en los días de fiesta. En el fondo era lo mejor, porque intentar abrirse paso entre la muchedumbre de descansados era demasiado fatigoso.

Sara se estremeció. El sol, oculto momentáneamente, ya no calentaba la habitación. Sara se tapó con la colcha, cubriéndose hasta la barbilla.

Cerró los ojos y cuando los abrió, una procesión de domingos desfiló por sus pupilas. Los veía casi reflejados en el techo, transparentándose bajo la mancha de humedad y el blanco de la cal.

Los viejos domingos... Los blancos domingos de la infancia, con misa temprana en la capilla de los frailes y los paseos de la tarde en busca de algo inquietante por vez primera. Los brillantes domingos de su adolescencia... Recordaba uno en que se había decidido su porvenir. Fue después de un largo paseo con Isabel y Santiago, en el que habían hablado de cosas serias y ella había declarado de pronto:

—Este curso me iré a estudiar a la universidad.

Se lo había dicho a ellos; pero era una especie de promesa a sí misma. Una promesa formulada ante testigos para no poder volverse atrás. Santiago e Isabel la habían ayudado mucho y cuando estuvo a punto de desfallecer ante la oposición del padre, ellos la habían sostenido e impulsado, utilizando incluso la dureza para salvarla.

Santiago e Isabel, lejanos, tiernos, amigos. ¡Qué rebasados para siempre, qué perdidos en la niebla de los viejos domingos!

Sara cerró los ojos para evocar sus rostros y sólo pudo ver claramente a Isabel. De Santiago tenía una imagen disgregada: si veía los ojos no podía ver la boca, y si imaginaba la boca desaparecían los ojos. No podía reconstruir un Santiago completo y real, y sin embargo, en aquella época, todavía cercana, le había besado cada día y había creído que él era su verdadero amor.

Pensar en aquellas cosas le producía honda desazón. Se levantó de la cama y fue hacia la ventana. Apartando el visillo, miró a la calle. La primavera venía rápida y segura este año. Los árboles estaban recién brotados de verdes hojas y por encima de las tapias del jardín de enfrente asomaban los primeros capullos de los rosales trepadores.

Sara sintió un decaimiento y recordó que no había comido. Los domingos prefería dormir hasta la tarde, se quedaba luego en la cama y cuando se decidía a levantarse no se vestía, intentando así acortar el día y llegar a media tarde con una falsa impresión de mañana. Pensó buscar un bocado entre la minuciosa variedad de envíos maternos, que siempre la irritaban y siempre le eran útiles. Dio unos pasos hacia el armario, cuando un golpe en la puerta la detuvo.

—¿Quién es? —preguntó.

—Soy yo —contestó una voz al otro lado—. Julia.

Abrió Sara la puerta y Julia entró con una sonrisa indecisa en los labios, a medias de saludo y a medias de disculpa.

—¿Quieres algo? —preguntó Sara.

Y se dijo: «Me estoy volviendo cruel». Porque sabía bien lo que Julia quería y no le ayudaba a decirlo. Al contrario, se quedaba esperando, regocijada espectadora de aquella confusión, de aquel dar vueltas en torno a lo que no se sabe cómo atacar que Julia dejaba traslucir.

—¿Tienes algo nuevo que contarme?

Sara lanzó el salvavidas con despego, todavía en actitud de espectadora. «No soy su madre —se justificó—. A fin de cuentas, tiene muy pocos años menos que yo. Bastante hago con aguantar sus permanentes cuitas».

A pesar de ello, no ignoraba que se ablandaría poco a poco y que al final pondría apasionamiento en sus consejos o consuelos.

Julia se había sentado en la cama de la compañera ausente. Se miraba las uñas como si meditase el posible efecto de un esmalte nuevo.

—Hoy saldré con él —dijo.

Sara guardó silencio y se entretuvo unos segundos buscando en el armario la caja de lata de los alimentos. Cuando la encontró la depositó sobre su cama sin abrirla. Después se sentó junto a la caja y quedó situada frente a Julia, que ya no se miraba las uñas, sino que la miraba a ella, Sara, pretendiendo leer en sus ojos el efecto de su confidencia.

—Bueno —dijo Sara—. ¿Estás contenta?

Un gran cansancio la abrumaba. Con esfuerzo hiló las palabras que Julia esperaba.

—Si estás contenta, no te preocupes por nada.

Julia sonrió, agradecida. Pero había más.

—Estoy contenta y tengo miedo. Nunca estaré segura de él.

Pablo repetía a menudo: «Nadie puede estar seguro de otro ni de uno mismo». Pablo aceptaba la idea de que su amor no duraría siempre y daba a entender que los dos podían enamorarse de nuevo. Sara había llegado a creerlo; por eso a veces estaba triste y una áspera sensación de soledad la dominaba.

Hubiera querido decir aquellas cosas a Julia, mas comprendía que no eran las que ella necesitaba oír. Además, no era Julia la persona adecuada para hablar de aquel problema. Si Isabel estuviera cerca... A ella sí que era fácil contárselo todo. También a Santiago. Pero a Santiago no podría contarle esto. ¡Cómo decirle que sufría por otro!... Recordó qué sereno había sido su amor, qué tranquilo y alegre. Nunca había dudado ni temido entonces.

—Tengo poca imaginación —dijo Julia—. Quisiera encontrar recursos dentro de mí para ocuparme de otras cosas.

Sara la miró con curiosidad. «Ya no espera que le conteste —pensó—. Únicamente necesita hablar ante otro. Enseguida descubrirá que al tocar fondo uno está solo».

—En resumidas cuentas, sales con él y estás contenta, ¿qué más quieres? —dijo Sara, intentando que su voz fuese alegre.

Julia se levantó al oírla, como traída del sueño, y se fue hacia la puerta.

—Tienes razón —dijo—. Estoy contenta. Y no tengo mucho tiempo para arreglarme. Cuando vuelva por la noche te vendré a ver y te contaré cómo ha ido todo.

Luego que Julia se hubo ido, Sara arregló maquinalmente la cama donde aquélla había estado sentada, ahuecó el colchón y la cama de la compañera de cuarto volvió a quedar lisa e intacta. Aburridamente se acercó a la ventana, la abrió y se asomó a ella. Por la calle discurrían cortejos de familias que venían paseando desde sus casas y se dirigían Dios sabe adónde. Los padres vestían de oscuro y los niños de blanco. Caminaban despacio, pesadamente, y lo miraban todo con detenimiento, como si se encontraran en una ciudad extraña. O era que en efecto exploraban la ciudad, la recorrían con curiosidad y admiración en su paseo de domingo y les costaba reconocer que era la suya, la que ellos movían con su esfuerzo de toda la semana, la que ellos construían viviendo, sin tener tiempo para entretenerse en mirarla.

Sara consultó el reloj y calculó que antes de una hora la llamaría Pablo por teléfono para hablar un rato, como todos los domingos. Este pensamiento la reanimó y se dispuso a arreglarse. Descolgó la bata que pendía de la puerta y se la puso. Cuando volvió del baño con la bolsa de aseo en la mano, cerró la ventana y se vistió despacio. Se entretuvo luego en el espejo pintándose los labios y cepillándose el pelo. Se preparaba para la llamada como para un encuentro real.

Abajo, el vestíbulo estaba vacío y la puerta de la secretaría cerrada. La residencia tenía los domingos un aire desolado, aunque en la calle brillara el sol de abril. Sara esperó sentada en el sofá de las visitas y a la hora prevista sonó el teléfono. Sara corrió a él y se aferró al auricular como a un brazo humano.

—Pablo —dijo.

Sabía que era él, pero se arrepintió de no haber empleado el «Dígame», como era natural. Pablo contestó enseguida: «Hola, Sara», y Sara sintió ganas de llorar. Le ocurría que el teléfono la aislaba de Pablo, en lugar de acercarla a él. Le torturaba oír la voz desprendida del cuerpo; le desconcertaban las palabras que llegaban sin el apoyo del gesto. Pablo era un Pablo oscuro por teléfono, lacónico y difícil de entender.

—He estado en mi cuarto todo el día —dijo Sara.

No mencionó el desorden ni la mancha del techo, que la había fascinado durante horas. Tampoco habló de la ventana abierta, cerrada y vuelta a abrir. De la ventana con sol o sombra, a capricho de abril.

—No. No he leído. No he estudiado. No he hecho absolutamente nada.

Podía haber añadido: «Sabes que no soy capaz de hacer nada en domingo». Pero esto no le gustaba a Pablo, que la quería serena y ponderada, dominadora consciente de sus circunstancias.

—Ha estado Julia un instante. Como siempre, confidencial y depresiva.

No iba a decirle: «Yo también he estado a punto de desahogarme con ella. A las mujeres nos gusta hablar en voz alta, aunque no nos pueda ayudar el que escucha». Pablo contaba algo de un libro y un problema. La voz de Pablo, ascendiendo por el hilo del teléfono, se le incrustaba en el cerebro para bajarle luego al corazón.

—La residencia está vacía. Todas salen los domingos.

A veces Sara deseaba tener un novio como el de muchas de sus compañeras. Un novio que preguntaba: «¿Vamos al cine, a bailar, al café?». Un novio que arrastraba a parques poblados, a bares sofocantes, a salas de fiesta con mala música y humo. Y que luego, al volver hacia casa, tenía un resto de valentía para decir: «Lo hemos pasado muy bien», mientras apretaba el brazo de la novia. Aunque se daba perfecta cuenta de que es mucho peor decidir a qué café, a qué cine, a qué aglomeración sumarse, que trabajar un día cualquiera, encajado en su puesto, sin tener que inventar actos ni crear situaciones que luego resultan agotadoras y desilusionantes. Ellos eran felices, los novios y las novias. Ella, Sara, tenía a Pablo.

—Bien —suspiró.

Al otro lado del hilo hubo un silencio y a continuación Pablo dijo:

—Adiós, Sara.

Como todos los domingos, la conversación le dejaba un regusto agrio. Como todos los domingos, Sara subió las escaleras de los pisos, pasó ante las puertas cerradas y alcanzó la suya.

La luz del cuarto había cambiado en el corto espacio de tiempo que ella había estado fuera. Empezaba a caer la tarde. La pared situada frente a la ventana se volvió morada, grises las otras dos, negra la que abría en su cuerpo el hueco de la luz. Antes de que el sol se hundiera definitivamente tras los cerros lejanos, se encenderían las luces de la ciudad. Los faroles de las calles reflejarían sus discos amarillos en los vidrios altos de las buhardillas de poniente. Pronto pasaría el tiempo y empezarían a regresar las muchachas de la residencia. No tardaría Julia, que vendría a narrarle, fiel y monótona, su aventura. Bajarían a cenar y en el comedor nacería un rumor creciente de charlas y risas. Todas hablarían de la tarde como de algo pasado y empezarían a pensar en el día siguiente como en lo único valioso y real. En el comedor, a la hora de cenar, sería ya lunes. Una alegre semana se encendería: lunes, martes, miércoles..., una hermosa semana nueva.

«Si pudiera fumar —pensó Sara—, este rato sería muy corto». Removió sus papeles. Abrió bolsos. En el cajón de la mesa encontró un cigarrillo aplastado, un poco roto por un extremo.

—Vale de todos modos —dijo en voz baja.

Una cerilla. Eso era más difícil. A no ser que bajara a la cocina, contraviniendo el reglamento. «Los domingos se puede hacer», decidió Sara. Y se encontró en el vestíbulo de nuevo, abriendo la pequeña puerta que llevaba a la escalera de servicio.

En la cocina, una chica muy joven pelaba patatas encaramada a un taburete. La cocinera sacaba unos platos del armario blanco.

—Por favor, ¿pueden darme una cerilla? —preguntó Sara.

Las dos mujeres la miraron sorprendidas. La cocinera la escudriñó como pensando: «¿Para qué querrá ésta la cerilla?». Al fin, como si cayera en la cuenta, abrió un cajón del armario y le tendió una caja de fósforos ordinarios.

Sara dio las gracias y salió con la cerilla oculta en la mano, como si fuera un objeto prohibido. «Debe de ser por la mirada de la cocinera», reflexionó.

Oscurecía rápidamente, pero Sara no quiso encender la luz. En el hierro de la cerradura encendió el fósforo. El cigarrillo, entre los labios, sabía bien; sabía a muchas horas con Pablo. Al empezar a arder, el humo olía a Pablo, a las manos y la boca de Pablo, a su ropa y sus libros. El cigarrillo chisporroteó a medio camino entre la cama y la ventana. La luz del cigarrillo traía a la habitación muchas cosas alegres.

Las claras mañanas de la facultad, los breves encuentros en los pasillos entre clase y clase, las citas para la hora de salida, cuando se detenían en el bar a beber un vaso de vino y hacían comentarios ligeros sobre ellos mismos o sus amigos, o bien Pablo se quedaba serio mirándola por encima del vaso, como si quisiera descubrir en ella minúsculos rasgos desconocidos.

Y las tardes, cuando el teléfono sonaba abajo y una voz cualquiera gritaba su nombre y, al bajar, era Pablo el que estaba al otro lado del hilo. Pablo, que decía: «Estoy muy cerca de aquí. Voy enseguida». Y ella escapaba del cuarto, abandonando libros abiertos, trabajos empezados, y corría a la calle antes de que algo pudiera detenerla.

El cigarrillo se acababa entre sus dedos. Sara abrió la ventana, lo aplastó en el reborde y lo tiró afuera.

Un aire fresco y campesino entró de la calle y fue barriendo el humo. El aire traía olores mezclados y se entretuvo en ir descifrándolos: lilas, rosas, acacias... En otro tiempo, un olor así le hubiera hecho sentirse más alegre, más fuerte.

Dos muchachas pasaron hablando bajo la ventana. Sara reconoció sus voces y pronunció interiormente sus nombres. Al poco tiempo una puerta se abrió y se cerró en el piso de abajo.

Sara empezó a moverse por el cuarto a oscuras. Tanteó en la pared buscando la llave de la luz. La encendió y cerró la ventana. Sara sintió hambre y volvió a echarse en la cama, sobre la colcha estirada y surcada de diminutas arrugas.

Una puerta se cerró en un piso, y otra y otra. Alguien entró en el cuarto de baño. Minutos después Julia se acercó hablando en voz alta. Sara pensó: «Ha encontrado a otra antes de llegar aquí». Julia pasó delante de la puerta sin llamar y su voz se perdió pasillo adelante.

El globo de cristal que protegía la bombilla arrojaba al techo círculos de borde brillante. La mancha de humedad, con sus dos anillos de contorno oscuro, destacaba más a la luz artificial. Sara se perdió por los corros de luces y sombras, hasta que los ojos le dolieron y tuvo que bajarlos al espejo. Su imagen ocupó la parte sana y se reflejó correctamente.

Los ojos le seguían doliendo y tuvo que cerrarlos. Un profundo cansancio le descendió por todo el cuerpo.

—Hoy es domingo —dijo— y quisiera estar lejos de aquí.

Había hablado en voz alta, como solía hacer a menudo en los últimos tiempos. En aquel preciso instante sonó la campanilla del comedor anunciando la cena.

Cuento para Susana

A mi hija Susana, con veinte años de retraso.

Cuando yo tenía tu edad, Susana, mi vida se parecía muy poco a la que tú vives ahora. Por eso creo que te gustará saber algunas historias que a mí me ocurrían y otras que yo me imaginaba que me ocurrían en aquella época.

Mi infancia fue muy diferente a la tuya. No fue ni mejor ni peor; no creo que fuera más alegre o más triste; pero sí fue completamente distinta.

Tú has nacido en una gran ciudad. Tú eres una niña madrileña que a tus ocho años has visto cine, teatro, ballet, has conocido a personas importantes, has viajado en avión...

Cuando yo tenía ocho años, vivía en una casa en el campo, una casa perdida en las montañas de León; la casa en que nací.

Para ti es imposible imaginar lo que supone esto: el aislamiento y la libertad, la dureza y la debilidad, la valentía y el miedo de los niños en el campo.

Yo vivía en la casa de mis abuelos maternos. Una casa grande, roja y blanca, rodeada de huerta, que estaba al lado de la carretera, del río y del ferrocarril. Sí, exactamente a la altura de nuestra casa corrían paralelas las tres vías: alta y negra la de hierro; gris y brillante la de asfalto; turbia y movediza la de agua.

La casa quedaba aprisionada entre la vía y la carretera y el río corría, más abajo que ésta, por entre un soto profundo y sombrío.

De noche, yo oía los trenes: el de las doce que pasaba hacia Asturias; el de las seis de la mañana que pasaba hacia Madrid. Me asomaba a la ventana y a través de los árboles veía los vagones pasar rápidos y traqueteantes, veía las ventanillas encendidas unas, apagadas las otras y oía el silbido agudo y quejoso de la máquina anunciando su entrada en la estación cercana.

Mirando los trenes yo pensaba en Madrid, en cómo debía ser Madrid. Tenía ideas muy vagas y complicadas de la ciudad. Sólo lo que veía en las revistas y periódicos que llegaban a la casa del abuelo. Imagínate qué difícil me hubiera sido adivinar que yo iba a vivir aquí y que aquí ibas a nacer tú y tantas cosas...

La casa, como te digo, estaba aislada. No pertenecía a ningún pueblo determinado porque la separaba la misma distancia de tres distintos: uno, en la carretera hacia Asturias, otro en la carretera hacia León y otro, el tercero, en un monte; este último era el que más me gustaba.

La casa era maravillosa para un niño. Estaba llena de rincones para jugar, para esconderse, para soñar.

La casa la había hecho el abuelo según sus ideas y resultaba rara y cómoda a la vez. Había habitaciones con baúles en los que se guardaban cosas viejas y estanterías llenas de revistas que me entusiasmaban: *Alrededor del Mundo, La Ilustración Iberoamericana, Blanco y Negro.*

Me gustaba encerrarme a mirar revistas en el cuarto de las manzanas. Durante muchos años aquel cuarto había estado dedicado a guardar fruta. Una cosecha enlazaba con la otra de modo que el olor permanecía en el aire y había llegado a penetrar en todos los objetos de la habitación.

El suelo era de madera, y sobre él se colocaban las manzanas en capas ordenadas. Se ordenaban por árboles, por clases, hasta por tamaños. Las reinetas del reguero, las de morro de liebre de junto a la casita, las repinaldo del sendero, las coloradas que dan a la carretera. En la huerta había también peras, ciruelas, uvas, fresas, grosellas, pero en menor cantidad. Las peras de donguindo y las de limón se consumían apenas vendimiadas y las de invierno se guardaban para Navidad. Con las ciruelas hacía la abuela mermelada que se guardaba en tarros de cristal para utilizarla como postre en las épocas de escasez de fruta fresca. Las uvas del emparrado, las fresas, las grosellas eran frutos frágiles que se recogían a su tiempo en cestos de mimbre y se distribuían en la mesa durante unos cuantos días. Pero las manzanas duraban. Su olor se extendía por la casa y se detenía en la ropa de las camas, en los visillos, en los cojines.

Me gustaba aquel olor. Tendida en el suelo, sobre una colchoneta que arrastraba desde el desván, solía pasar grandes ratos en aquella habitación. Cuando supe leer, me encerraba allí con los libros como antes me había encerrado con las revistas ilustradas. Leía cuidadosamente, tratando de interpretar cada frase. Leía los libros del abuelo, los que guardaba en un armario de su dormitorio: *Las mil y una noches,* Julio Verne, Alejandro Dumas, Victor Hugo...

Yo no había ido nunca al cine, de modo que aquellos ratos de lectura eran para mí la única posibilidad de escapar del mundo real que me rodeaba, para huir a otro, imaginario, en el que sucedían aventuras espléndidas. A veces dejaba de leer y me dedicaba a pensar que era a mí a quien ocurrían aquellas cosas. El olor de las manzanas me producía una especie de adormecimiento y yo sentía que flotaba en el espacio, por encima de los árboles de la huerta o que estaba echada en un prado grande y perfumado. Volvía de mi viaje como de un sueño y seguía leyendo...

Otra pieza importante de la casa era la cocina. Grande, caliente, allí me refugiaba en el invierno. En la cocina había un escaño con un gran banco y una mesa que se subía y se bajaba. En el banco había almohadas de colores. También allí daba gusto leer.

La sala, sin embargo, era un lugar que rara vez pisábamos. Casi siempre estaba cerrada y olía a cera y a frutas y a algún licor largo tiempo guardado en el aparador. Tenía retratos de toda la familia, un camino de mesa de encaje, figurillas de porcelana, espejos con marco dorado, un frutero con flores pintadas. Por la ventana se filtraba una luz verde, tamizada a través de las hojas de la parra. En verano asomarse allí era una delicia, pero en invierno no se podía soportar el frío que hacía.

En el piso de arriba estaban los dormitorios. Camas de hierro con bolas doradas, colchas blancas, arcones oscuros, mucho frío. Del vestíbulo de este piso arrancaba una escalerita que conducía a un diminuto desván. Allí subían los gatos y allí tenían las gatitas sus crías. Algún mueble desechado, cajas llenas de objetos inútiles, era todo lo que había en el desván, pero me gustaba pensar que era el refugio preferido de duendes, hadas y personajes así, y pasaba muy deprisa delante de la escalera con un escalofrío de miedo. Por la ventana de mi cuarto se colaban arañas gordas del emparrado y, antes de acostarme, miraba cuidadosamente las paredes blancas para matar a la posible intrusa. A veces no veía ninguna, pero a la mañana siguiente aparecía con un párpado hinchado por la picadura traicionera de la araña.

Lo mejor era la huerta. En otoño, en invierno, en primavera y sobre todo en verano: la huerta. En realidad era un gran jardín con parterres perfectamente dibujados por el abuelo, cuajados de pensamientos amarillos, morados y bordeados de rosas y margaritas. Pero, como había muchos árboles frutales, nosotros le llamábamos la huerta. Allí sí que se podía jugar. Fíjate que había una casita para guardar las herramientas, justo de mi tamaño. En ella guardaba mis juguetes. Esta casita estaba al borde de un gran reguero que limitaba una parte de la huerta. El arroyo corría profundo y no se podía bajar hasta él, porque la ladera que descendía hasta el agua era una impenetrable maraña de espinos, arbustos y rosales silvestres que destrozaban las piernas.

De ese gran arroyo entraba en la huerta un arroyito pequeño que regaba las plantas y los árboles. En un recodo del arroyo yo tenía una tabla para lavar la ropa de mis muñecos.

Luego estaba el sendero de las grosellas, que era muy estrecho y terminaba en la cueva. Sí, una verdadera cueva excavada en un gran desmonte de tierra, que era otro de los límites de la huerta. La cueva estaba forrada de tablones de madera y el techo era de latón. Tenía un banco-cama con una colchoneta, y el abuelo la había hecho pensando atemorizar a los posibles ladrones de fruta en el verano. Creo que nunca durmió allí, pero le daba seguridad tener aquel refugio para una guardia imaginaria.

La cueva también era mía. Me creía las cosas que solía contarme María, una de mis tías jóvenes. Ella me decía:

—Dando tres golpes en esta pared, aparece una puerta que conduce a un palacio fabuloso. Si entras, nunca puedes volver a salir.

Nunca llamé, aunque me pasaba horas enteras mirando fascinada la pared de tierra. Tenía demasiado miedo a entrar en aquel refugio encantado, del que no se podía regresar.

Yo era feliz en aquella casa del valle estrecho y cerrado entre la carretera, el río y la vía del ferrocarril. Pero había otra: la casa de mis abuelos paternos. Estaba cerca y lejos. A pocos kilómetros, pero muy metida en la montaña. Se llegaba a ella por una carreterita serpenteante y abrupta que conducía al pueblo de mi padre. La casa era enorme, de color pardo y gris. Detrás de ella se extendía un hermoso prado con algunos árboles. Lo atravesaba un riachuelo que salía de la finca y se perdía en los prados cercanos. No había flores, pero había vacas y ovejas y perros. Era una casa de labradores, y todo lo que allí sucedía era áspero. Los animales mugían, balaban, ladraban. Su presencia y su comportamiento eran importantes en la vida cotidiana.

—Está triste la *Pinta* —decía el abuelo.

O:

—El potro no ha querido comer hoy.

Y también:

—Pepo, guarda las ovejas si ves que se acerca la tormenta.

Pepo era el niño que cuidaba los rebaños. Debía de tener doce o trece años. Había ido poco tiempo a la escuela y era hijo de uno de los hombres que trabajaban para el abuelo. Pepo se pasaba el día por el monte con sus perros y sus ovejas. Con las cañas huecas hacía flautas, con trozos de corteza blanda de los árboles tallaba esculturas de animales.

—Mira, ésta es la *Mora* y éste es el ternero que parió en mayo la *Renca*.

Pepo vivía historias reales. Pero no le gustaba imaginar sucesos imposibles. No le cabían en la cabeza. Yo trataba de hacerle entrar en mundos de fantasía. Le proponía juegos imaginarios. Por ejemplo: Si en lo alto del monte apareciera un día un ciervo con los cuernos de oro y te dijera: «Sígueme hasta el palacio...». Pepo no quería escuchar. Me cortaba enseguida, tajante y hosco.

—Los ciervos no hablan ni tienen cuernos de oro. En el monte, lo único que te puedes encontrar es un lobo...

Los lobos formaban parte, como la nieve, de la vida del pueblo. La nieve no es la nieve que tú conoces, la nieve para esquiar y jugar y deslizarse por ella con los trineos; la nieve domesticada por los hombres. Era una nieve enemiga, peligrosa, que aislaba a las gentes y ponía en riesgo sus vidas cuando era urgente sacar a un enfermo de allí. Por otra parte, la nieve de los pueblos de montaña es necesaria para poder subsistir. La nieve derretida en primavera llena los prados de riachuelos, facilita el riego de los cultivos («año de nieves, año de bienes»). Sólo la nieve resuelve la sequedad del fuego abrasador en los veranos de aquellos pueblos de mi tierra.

La nieve del invierno mantenía a la gente aislada y paralizada días y días. Los lobos merodeaban por los campos blancos, se atrevían a hollar las calles vacías, se detenían ante las casas silenciosas, cerradas a piedra y lodo. Sólo el humo estaba vivo, sólo se movía el humo que salía de las chimeneas y se perdía, negro, en el cielo gris. Cuando las grandes nevadas, los lobos bajaban al pueblo. Lo cercaban, lo vigilaban, olfateaban los ganados encerrados en sus cuadras. Los lobos arrastraban su hambre por las calles vacías, y los vecinos observaban tras los cristales empañados, sentados en lo alto de las trébedes, alrededor de la lumbre, que extendía el calor bajo los pies como una alfombra dura y confortable. Luego, en la primavera, con el deshielo florecían las historias aterradoras.

—Iba yo con la yegua camino de la Quinta y me cogió la nevada —contaba el abuelo—. Me alcanzó así de pronto, antes de darme cuenta, porque no lo parecía; estaba tan frío, que no parecía que se acercara la nieve. Llegué a la Quinta a comprobar el cierre de los establos y, mira por dónde, en un momento se cubrió todo de blanco. Por prisa que me quise dar, se me echó la noche encima, toda envuelta en la nieve, y yo azuzaba a la yegua, y la yegua resoplaba, y se le ponía el pelo de punta, y yo me dije: ya rondan los lobos...

El abuelo hacía una pausa para graduar la emoción del relato y yo sentía en la garganta el frío amenazante de la historia:

—Ya rondan los lobos, me dije, y arreaba a la yegua para llegar por lo menos a la ermita de Trasierra y refugiarme en ella, que siempre está abierta para acoger a los caminantes...

La abuela le reñía:

—No metas miedo a la niña.

Pero yo le escuchaba, fascinada y tranquila, porque su presencia viva adelantaba el final feliz de la aventura.

—Allí pasé la noche y, ya de amanecida, salieron los mozos del pueblo en mi busca con escopetas y perros, armando ruido y llamándome a gritos para ahuyentar a los lobos...

La abuela me cogía de la mano y me decía:

—Sube conmigo a buscar miel.

En la bohardilla, enormes tinajas de barro, imposibles de mover, contenían la miel espesa y dorada, clasificada por años, por cosechas. Olía fuerte, a flores y azúcar. La abuela llenaba un cuenco grande y lo bajaba a la cocina, porque la miel se utilizaba para muchas cosas: para extender en el pan, para endulzar la leche, para curar la garganta cuando el catarro la ponía áspera.

Los lobos del abuelo, la miel de la abuela, las tallas de Pepo, los perros, los caballos. Era un mundo recio y duro, y yo me alegraba cuando me devolvían a la casa del valle, la mía, la que albergaba mis fantasías y las historias inventadas por las tías, la que tenía rincones suaves para soñar y jugar, la que prometía tesoros escondidos y no ofrecía peligros inmediatos. Aquélla era mi casa, y tú sabes que aún lo sigue siendo, y has podido observar que permanece igual que cuando yo era niña. Sin embargo, la casa de los otros abuelos ha muerto. Nadie vive allí, está abandonada, no ha sido capaz de retener a ninguno.

El abuelo ya debía temerlo, porque a veces, contemplando las fincas que él y su padre habían reunido con tiempo y esfuerzo, se ponía serio y decía:

—Todo esto se irá a pique cuando yo falte.

Yo pensaba entonces que a nadie le gusta vivir en la amenaza de los lobos y la nieve de los largos inviernos, entre una gente que sólo cree lo que ve y toca y sufre. Más tarde comprendí que la huida de todos obedecía a otras miserias y dificultades, al deseo de alcanzar vidas más amplias, por caminos más anchos y frondosos.

Pero yo quería al abuelo, y ahora mismo, cuando te cuento estas cosas, me da un escalofrío, y me sube a la garganta un nudo de tristeza al recordar cómo me ponía la mano en la cabeza, cómo me preguntaba por mis cosas:

—Estudias, aprendes, sabes mucho...

Yo creo que en el fondo deseaba que yo también huyera de allí.

Con los abuelos maternos todo era diferente. La carretera general que pasaba ante la casa abría el camino del mundo, despertaba el anhelo de echar a andar rumbo hacia pueblos desconocidos, rumbo norte adelante, hacia el mar.

Yo era feliz en aquella casa. Durante el invierno iba a la escuela. Tenía que andar un kilómetro cuesta arriba por un camino que subía a un montecillo hasta llegar al pueblo. El pueblo tenía una gran plaza con un moral en el centro y una iglesia antigua con una torre medio derruida en la que hacían su nido las cigüeñas. Me gustaba la escuela y los trabajos que en ella hacíamos, pero sobre todo me gustaba el camino. Con lluvia o con sol claro, subir la cuesta era una verdadera excursión para mí. No iba sola. Me acompañaban dos niñas de la Venta.

Ahora te contaré dónde estaba la Venta y quiénes eran las niñas: Yo llevaba unas botas katiuskas y mis amigas llevaban madreñas, una especie de zuecos de madera que se calzaban sobre las zapatillas. Yo también tenía mis madreñas y las usaba en la huerta, pero no me dejaban que las llevara a la escuela por miedo a que me resbalara. La escuela era pobre y destartalada, pero a fuerza de cuidado de la maestra llegaba a estar cómoda. La maestra era joven y sabía muchas cosas y nos las explicaba tan bien que sentíamos terminar la clase. Había adornado las paredes con frisos de papeles pintados de colores y había colocado una gran estufa en el centro de la habitación. Todos los niños recogíamos leña para alimentarla. El pueblo era pequeño, de modo que en total asistíamos sólo unos veinte niños y niñas de todas las edades.

Cuando hacía mucho frío, las niñas de la Venta y yo llevábamos nuestra comida en una cesta y la calentábamos en la estufa, mientras los niños del pueblo iban a comer a sus casas. En las horas de la comida todo era nuestro. Libros, encerado, mesas y sillas. En la estufa tostábamos el pan, porque nos gustaba comerlo caliente y el olor que daba la miga quemada.

La maestra vivía en un piso encima de la escuela y nos regalaba muchas veces naranjas o castañas para asar. El frío y la nieve y el olor de las naranjas han quedado en mi recuerdo unidos a la escuela del pueblo.

Las niñas de la Venta eran Rosa y Patro. La Venta era una casa grande con patios y cuadras y muchas habitaciones; la única casa vecina a la del abuelo. En sus tiempos había sido eso, una venta, para caminantes y ganaderos que iban de Asturias a León. Ahora la habitaba una familia de labradores que tenía varios hijos. Mis dos amigas eran las más pequeñas de la casa.

Mi familia tenía buena amistad con los padres de Patro y Rosa. En las noches de invierno pasábamos a su cocina después de cenar y oíamos a la señora Candelas contar historias de osos y jabalíes hasta que se hacía muy tarde.

Recuerdo las veces que nos íbamos a jugar al pajar. El pajar tenía unas vigas que cruzaban a media altura de un lado a otro del recinto. Nosotras trepábamos hasta las vigas y desde allí nos dejábamos caer en la paja blanda, muelle, un colchón vegetal en el que nunca podíamos hundirnos bastante para tocar el fondo.

Un día jugábamos al escondite en la cuadra que estaba al lado del pajar, y a mí se me ocurrió esconderme en el pesebre de una vaca. Estaba allí caliente y oculta entre la hierba, cuando entraron las vacas que venían de pastar del prado. Yo no me moví por miedo a que descubrieran mi escondite. Ataron una vaca a mi lado y ésta se puso a comer hierba. Al verme, quizá sin querer, me enganchó el vestido con un cuerno y me lo rompió. Yo estaba aterrada, pero seguía sin atreverme a hablar, a moverme, hasta que entró el padre de mis amigas a buscar algo y me encontró allí. Todos se rieron mucho.

La Venta estaba al lado de nuestra casa, en la carretera. Un poco más lejos, y al otro lado, había un mesón en ruinas. Nadie vivía en él y sólo servía de refugio de una noche a gitanos y vagabundos. El mesón en ruinas estaba cubierto de musgo y, como te digo, se alzaba al otro lado de la carretera, sobre una roca que descendía hacia el río. Allí solíamos jugar a las casas, aprovechando las divisiones de las antiguas habitaciones. Se contaba una historia del mesón. La historia era ésta: Un ciego, hace mucho tiempo, tenía en el mesón su refugio. El ciego tocaba la guitarra y pedía limosna. Todo el mundo pensaba que era muy pobre, pero en realidad había llegado a reunir unas monedas de oro a lo largo de su existencia de pedigüeño. En algún rincón secreto del mesón guardaba sus monedas y de noche las sacaba y las contaba. Esto lo sabía la gente, porque una noche de luna llena un silencioso caminante que pasaba por allí había visto brillar, con fulgor extraño, unos objetos en la mano del ciego. «Eran monedas», dijo el caminante. Y todos le creyeron. Un invierno murió de frío el viejo ciego. Después de enterrarlo en el pueblo más cercano, que era el de la carretera hacia Asturias, se celebró una reunión de vecinos. Se trató de las monedas. ¿Existían? ¿No existían? Se registró todo el mesón de arriba abajo. De entre las piedras salieron lagartijas, ratones, trozos de botella, pero las monedas no aparecían por ninguna parte. La duda empezó a crecer entre los aldeanos. ¿Había sido todo una ilusión del caminante? ¿O estaban las monedas escondidas en otro sitio y no en el mesón? Algunos, más entusiastas o más crédulos, se dedicaron a buscar por su cuenta durante algún tiempo, pero nunca se encontró rastro de aquellas famosas monedas. Todo esto pasó antes de nacer yo, pero la leyenda persistía, y, cuando yo jugaba con mis amigas en aquellos alrededores, siempre pensaba que en cualquier momento, al remover un pedrusco, al escarbar en la tierra, al levantar una planta, podía aparecer el tesoro del ciego. Nunca lo encontramos, desde luego, y sospecho que no lo encontrará nadie, pero era divertido y emocionante poseer aquella pista, tener acceso a aquella isla de piedras ruinosas con su tesoro escondido. A ratos, dejábamos de jugar y hablábamos de lo que podíamos hacer con las monedas de oro.

—Si yo lo encuentro —decía Rosa—, se lo daré a mi padre para que compre vacas y prados.

—Si lo encuentro yo —decía Patro—, se lo daré a mi madre para que nos compre vestidos y juguetes.

Yo soñaba.

—Si un día lo descubro, lo emplearé en viajar.

Ya sabes que siempre hemos jugado a lo mismo papá y tú y yo. Tesoros para viajar. Para comprar un barco y recorrer mares. Para tomar aviones y volar a países lejanos...

Cuando llegaba la Navidad hacía mucho frío. No se podía salir de casa, y la compota, la sopa de almendras, las manzanas asadas eran la única fiesta. Sin embargo, yo no me resignaba. La Nochebuena tenía algo mágico para mí. Esperaba que sucediera algo sorprendente en cualquier momento.

La magia comenzaba en la cocina, cuando la abuela repartía las palmatorias, y era el momento de abandonar la pieza bien iluminada por la lámpara de petróleo. Había que encender la vela en la cocina y luego salir al portal, protegiendo la llama con la mano para que no se apagase.

Al subir las escaleras, yo miraba hacia atrás, a la ancha franja de luz que salía de la cocina, y sentía nostalgia del caliente rincón. En la habitación la magia crecía. Me metía en la cama de repente y movía las piernas deprisa para no sentir el frío de las sábanas. Mi tía María, mi gran amiga, apagaba la vela antes de acostarse, y todavía, al abrasado fulgor del pabilo, yo podía ver cómo apoyaba la cabeza en la almohada mirando hacia mi cama. Luego empezaba a hablar.

—La Navidad es triste y podía ser alegre —suspiraba—. Si por lo menos tuviéramos la suerte de encontrar el árbol...

—¿Qué árbol? —preguntaba yo.

María sonreía en la oscuridad.

—En Navidad —explicaba— hay árboles que florecen con unas flores preciosas, rojas y blancas y azules. También nacen entre las flores unas frutas extrañas como manzanas, con pinchos dorados y brillantes. Los pinchos son para que nadie se acerque a arrancar la fruta. Los pinchos sólo brillan para quien merece coger el árbol. Los demás no pueden ver más que unas bolas oscuras con pinchos aguzados, que les hieren las manos cuando intentan alcanzarlos. Estos árboles se encuentran muy pocas veces en el mundo. Cada muchos años aparece uno en un bosque, destinado a una persona que lo necesita mucho, que lo ha deseado mucho, que ha sido muy buena y lo merece de verdad...

—¿Y quién pone ese árbol en el bosque? —preguntaba yo.

Y entonces María tenía que callarse y pensarlo, para al poco rato decir:
—No lo sé.

Así, con frío y cuentos, pasaba la Navidad. Los Reyes dejaban regalos, pero no regalos como los que tú tienes. Eran cosas necesarias, que recibíamos con gran alegría. Para un niño de pueblo, en aquella época, unos zapatos, un vestido, podían convertirse en un magnífico regalo. También había juguetes algunas veces, pero pocos y por eso se cuidaban más y se trataban con más cariño. Recuerdo una muñeca que yo tenía entonces, rubia, con trenzas, de cara de trapo. Puede que la hayas visto en una fotografía de mi infancia en la que yo aparezco abrazada a ella, con una cara borrosa, desdibujada y, no sé por qué, triste. La muñeca se llamaba Ofelia. Tú no le hubieras hecho el menor caso, pero yo la adoraba. Le hacía trajes, la sentaba, la acunaba, dormía conmigo. Yo le hablaba y le contaba cosas. Durante años fue algo muy importante para mí. Pero no creas que la escasez de juguetes era una tragedia.

Nosotros teníamos otros juegos. Juegos de libertad, de exploración, de aventura. Con tu edad yo podía ir a muchos sitios sola. Por ejemplo, a lavar al río con alguna de mis tías o con las vecinas de la Venta, a cuidar las vacas con mi amiga Patro a un prado lejano, o al molino a comprar harina, o a los pueblos cercanos a hacer algún encargo, o simplemente de paseo. Todas esas cosas valían más que los juguetes.

En el prado, con Patro, yo lo pasaba muy bien. Llevábamos una manta para taparnos, una manta vieja que podía tirarse al suelo o servir de capa o de toldo. Llevábamos cestas de mimbre para recoger cosas porque en el campo siempre se encuentra algo que se puede llevar a casa: moras en septiembre, arándanos en verano, berros en primavera, cuando crecen frescos y violentos junto a las fuentes claras...

En la cesta se llevaba también la merienda. Patro llevaba algo que me gustaba más que nada para merendar: pan moreno con tocino cocido. Yo se lo cambiaba por mi merienda, que solía ser pan con chocolate o una manzana.

Buscábamos un refugio cuando hacía frío, un rincón soleado y protegido por un árbol grande o un arbusto espeso, y desde allí veíamos a las vacas pacer tranquilamente, melancólicamente. Luego merendábamos, corríamos, subíamos a los árboles o trepábamos a una roca. Era mucho mejor que los juguetes...

Delante del mesón estaba la era de los vecinos. En verano trillábamos. Yo me ponía un sombrero grande de paja y un pañuelo blanco para que no me entraran las pajillas por el cuello. Me sentaba en el trillo, al lado del botijo, y daba vueltas y vueltas sobre el tosco trineo de madera desgastada que avanzaba lento, pesado, machacando espigas, separando el grano de la paja. Hacía mucho calor y, después de trillar durante un rato, nos bañábamos en el río. Tú nunca te has bañado en un río, por eso no sabes lo divertido, lo arriesgado que es. Debajo de cada piedra pueden encontrarse sorpresas. Por ejemplo, un cangrejo torpón que se puede coger con cuidado para luego cocerlo en casa y esperar a que se ponga rojo. Y también hay culebras de agua, que no hacen nada pero que asustan, y tritones, y peces pequeños, cuyo nombre no sabíamos, y animales que están en sus dominios entre el cieno del fondo y las espadañas de la orilla y que se alteran cuando se les invade.

El soto de las orillas del río olía a madreselvas y a humedad. Era fresco, intensamente verde, y en él crecían lirios salvajes y zarzamoras. De vez en cuando aparecían babosas negras y brillantes en el agua que corría semioculta por la maleza. El río era el gran atractivo del verano.

Y las fiestas. En todos los pueblos había fiestas. Romerías a ermitas con santos patronos y patronas. Prados llenos de tenderetes, con rosquillas del santo, zarzaparrilla, gaseosa. Bailes al son del tamboril. La fiesta que más me gustaba era la de la noche de San Juan, el 24 de junio, una noche caliente y esplendorosa, que era como la verdadera inauguración del verano.

Cerca de nuestra casa estaba la Peña del Asno, una montaña rematada por una gran roca en forma de cabeza de asno. La víspera de San Juan, antes de amanecer, se encendían hogueras en los montes de los alrededores; las encendían los jóvenes y los niños de los pueblos cercanos. Nosotros hacíamos la nuestra en la Peña del Asno. Subíamos en las últimas horas de la noche, antes de salir el sol. Encendíamos la hoguera y recogíamos el trébol. Cantábamos:

A coger el trébole, el trébole, el trébole,
a coger el trébole la noche de San Juan.

Nuestra hoguera pertenecía a mis tíos y a los vecinos de la Venta; año tras año se encendía. Recuerdo el último San Juan. Y recuerdo muy bien el último verano.

Luego, cuando amanecía, entre cantos y risas, hacíamos el chocolate en la hoguera y lo repartíamos en las tazas que con esfuerzo habían transportado los mayores hasta la pradera en la cima de la peña.

Era julio y hacía mucho calor. Un día, cuando jugábamos en la huerta, oímos un ruido de motores de avión. Era domingo. Los aviones pasaron muy altos y se dirigían hacia Asturias. Se perdieron en el aire tras la Peña del Asno. Enseguida, empezó a pasar gente. Iban en grupos hablando agitadamente, manoteando, casi corriendo.

Salimos a la carretera y los contemplábamos en su marcha. El abuelo habló con algunos y entró en casa preocupado. Yo no sabía lo que estaba sucediendo, pero había algo grave y trágico en el rostro de todos.

Era difícil que me diera cuenta de que estaba asistiendo al final de mi infancia.

Al día siguiente oí muchas veces la palabra Revolución. No pude salir de casa, y al atardecer volvieron los aviones a cruzar sobre nuestras cabezas y a perderse a lo lejos hacia Asturias. Enseguida se oyeron, repetidos por el eco en las montañas, los primeros disparos. Había empezado una guerra.

Pero ésta es otra historia, que también te contaré algún día.

El mejor

Fotos no, mire. Eso no, porque mi nuera me mata. Bastantes le sacan ya en el campo... Y de llevarse las que le enseño, tampoco. A ellos no les gusta y allá ellos... ¿Y qué quiere usted que le cuente? Qué le va a contar una abuela. Yo de fútbol sé poco. Ahora, eso sí, del chico lo sé todo... El primer balón se lo regalé yo. ¡Qué ilusión tenía! Era un balón de verdad. Pesaba... Que yo no sé cómo aquel chiquillo podía con él. Su madre torció el gesto porque ella no quería ni oír hablar del fútbol. Mi hijo no rechistó. Yo creo que se acordaba de cuando él era un crío y su padre también le había comprado uno... Mi chico se casó el año que murió Franco y mi niño nació a los dos años. ¡Qué tiempos, oiga usted! Si parece que fue ayer... Mire, el otro día viendo esos programas de la Prego en la tele, le decía yo a mi hijo: Acuérdate de la noche que nos dio Aurora con el parto y el jaleo que había en la calle con los mítines y las elecciones... La madre no quería fútbol. Quería médico o ingeniero o abogado, pero fútbol, no... Listo fue siempre, muy listo. Echó a andar pronto, rompió a hablar pronto. Todo lo hacía bien y rápido. Mucho talento, sí señor. Por eso la madre, natural, quería que estudiara carrera. Pero no hubo forma, oiga. ¡Qué afán con el balón!... Yo creo que esas cosas se heredan, como todo. Su abuelo, mi difunto marido, era loco por el fútbol... Mire, acérquese. ¿Ve esta foto?... ¿Que no sabe quién es él?, ¿el de blanco? Pero, hombre, si es «la saeta rubia»... Y este que le abraza, el que está de espaldas, ése es mi Juan. Fue un día que ganaron al Atleti... No, él no era socio del Real Madrid. Pero cuando podía, alguna vez, algún partido importante, se las apañaba para ir. Horas de cola se tiraban. Se turnaban los amigos, los vecinos del barrio. A veces pasaban toda la noche a la cola. Se iban para allá con la manta, los bocadillos, una botella de vino y a esperar... Qué años... Por eso digo que eso se hereda, qué duda cabe... A mí no, a mí el fútbol no me decía nada. ¿No ve que entonces aquí todavía no teníamos televisión? La radio sí, la radio te daba todo el partido como ahora. Yo, como veo regular y los sacan tan pequeños en la tele, le advierto que prefiero la radio, que te lo explica todo mejor... Bueno, en casa tenemos la tele y la radio cuando juega el niño. A mí me gusta oír lo que dicen de él en la radio.

Mire, hay uno, no sé si es de la Ser o de la Cope esa, que dijo un día: Desde Gento no ha habido nadie que corra como Baldo... Pues fíjese qué orgullosa. A ver... Usted no sabe lo que es una abuela... Hombre, la madre ya va entrando. No entiende mucho, no, pero se da cuenta de lo que el chico vale. Además, lo que yo le digo: Pero hija, médicos y arquitectos buenos hay muchos, pero un deportista como Baldo, de ésos hay poquísimos... Que no, que no lo digo sólo por lo que ganan, aunque eso también es importante. Lo digo porque mientras juegan, mientras son jóvenes, son como reyes, como los reyes de ese mundo de ellos... Oiga usted, me acuerdo cuando le escogieron para los juveniles. En el colegio no vea usted. Desde el director hasta el último renacuajo de párvulos, estaban todos como locos...

Todo era Baldo por aquí y Baldo por allá y mi nuera con el morro torcido. Ya verá, me decía, éste no vuelve a tocar un libro en su vida... Y es que ella, mi nuera, vale mucho. Se ha preparado muy bien, ha estudiado mucho y está ahora de jefa de enfermeras en su planta, ahí en La Paz. Y ella, lo normal, quería que el chico hubiera estudiado para médico. El padre, mi hijo, ése es más fácil de convencer. Le dijo a Baldo: Tú entrenas pero sigues estudiando, ¿eh? Que la vida del deporte es corta ¿y luego, qué? El que lo hizo bien fue Pirri, le decía. Le sacaba mucho a relucir al Pirri aquel que se casó con la Sonia Bruno, tan mona que era, ¿no se acuerda usted? Bueno, pues Pirri estudió medicina deportiva y cuando dejó de jugar lo fichó el Madrid para médico del equipo y ahí lo tiene usted... ¿Por dónde iba yo? No sé. Da igual... Pienso yo mil veces que si mi Juan levantara la cabeza... Pero, hombre, ¿quién le iba a decir a él que tendría un nieto futbolista? Él, ya se lo dije antes, era loco por el fútbol. Me decía: María, mujer, no ves, no te das cuenta que ese rato del partido, mientras lo ves si tienes la suerte de ir o mientras lo oyes por la radio, se te olvidan todos los problemas... Ahí, en la taberna se reunían todos los amigotes los domingos y, hala, a esperar el partido, a discutir, a gritar, a beber vino, que antes no se bebía otra cosa, no vaya usted a creer que los güisquis y las ginebras, que de todo eso nada. O vino o una cañita de cerveza de barril, eso era lo que se usaba... Pero no me quiero ir por las nubes que ya sé yo que a usted le interesa el niño, que usted quiere que le hable del niño... Me pone nerviosa con el cacharro ese de grabar. Ya, ya lo entiendo que si no, no puede escribir todo lo que le digo... Bueno, pues el niño se crió muy bien... No, el abuelo no lo llegó a conocer. Murió joven. Vamos, que era joven para morirse. Cincuenta y cinco años tenía. Llegó un día a casa, blanco como esa pared. Me dijo: Ábreme la cama, María, que no puedo más. Le había dado un dolor así, de repente en los riñones... Total, que no le veían nada claro, que lo llevaron al hospital y al fin... No, no conoció al nieto... Teníamos dos hijos. El mayor que está colocado en Iberia, en tierra, y vive en Barcelona y el padre de Baldo que nunca me dejó: Madre, me decía cuando me quedé viuda, yo no me muevo de aquí, yo no te dejo sola. Y aquí se quedó. Está muy bien colocado. Entró muy joven de contable en los laboratorios esos que hacen la penicilina... Hay que ver lo que fue la penicilina, cuando empezó. Tenía yo una amiga tísica perdida que se salvó gracias al Fleming que descubrió el invento... Bueno, pues a lo que íbamos, mi hijo se quedó en Madrid. Muy bueno conmigo y con todos porque es un chico al que no se le conoce un vicio ni un mal gesto con nadie. Tuvo novia joven, sólo una novia, su Aurora. Se casó con ella y cuando se casó se empeñó en que yo me fuera cerca de ellos. Así que me vendió el pisito que teníamos por Galileo, que era interior pero estaba muy bien y luego que yo conocía a todo el mundo en el barrio... Pero no me importó irme con ellos a Moratalaz. Ahora que, eso sí, yo me compré un piso cerquita, pequeño, muy mono, pero aparte. Yo le dije a mi hijo: Mira, cerca sí. Pero independiente... Qué sé yo lo que pasa con las suegras, que no es lo mismo vivir con una hija que con una nuera... Esto no se le ocurra ponerlo, ¿eh?, que mi nuera es muy buena chica, pero no es lo mismo... Esa gloria no me la dio Dios, tener una hija.

Pero me dio cuatro hombres, el marido, los dos hijos y este nieto, el Baldo que ha sido mi alegría desde que nació... Me lo traían aquí cuando se iban a trabajar y aquí se pasaba todo el día. Pero si a este niño lo he criado yo más que su madre... La de biberones, pañales, termómetros que habré gastado yo con él. Así que me adora. Pregúntele a él... Bueno, no le pregunte que ya sabe cómo son los chicos, les da vergüenza decir que te quieren. Y encima éste, que están deseando que hable, que diga algo para sacarlo en las revistas... Mi niño, ¡qué listo era!... Oiga, pero qué pronto se ve que un niño va para algo grande... Yo le decía cuando era pequeño: ¿Qué vas a ser tú de mayor vida mía, ángel mío? Esas tonterías que se dicen a los niños, y a los nietos más. Porque ya no estás pensando en otras cosas tuyas como cuando eras joven. Con los nietos no piensas más que en ellos. Ya ni qué me pongo para esta boda ni qué está haciendo tu hombre que no acaba de llegar.

Baldo, le pusieron así por el padre de ella, el otro abuelo, se crio muy bien. Fuerte y sano. Nunca estuvo malo de importancia. Algún catarrillo, la tripa, lo normal. Un niño muy alegre, muy juguetón. ¡Qué energía! No paraba quieto. Cuando empezó a andar me lo llevaba al parquecito de aquí al lado y allí se desahogaba. Luego, dormía la siesta como un tronco. No fue al colegio hasta los cinco años porque me tenía a mí ¿y quién le iba a cuidar mejor? Luego cuando empezó a ir yo le iba a llevar y a recoger. Me decían las señoritas: Vaya nieto que tiene usted, qué listo y qué bueno... que es lo que quiere oír una abuela... Me acuerdo del día que me dijo una de ellas: Su nieto va para futbolista. Porque desde muy pronto, eso sí, le encantaba la pelota. Como a todos, claro... ¿Estudiante? Era bueno. Le gustaban y le gustan las matemáticas. Lo que más. Y dibuja muy bien... A los once años empezó a jugar aquí en el barrio con el equipo del colegio. Los entrenaba un vecino los sábados. Y los domingos jugaban con los equipos de otros colegios. Enseguida se veía que él valía mucho. Eso decían, porque yo ni entendía ni entiendo. Sólo sé que mi Baldo es lo más bueno del mundo... Con el primer dinero que le dieron cuando empezó ya más en serio, ¿qué cree usted que me regaló?... Un reloj de oro. Para que veas bien la hora y los minutos que faltan para terminar el partido, abuela, me dijo. Porque yo tenía un relojito de los de antes, muy poco dibujadas las cifras... Mire, cuando se lesionó aquella vez que pudo ser muy gordo aunque luego se quedó en poco, fue en el minuto veintisiete de la segunda parte... Acababa de pasarle él la pelota al compañero que metió el gol cuando le entró el defensa enemigo y le dio tal golpe en la pierna derecha —porque hay que ver cómo juegan, a lo bruto— que me lo dejó tendido en el suelo... Yo que vi la camilla y el locutor que decía: Ha sido importante, ha sido importante... y la cara de dolor que tenía mi niño... Yo creí que me moría. Sólo pensaba: ¿qué sentirán las pobres abuelas de los toreros, Dios mío?... Porque peor que la patada es la cornada del toro... Mi hijo me llamó enseguida para tranquilizarme. Lo dejaron aquella noche en la clínica. Su madre, como además de madre es enfermera, no se separó de él... Yo no podía dormir. Pensaba: La culpa es mía por haberle regalado aquel balón de reglamento... Pero qué alegría le dio aquel balón. Lo que jugó con él. Y ahora ya ve usted, con dieciocho años y le han seleccionado para jugar esa Copa que debe ser importante, ¿no?... Mi niño... Porque será campeón, pero es un niño... Que no, hombre, que no, que no son lágrimas, que no lloro. Es esa luz de los focos que tienen ustedes para las fotos... Y ya le he advertido y le vuelvo a advertir que de fotos de la casa, nada... Buena se iba a poner mi nuera... Mire, le voy a enseñar la foto que más me gusta a mí. La tengo en la mesilla de mi cuarto en un portarretrato. Tenía ocho años y aquí le tiene con la camiseta del Madrid que se la compré yo... Mire qué cara de listo...

Con el pie en el balón, apoyándolo, sujetándolo para que no se le escape... Hombre, el futuro nadie lo conoce, pero digo yo que si se tuerce la cosa podrá seguir con los estudios aunque sea de noche y trabajando de día, que no será el primero que lo hace. Y siempre tendrá el recuerdo de lo que fue... Además, a él le quiere todo el mundo porque es muy buen compañero para todos. Si te quejas de que uno le ha dado un empujón o un golpe fuerte, él dice: ¿Tú qué sabes, abuela?... Y de los árbitros, y de las tarjetas... No hay quien le hable de eso... Mire, yo también le pregunté una vez lo que usted me pregunta a mí, que por qué quería ser profesional en el fútbol. Y él me contestó: Porque quiero ser el mejor en algo y en esto lo voy a poder ser, estoy seguro... Allí sí que se me escaparon las lágrimas. Porque me acordé de lo que contaba mi marido del Coppi, ese ciclista italiano, que decía: Todos los hombres son iguales pero hay algunos más iguales... Y mi niño quería ser de los que no son iguales...

Si yo creyera en algo, que no creo. Si creyera que el abuelo le puede ver a mi Baldo desde allá arriba por un agujerito. Que puede ver a mi nieto matándose por ser el mejor...

Fiebre

Fiebre

—Llevo el móvil conectado. Te llamaré desde las pistas. Si necesitas algo, a Recepción..., están pendientes. Ya sabes...

Una leve caricia en el pelo alborotado. Una inclinación como para darle un beso en la frente.

—No te acerques, Juan. No te vaya a contagiar la gripe o lo que sea...

—¿Y qué va a ser? —interrogó Iñaqui sin acercarse.

El niño no preguntaba a Ana sino al padre. Le parecía más objetivo o menos dramático. Retorció los dedos de un guante vacío y comprobó que éste se enganchaba al otro, unidos los dos en el cierre común.

Estaba ya totalmente vestido: amarillo y azul. Una figura esbelta pero redondeada por efecto del traje hueco y plumoso. Él no se decidió por una despedida rápida y cariñosa. Se fue alejando hacia la puerta y esperó allí a Juan, que insistía:

—Si no estás bien me llamas, que vuelvo enseguida. Te he dicho mil veces que, por mí, me da igual subir o no. Es por Iñaqui, sobre todo porque no pierda días. Con la obsesión que tienes tú con el aire libre y el deporte...

Lo decía mientras se alejaba hacia el niño y la puerta y la salida. Le sonrieron los dos desde el umbral, con ese aire de desamparo masculino que ellos tan delicadamente esgrimen cuando te abandonan.

Oyó sus pasos, pasillo adelante. Hablaban. Se imaginó la conversación.

—Pórtate bien, Iñaqui. No hagas burradas. Escucha al monitor. Sólo nos faltaba que te rompieras algo con mamá en la cama...

Por el ventanal abierto entraba la luz de la nieve. Un rayo de sol incidía sobre el fleco brillante de estalactitas, una exhibición de tirabuzones helados que remataban el balcón de una casa cercana.

«Dos mil veinticinco metros sobre el nivel del mar... Increíble... Habría que descender hasta lo más profundo del valle y socavar la tierra en busca de un cauce oculto y lanzar al agua una botella vacía, de ginebra Bombay por ejemplo, con un mensaje dentro y esperar a que, río pequeño tras riachuelo, río mediano tras río pequeño, llegara hasta un afluente del río grande y más tarde, por sabe Dios qué hermosos paisajes, hasta el mar...»

La luz le molestaba. Giró en la cama y se quedó de cara a la pared, momentáneamente aliviada. Al estirar las piernas notó dolor en los huesos y un escalofrío que erizaba la piel.

«Fiebre, fiebre... Todo está en carne viva, la piel y la imaginación... Qué tontería... La imaginación en carne viva... El mensaje de la botella. Algo así como: SOS. Prisionera en el castillo de Kafka. Cota número... ¿No era el 30, la habitación? Cota número 30 de Baqueira Beret... Secuestrada. Febril. Me laten las sienes. Estoy ardiendo. Si no estuviera en el tercer piso, si estuviera en el primero, me asomaría a la ventana y saltaría a esta nieve blanda, virgen, polvo, para bajar rodando hasta el pueblo... Me abrasa la garganta, me duelen los riñones... Ana, la infortunada... Fin del mensaje.»

El hotel era un refugio alpino. Madera por todas partes. Ventanales amplios a la montaña. Silencio total.

«A esta hora todo el mundo está en las sillas o sobre los esquís... Un trago de agua helada. Un trago de agua mineral helada, de la nevera, fría, deliciosa... ¿Me levanto o espero a que me traigan los periódicos y aprovecho entonces? Mejor los periódicos porque la novela... La última de Patricia Cornwall. La tenía reservada con una avaricia especial para estos días, para estas noches justo antes de dormirme cansada del ejercicio. Y con ese bienestar único del oxígeno puro...»

La camarera entra, solícita. Trae los periódicos en la mano y pregunta: «¿Qué tal estamos?». Ana mueve la cabeza hacia los lados en señal de duda. El movimiento aumenta el dolor. Ha olvidado algo que quería pedir a la mujer. La mujer espera un momento con una sonrisa profesional y se retira.

«Si no te mueves no está mal la fiebre... Es como una anestesia. Pero si te mueves, la cabeza es un volcán en ebullición... Como el Etna, ayer, en televisión... ¿Cómo se puede vivir tan cerca de un volcán?... Había una película, *Stromboli,* de Ingrid Bergman... Cuando se enamoró de Roberto Rossellini fue en aquel rodaje... Lo leí en una biografía de ella o él, no recuerdo... Pero había un volcán en ebullición... Iñaqui y Juan estarán en Beret. Desde la cama se ven las telesillas subir y bajar... Puntos de colores lejanos. Una carrera de insectos voladores y suspendidos en el aire... Un punto amarillo es Iñaqui. El punto rojo es Juan... Un torbellino de viento helado les hace girar... Supongo, Juan, que te ocuparás de que el niño no se dé la vuelta, no lo arranque el vendaval... Qué tontería... ¿Delirio?... La fiebre, qué pesadilla, qué lucidez disparatada, qué previsiones más descontroladas... Las doce... La hora de almorzar con Santi y Lola y los niños... Pobre Ana, dirá Lola, dándose la crema solar... A este paso se va a poner blanca otra vez... Qué reflexión tan estúpida. Ella sólo entiende la nieve como lugar donde ponerse morena para presumir luego entre los amigos: Acabamos de llegar de Baqueira... Divino... Qué sol... Ella no entiende que los demás queremos otras cosas. Estar juntos los tres y hacer juntos lo que nos gusta: esquiar... Qué vida, Madrid. Siempre deprisa. Siempre cansados cuando estamos juntos. Siempre separados mientras nos cansamos. El trabajo, el niño, el colegio. El regreso, la compra, la casa, el teléfono, la angustia. No llego. El malhumor: no puedo más. Iñaqui: la culpa. Siempre poco tiempo con él, siempre pocas horas para estar a su lado...»

—Pues yo de nieve lo sé todo, mire usted. Nosotros vivíamos en las Alpujarras y ¡qué era aquello! Pisando nieve en aquel pueblo en cuesta. La tierra en bancalillos que no había forma de sacarle nada. Y mi madre venga a soñar con la vega.

La chica era morena, menuda, tenía una voz suave y alegre. El acento andaluz redondeaba las aristas de las palabras. Las frases terminaban con una elevación cantarina de la última vocal. Ana escuchaba en silencio y observaba los movimientos ágiles, el ritmo de los brazos y el cuerpo todo de la limpiadora.

—Y al fin lo consiguió la pobre: bajar del monte, como yo digo... Y mire por dónde me ha tocado a mí estar aquí ahora, otra vez en el monte. Por el trabajo, ya sabe... Que está muy difícil el trabajo, le digo... ¿Le cambio la cama? Claro que sí, así estará más fresquita... Pásese a la otra un momento mientras se la arreglo... Y oiga, no sé lo que le parecerá a usted lo que pienso yo. ¿Cómo será que a la gente, a todos ustedes, les gusta tanto pisar la nieve y todo el día jugando con la dichosa nieve y arriba y abajo de esas sillas, tirándose por la ladera con los esquís?... Jesús Dios mío... Si yo viviera en Madrid como usted... Todo el día viendo escaparates, conociendo a la gente esa de la tele...

Las sábanas aleteaban sobre la cabeza de Ana. Estaban frescas y secas y olían a romero o a algo parecido. Plantas de montaña aromáticas, gratas.

—¿Y su madre? —preguntó Ana—. ¿Dónde está ahora, en la vega o se ha vuelto al monte?

Una sombra se abatió sobre la cara risueña. Por un momento el silencio llenó la habitación. La granadina agitaba las sábanas, las extendía con garbo. Se detuvo un instante y dijo:

—Mi madre... Se acabó mi madre... Fue llegar a la tierrita del río y le entró el mal ese que no tiene solución. Ni un año duró... Para que vea, tanto luchar por una cosa... Y nada...

Empezó a nevar. Primero habían sido las nubes, apretadas y oscuras. Luego la nieve descendió, suave, sobre la tierra y la arropó toda. Los pinares de las montañas cercanas —cadenas y cadenas de picos— sujetaban entre sus púas los copos gruesos y hermosos. La tierra pelada de la alta montaña, más arriba, ofrecía a la vista una inmensa alfombra blanca. El teléfono. Es Juan.

—¿Qué tal va todo?
Ana saliendo de su somnolencia, indaga:
—¿Dónde estáis?

—En Beret. Hemos hecho una carrera en motonieve. No sabes cómo ha disfrutado Iñaqui. ¿Y tú?

—Poco más o menos...

—Enseguida bajamos. Y esta noche, de cenar fuera nada. Pedimos unos sándwiches al *room service*... Mañana ya veremos. Éstos quieren ir a Casa Irene... Si estás un poco mejor para quedarte sola, vamos, si no, no...

Al atardecer, cuando ellos entraron rojos de sol y brisa con un brillo saludable en los ojos, se le quedaron mirando asombrados de verla allí, tumbada en la cama, vencida y silenciosa. Llegados de un mundo diferente, ajeno; llegados de la nieve, el gozo, los amigos, la gloria de las vacaciones...

—Ahora llamo al estudio para dar el parte y que me digan cómo va todo... Luego llamaré a tu despacho por si te quieren llamar para algo, que sepan que estás aquí, de guardia...

Quiso bromear con la última frase pero Ana no sonrió. Apretó los labios y aflojó los párpados. Un hilo líquido escondido en los alveolos de la memoria buscó su camino hasta encontrar la salida a la luz, en los lagrimales resecos. La humedad abrió los ojos de Ana y extendió su dolor. Las lágrimas brotaron, se deslizaron mejillas ardientes abajo, cuello ardiente abajo.

«Mamá», pronunció sin sonido. «Mamá», murmuró, y cerró los ojos. Pero mamá se había acabado un día, como la madre de la muchacha granadina. Ahora mamá era ella, Ana. Y estaba sola.

Espejismos

—¿Tienes mucho calor? Si quieres, entramos...

A las cinco de la tarde el mar resplandecía bajo el ardor del sol de julio. Era un momento sofocante. Ni un asomo de la brisa mediterránea que habitualmente se deslizaba por los arcos del porche, adelantando el frescor del agua, abajo, en la cala.

—¿Quieres tumbarte un rato? —insistió la madre.

Blanca negó con repetido movimiento de cabeza.

—No, mamá. Estoy muy bien aquí. De veras.

«Nunca en julio», había dicho Blanca cuando le anunciaron su decisión de retirarse a vivir a la isla, tres años antes. Cuando el padre se jubiló en el hospital, cerró su consulta y cumplió lo que siempre había prometido a Marcela.

«Nos retiraremos a tiempo. Pensaremos, escribiremos, leeremos, tomaremos el sol. Yo tengo fichas para varios libros y tú, tú siempre has dicho que el tiempo se te iba sin saber cómo, que estás harta de la Biblioteca y quieres poner orden en tus notas, tus traducciones... Seremos dos viejos estupendos. Ya lo verás... Y dejaremos en Madrid lo superfluo, lo agotador, lo gratuito...»

A Blanca esos planes la habían sorprendido muy poco. Estaba harta de oírles hablar de aquel proyecto que le parecía lejano, remoto, pero que un día había cristalizado sin esfuerzo.

La casa ya existía. Era la casa de los veranos, las navidades, las semanas santas de su infancia. La casa de la isla que se alzaba en un promontorio sobre una cala pequeña, con una playa solitaria y un camino que ascendía serpenteando desde el mar hasta el porche.

Cuando Blanca era niña el padre le contaba historias de piratas que habían utilizado aquel puertecillo natural como un refugio para sus desembarcos clandestinos.

La infancia allí había sido deliciosa. Pero más tarde la adolescencia, con sus urgencias y su avidez de cosas nuevas, la empujó fuera de aquel lugar. También, de una forma de vida que encerraba rescoldos de un sueño juvenil que sus padres nunca habían abandonado.

Así que, cuando le hablaron de la retirada inmediata y urgente, ella se había limitado a decir: «Muy bien. Os visitaré en cualquier momento del año. Pero nunca en julio...».

Porque julio era el mejor mes en las playas del norte, el mes con más luz y los días más largos. El mes preferido de Blanca. Sin embargo era julio y Blanca estaba allí, con su marido, en un viaje inesperado.

«Tenía ganas de escapar de los niños, aunque fuera por poco tiempo», explicó Blanca. Y Marcela iba a decirle: «Nos hubiera gustado tanto tenerlos aquí...», pero no dijo nada.

Ahora estaban solas las dos, después del almuerzo, sumergidas en una sobremesa lenta y reposada. Derrumbadas en los sillones de mimbre rehuían mirar hacia abajo, hacia el reflejo cegador del agua.

—Tu padre y Luis estarán dormidos en la cubierta, a la sombra de alguna cala del este... —dijo la madre.

Y Blanca no contestó. Tenía los ojos cerrados y aparentemente descansaba. Las ojeras azuladas destacaban más sin el brillo, oculto, de los ojos. «Tres hijos son muchos hijos —pensó Marcela—. Aunque no trabaje, aunque tenga alguna ayuda, aunque esté arropada por la familia de Luis...».

Un temblor de angustia oscureció el recuerdo de la mañana con los baños repetidos una y otra vez, la comida preparada entre las dos, «ensalada y pescado y fruta, el menú de la isla, ya sabes. Verás como estos dos nos traen más peces...».

La mañana había sido serena. Habían hablado poco, embargadas por el placer de estar juntas.

—Los niños son estupendos: sanos, alegres, guapos, listos... —dijo Blanca inesperadamente, como si reflexionase en voz alta. Y la madre no contestó esperando que prosiguiera su confidencia. Pero ella se detuvo en seco y se limitó a sonreír levemente.

Más tarde, cuando el vino del almuerzo encendió el fervor de la conversación, Marcela había dicho:

—Qué bien has organizado tu vida, Blanca. Como tú la soñabas. Ya desde pequeña nos decías: Yo quiero tener un marido guapo y muchos hijos y una casa grande. Nos reíamos contigo pero luego resulta que el proyecto iba en serio...

Blanca la miró de un modo extraño, ¿interrogante? Luego dijo en un tono desenfadado:

—Somos tan distintas tú y yo... Yo creo que elegí una vida ordenada y burguesa porque vosotros erais tan... bohemios.

La palabra surgió como sin querer y a Marcela le sonó anticuada y fuera de lugar.

—¿Bohemios? —preguntó—. Bohemios, no. Siempre hemos trabajado ordenadamente, hemos vivido tranquilos. No sé qué quieres decir con «bohemios»...

—Quiero decir que vosotros nunca buscasteis triunfos materiales. Sólo vuestras profesiones, los viajes, las islas. Pero nada de vida social obligada, fiestas organizadas. Todo eso. Tan de acuerdo siempre los dos, tan aficionados a las mismas cosas, con las mismas ideas... Yo quería una vida brillante y cómoda...

—Pues ya la tienes —contestó la madre un poco apresurada, un poco tajante.

—Sí. Ya la tengo —contestó Blanca. Y guardó silencio.

Ahora, al contemplarla, vulnerable en su relajada somnolencia, Marcela sintió un arrebato de ternura olvidada.

«Todavía es mi niña... Siempre será mi niña», se dijo.

Durante años parecía haberse alejado de ellos. Sin gran convicción había terminado su carrera, Derecho, una carrera absurda para Blanca en opinión de Marcela, aunque nunca lo había comentado con el padre y mucho menos con la propia Blanca. ¿Dónde, cuándo, con quién había hablado de Derecho como una carrera que le gustara?

Estaba buscando trabajo cuando apareció Luis en su vida, y la boda llegó enseguida, en verano. Una boda con gasas, tules, regalos y una gran fiesta en el jardín de la casa de los padres de Luis, en Zarauz.

Había sido triste para ellos dos pero Marcela se esforzó en defender la boda ante un Víctor escéptico.

—Aprende a aceptar las elecciones de los demás.

—Blanca hubiera podido hacer tantas cosas. Es lista y sensible —replicó Víctor.

—Blanca es inteligente y sabe lo que quiere. La hemos educado para usar la cabeza. No te preocupes...

Cuando llegaron los hijos, seguidos, con intervalos de poco más de un año y Blanca parecía tan feliz, Víctor tuvo que rendirse.

—Tenías razón. No podemos exigir a los seres queridos que elijan la vida que a nosotros nos gusta.

En cualquier caso, Luis era un hombre fuerte, un eficaz hombre de negocios. Con sus esquemas inamovibles, sus actitudes tradicionales. Pero un buen marido y un buen padre.

«Un hombre seguro de sí mismo. Seguro..., qué terrible palabra —pensó Marcela—. En posesión de la verdad...».

La verdad siempre le había parecido a Marcela huidiza y cambiante. «Mi única seguridad es la aceptación de la inseguridad», pensó. Y se entretuvo en la contemplación del islote deshabitado que se erguía frente a la cala. Al atardecer, el sol desaparecería detrás del islote. Con las estaciones, el ocaso se iba moviendo de derecha a izquierda. El ocaso era inseguro. El islote no. Aunque acaso fuera al revés. ¿Y si el islote era sólo un espejismo? De pronto, una brisa fresca recorrió el porche. Blanca abrió los ojos y encontró la mirada de su madre clavada en su rostro, aunque por su expresión parecía ausente y como vacía.

—¿En qué piensas, mamá? —preguntó.

—Tonterías. Fíjate que me estaba preguntando si ese islote sería un espejismo...

Blanca sonrió. Marcela tomó conciencia de que apenas la había visto sonreír desde su llegada la tarde anterior. O quizás ella no se había fijado, atenta a preparar la cena, a organizar el cuarto de invitados para que estuvieran cómodos.

—Llegar así sin avisar, Blanca. No es muy propio de ti...

En ese momento, con toda seguridad, Blanca había sonreído, aunque ella no la hubiera visto, inclinada como estaba arreglando la ropa de la cama.

La noche de la llegada, después de la cena, los hombres se habían enzarzado en una discusión un poco aburrida sobre los problemas del país. Se habían instalado fuera, en el jardín de pitas y sabinas y adelfas que rodeaba la casa y se convertía en una explanada delante del porche. El cielo derramaba cargamentos de estrellas sobre el mar. Una luz, a lo lejos, señalaba la presencia de un barquito pesquero. Hacia el oeste, las luces del pueblo cercano parpadeaban sin fuerza. Un zigzag luminoso culebreó sobre las casas, luego se oyó un repiqueteo atronador.

—Las verbenas de julio —dijo Marcela. Y miró hacia Blanca, que se había quedado sentada en el extremo del porche más cercano al jardín.

—¿Una copa? —preguntó la madre.

Y Blanca levantó la mano para mostrar el vaso todavía medio lleno.

—Cuéntame, mamá, ¿veis a mucha gente? —preguntó—. ¿Seguís jugando al bridge con los viejos ingleses de Punta del Gallo?

Marcela se encogió de hombros.

—Sí, les vemos, pero no mucho. Son un poco agotadores con su juego y sus achaques. Además a tu padre le encanta estar solo —dudó un segundo y añadió—: Que estemos solos. ¿Y vosotros, salís?

Blanca se levantó y dejó el vaso sobre la mesa cercana. Respiró hondo y estiró el cuerpo entumecido después de un rato sin moverse.

—Qué clima —dijo—, lo había olvidado —y luego añadió, contestando a la pregunta de Marcela—: Nosotros sí, salimos bastante todo el año. Vamos mucho al club, jugamos al tenis o a las cartas. Bueno, tú ya conoces la vida en una ciudad del norte. Tú naciste en una ciudad parecida. Aunque te escaparas luego... Ahora, en verano, Zarauz y la playa, alguna salida a pescar en el barco de mi suegro, con los cuñados y cuñadas...

Les llegaba el murmullo de la conversación de los dos hombres. Víctor fumaba, Luis, no.

—Deberías dejarlo —le había advertido Luis a su suegro durante la cena—. Es fatal. Cada día está más claro que es fatal. Tú que eres médico... Fumar es peligroso.

Víctor había sonreído con cierta sorna.

—Vivir es peligroso —había dicho.

Ahora se veía el punto luminoso del cigarrillo en la oscuridad del jardín.

—A dormir —dijo Marcela con un punto de autoridad maternal en la voz—. Es muy tarde y mañana vosotros queréis salir a pescar temprano...

Obedientes, todos se fueron levantando y se retiraron al interior de la casa. Más tarde, en la soledad del dormitorio, Víctor dijo:

—Parecen felices, ¿verdad?

Marcela se encogió de hombros y su respuesta fue lacónica:

—Parecen.

Subían los dos por el camino de la cala, cargados con las cestas, los jerséis, los bañadores. Subían despacio y en silencio. El sol iniciaba su pirueta de retirada, se escondía tras el peñón vacío y lo adornaba con una cresta roja. En el mar quedaba un rastro de incendios.

Los perfiles de la costa se dibujaban con más fuerza al descender la luz. Hacia el interior, los contornos de algunas casas de labor distribuidas por el campo emergían con nitidez. Víctor y Luis se acercaban y las mujeres, de pie en el porche, esperaban su llegada.

Víctor depositó su carga y se limpió el sudor de la frente, sin palabras. Fue Luis quien habló, pero no para contar qué tal la pesca, el mar, el día.

Dijo, y se dirigía a Blanca aunque no la miró:

—He hablado con tu padre. Le he dicho que nos vamos a separar.

Nadie respondió. Blanca permaneció inmóvil. Ni un músculo de su cara se alteró. No trató de explicar las causas, las razones, las quejas, los agravios.

Víctor fue a sentarse en el escalón de entrada a la casa y se siguió frotando la frente en un movimiento repetido y mecánico. Luis entró en la casa. Se le oyó en la cocina despojándose de sus cargas. Luego, la puerta del frigorífico y el tintineo del hielo en el cristal de su vaso. Luego, el silencio. Marcela miraba a su hija. Se dirigió a ella con un tono sereno.

—¿Estás segura? —dijo—. ¿Estás segura de que no te equivocas?

Blanca seguía inmóvil.

—Sí, estoy segura.

—¿Y qué vas a hacer ahora?

—Volveré a Madrid si me dejáis vuestro piso. Y trabajaré. Vosotros no lo entendéis porque habéis acertado con vuestra vida y todo lo hacéis bien y sois perfectos...

Hablaba sin ironía buscando las palabras con calma.

—Todo fue un error desde el principio. Un espejismo.

Marcela la escuchaba embargada por una inmensa congoja. No podía decirle que al final de todas las elecciones se agazapaba algún error. No quería confesarle que ella también se había equivocado y no soportaba la paz de la isla, la soledad de la isla, el perfecto vacío de la isla. Que ella añoraba la ciudad, la prisa y la lucha y el cansancio y la rebeldía y la protesta y los fugaces contactos que a veces desgarran la niebla que nos rodea.

Tenía que esperar otro momento, otro viaje, otro encuentro, para confesar a Blanca que ella había aceptado los sueños de Víctor. Y se había equivocado. Tenía que esperar porque era suficiente un naufragio en un día. Tenía que esperar un poco más para escapar, ella también, de su espejismo.

El desafío

... Soy yo, Ramón, ¿me puedes escuchar un momento?... Lo de siempre, lo de anoche, lo de toda la semana, ¿qué hago?... Ésa no es forma de ayudarme; ya sé que tengo que decidir yo. Pero no sé qué hacer, por eso acudo a ti, ¿qué hago?... Lo sé, lo sé, lo he puesto todo en la balanza pero es inútil, sigo sin verlo claro... Tú sólo tienes claro lo tuyo. ¿Y a quién quieres que le consulte, con quién quieres que hable del asunto?... Es que no puedo esperar. Me presionan por todas partes. Tú sabes que hay veinte esperando a que diga que no, veinte deseando que lo rechace, es una ocasión única... No es tan fácil dejar a un niño de seis meses... Fue una elección libre, ya lo sé, no me lo repitas. Me equivoqué. Tenía que haber esperado un año más, quizás dos... Pero entonces me hubiera surgido otra cosa. Siempre surge algo incompatible con un niño de seis meses. Este año o dentro de tres. ¿Y tú qué harías?... En mi caso quiero decir. En el tuyo no necesito preguntarte. Tú pasarías por encima del cadáver de quien fuera con tal de no perder una oportunidad profesional... ¿Pero cómo quieres que me ponga? ¿Te acuerdas cuando te fuiste a Suecia con mi amenaza de aborto, en pleno verano, Madrid sin nadie?... Ya sé que no estamos hablando de ti pero todo tiene relación. Tú eres libre siempre. Actúas como te conviene pero no eres capaz de ayudarme cuando se me presenta el grave problema de decidir... No, no quiero que me ordenes lo que tengo que hacer... No, tampoco quiero que decidas por mí, pero hay maneras de ayudar. Dar soluciones, pesar los pros y los contras... Sí, lo hablaremos en casa, pero esta noche tengo una reunión a la salida del Consejo; tenemos que hacer el programa, el plan de trabajo. Es muy importante que yo, íntimamente, tenga resuelto lo que voy a hacer aunque oficialmente me queden todavía unos días... Yo estoy segura de lo que quiero. Quiero aceptar, quiero ir, estoy totalmente segura... Me entusiasma la idea... ¿Qué hizo Luisa? Y a mí qué me importa lo que Luisa hiciera... Además su hija tiene dos años, su madre vive en el piso de al lado... Yo no puedo cargar a mi madre con esa responsabilidad. Ella también trabaja, tampoco está en casa en todo el día. Sólo puedo contar contigo... No es manera de contestar, es una salida de tono indigna de ti... ¿Y me quieres explicar por qué no? ¿No tienes dos manos, una inteligencia clara, el teléfono del pediatra a mano, una persona que te ayude como a mí?... Es exactamente igual. No me vengas con argumentos que nunca emplearías en una discusión seria con otras personas... Está bien. Hasta la noche, no te interrumpo más...

... Pues sí, hija mía, eso me ha dicho, lo que oyes, que él no va a hacerse cargo de un niño de seis meses... Con la ayuda de Lupe, se entiende. Además yo le pediría a Lupe, que se quedara más horas, por lo menos hasta las ocho... Hombre, claro... La libertad, la santa libertad es lo que perdería, la libertad de horario, de entrar y salir, de decidir en cada momento lo que va a hacer... ¿Yo? Estás equivocada. Yo estoy negra y te aseguro que lo haría, que lo haré si puedo arreglarlo... No, pero aquello era distinto. Aquello era un congreso. En este caso no. Para mí es muy importante participar en este proyecto, asomarme a Europa otra vez, y más ahora que esto va a ocurrir muchas veces... Sí, yo sí creo que va a haber más colaboración, más trabajo en común... Es un mes, Luisa, un mes. ¿Es que un padre no puede dedicar un mes al cuidado de su hijo?... No, no, y aunque tuviera que estar todo el día en casa cambiando pañales... Te equivocas, no me conoces, estoy decididísima, pero ya veremos, ya te contaré, ya te diré...

... Mamá, no me repitas lo de siempre: selecciona incomodidades. De acuerdo, pero en este caso es más que todo eso, es importante para mí, para mi carrera. Si no acepto esto no me ofrecerán lo siguiente. Y así poco a poco te encuentras relegada al trabajo cotidiano, rutinario, sin esperanza de avanzar en la investigación, sin ser capaz de reunir material para un trabajo serio, ni nada... No sé cómo puedes venir ahora con esos argumentos cuando tú, hace treinta años, me dejaste ocho meses, OCHO, para irte a América con papá en una época en que no se podía ni llamar por teléfono como ahora, con toda facilidad... Sí, ya sé que yo tenía cuatro años, lo recuerdo perfectamente, pero me dejaste con la abuela y no me traumaticé ni te lo he reprochado nunca... No, no, estáis todos equivocados, eso dice Luisa y eso dice Ramón, pero no es cierto; yo no soy la primera que duda, la primera que está deseando decir no... Yo estoy muy segura de lo que quiero hacer. Lo que os pasa es que os sería muy cómodo que yo dijera no... A él sobre todo... Sí, no me repitas lo del instinto maternal y el hándicap de la maternidad y la imposibilidad de la mujer para dejar a un hijo y dedicarse a su profesión. Todo eso son historias que os conviene hacer circular a todos los que tenéis el problema... Sí, te puedo poner muchos ejemplos, algunos heroicos... Fíjate por ejemplo la filipina que tiene tu amiga Lola. Ha dejado un bebé en su país para venir a España a ganarse la vida, ¿qué te parece?... No estoy de acuerdo. Lo que pasa es que sólo en circunstancias dramáticas en las que corre peligro hasta la supervivencia física de la familia se acepta este sacrificio antinatural... An-ti-na-tu-ral según tú, no según yo... Pero vamos a ver, mamá, si yo dejo todo organizado, ¿dónde está el problema?... Bueno, mira, no quiero seguir discutiendo... A ti, de todos modos no te iba a pedir ayuda, porque como mujer independiente que eres no tienes horas en el día... No, no me ofendo... No, no saco las cosas de quicio... No, mamá... Te llamo cuando lo tenga decidido... Sí, sí, estoy serena, lo decidiré con calma.

... Lupe, qué tal todo... ¿Ah, sí?... Sí, he estado comunicando todo el tiempo, tienes razón... ¿Qué pasa?... ¿Estás segura? Voy para allá. Mientras llego vete llamando al médico... Pero escúchame, Lupe, le notas bien aparte de la fiebre. ¿No tendrá rigidez en la nuca, espasmos, vómitos? Vuelve a ponerle el termómetro y espérame; en un cuarto de hora... No, no, la reunión no importa, Lupe. ¿Cómo crees que voy a quedarme a una reunión que va a durar horas estando el niño mal?... Llama al doctor... Enseguida voy para allá... Vete poniéndole el antitérmico...

... Soy yo otra vez, Ramón. Me voy a casa. El niño está con fiebre, sí, cuarenta me ha dicho Lupe... Ya le habrá llamado... No, no me quedo a la reunión, qué ocurrencias. ¿Desde cuándo me quedo yo a una reunión teniendo al niño enfermo?... No, no necesito que me tranquilices. Estoy completamente tranquila... Luego te veo... A la hora que quieras, bueno, a la hora que puedas, quiero decir... Siempre tan oportuno. ¿O lo haces por crueldad mental?... No, no estaba segura de nada, ni necesito estar segura de nada... Lo echaré a cara o cruz... Y elegiré una moneda con dos cruces...

No, mamá

—No lo hagas —ordenó la madre.
Y el hijo replicó:
—Lo voy a hacer, mamá.
Estaban sentados en dos butacas, una cerca de la otra y la mesa camilla acotaba entre los dos una tierra de nadie.
Por el balcón abierto entraba el rumor de la calle, caliente y oloroso como el comienzo del verano.
—¿No te das cuenta de lo egoísta que eres? Esos niños...
—No empieces con la historia de siempre, mamá. Los niños son muy felices. Su vida no va a cambiar por lo que yo haga.
La madre suspiró y se llevó a los ojos un pañuelo en busca de una incierta lágrima.
—No llores, mamá. No me vengas con la coacción de las lágrimas...
Ahora sí, el llanto era real. Hubo un silencio y el suspiro de la madre se resolvió en un sordo quejido.
—Está bien, mamá. No quise herirte. Pero por qué no tratas de entenderme, por qué no eres más flexible...
Una ambulancia sobresaltó con su lamento la tarde de junio. Una paloma se posó un instante en la barandilla negra del balcón. Giró la cabeza como un látigo y

miró adentro con sus ojos vacíos; luego, emprendió el vuelo.

—Eres un padre sin escrúpulos —dijo la madre.

Le brillaban entre las pestañas lágrimas no derramadas, contenidas por un acto de control o de ira.

—Eres frívolo e irresponsable...

—No, mamá.

—Eres como tu padre. Todo se hereda.

—No, mamá...

La madre alzó las manos y se apretó con ellas la cabeza, apoyada en el terciopelo gastado de la butaca.

—Gracias a mí tuvisteis una infancia feliz. Yo me sacrifiqué para que no os dieseis cuenta de nada, para que todo a vuestro alrededor fuera normal... Yo no podía dejaros sin padre, no podía robaros una infancia alegre.

Hablaba con los ojos cerrados. Las manos habían vuelto a caer sobre el regazo. Callaron los dos. Un coche frenó en la calle, muy cerca de la casa. Al otro lado, en una terraza, reían niños entregados a un juego de saltos y carreras.

—Tú nos amargaste la infancia, mamá. La infancia y la adolescencia y cada minuto que pasamos en esta casa... Acuérdate, mamá. Sólo eras feliz cuando él se iba de viaje. Era su ausencia lo único que te hacía sonreír...

La madre se inclinó hacia adelante. Intentaba acercarse físicamente al hijo, trataba de convencerle con su proximidad corporal.

—Aguanté lo que nadie sabe, hijo. Aguanté humillaciones y mentiras por vosotros...

—No, mamá. Aguantaste por soberbia, no por nosotros. Quisiste salvar tu orgullo. Le pediste que se quedara y no le perdonaste que se quedara. Pero todo resultó muy bien hacia fuera, hacia la gente, porque no fuiste una mujer abandonada...

La madre extendió la mano hacia la mesa y alcanzó un tubo de pastillas que reposaba junto a la taza de té vacía. Se sirvió un poco más de la tetera y tragó la pastilla sin esfuerzo.

—Todo lo que dices es injusto y falso...
—No, mamá.
—Tú no conocías a tu padre.
—No, mamá, no le conocía. Mi padre era un extraño que entraba y salía y tú nos protegías de él, nos separabas de él. Cada vez que estábamos juntos parecía que una capa de hielo nos envolvía, a ti y a nosotros, y papá quedaba fuera mirándonos, sin decidirse a intervenir...

Sobre el piano cerrado, a espaldas de la madre, un marco orlaba el retrato de una pareja joven; una imagen un poco borrosa por el color sepia del tiempo. El hijo se quedó mirándolo.

—Estás loco —dijo la madre—. Estás loco y pretendes exagerar las cosas para justificar tu error...
—No, mamá. No es cierto. Y tampoco es un error. Lo voy a hacer y quiero que lo aceptes porque no es un error tratar de ser feliz. Tengo derecho a intentarlo...

La voz del hijo se elevó a medida que hablaba, un grito entre el dolor y la protesta.

—Yo no sé lo que quiere decir derecho. Yo sólo he conocido obligaciones —dijo la madre, y su voz era baja y apagada en contraste con la del hijo.
—Tú sólo conociste el resentimiento, mamá. Y yo no voy a ser como mi padre, yo no quiero ser un padre

fantasma. Mis hijos me tendrán siempre que quieran; pasaré temporadas con ellos; no les ocultaré mi nueva vida...

Por el oeste empezaba a ponerse el sol. Una mancha alargada, de color rojo intenso, resaltaba la línea del horizonte. Los niños de la terraza vecina habían desaparecido.

—Eres un egoísta, como tu padre.

—No, mamá. Estás completamente equivocada. Tú obligaste a mi padre a ser un cobarde. Papá estuvo viendo a esa mujer a escondidas hasta el último día de su vida. Cuando yo era niño le seguía. Por la ventana de aquella casa se oían risas y música. Oía la voz de papá y era otra voz, alegre y joven, distinta de la que yo conocía. Cuando papá murió yo fui a visitar a la mujer. Y comprendí el error de papá...

El rumor de la calle aumentaba. Más coches, más gente; la prisa del final de la jornada, justo antes de que la ciudad se sumerja en la noche serena del verano. Permanecieron los dos silenciosos, uno cerca del otro, y el silencio ensanchó desmesuradamente el espacio ocupado por la camilla.

—Perdóname, mamá —dijo de pronto el hijo.

La voz era suave y por encima de la camilla alargó una mano, como queriendo alcanzar el brazo de la madre, iniciar acaso una caricia. Pero fue sólo un intento. La madre se levantó de golpe y se quedó de pie, inmóvil junto a la butaca.

Una sombra y un repentino frescor inundaron la habitación. La madre acercó un poco las puertas del balcón, sin cerrarlas del todo. Miró a su alrededor, contempló la sala, pulcra y ordenada, los muebles brillantes de cera, el encaje de los visillos, la alfombra impecable. Su mirada rozó apenas la foto de la pareja entronizada sobre el piano. Se volvió a su hijo y le preguntó:

—¿Te quedas a cenar?

Él movió la cabeza, a uno y otro lado, se levantó y se dirigió hacia la puerta. La abrió despacio, muy despacio. Desde el umbral, retrocedió un paso y dijo:

—No, mamá.

Por el balcón entreabierto, la música de un bar cercano inauguraba la noche.

El juez

La tarde del domingo filtraba su luz tristísima a través de los cristales. El silencio del domingo era un silencio hostil. Como si a la ciudad toda le hubieran arrebatado su ritmo habitual. Pocos coches, ningún camión; una ciudad abandonada, una ciudad de desertores.

Metros de moqueta blanca servían de pista al niño para sus juegos, lanzaba uno en pos de otro, sus coches de carreras. Al tiempo que los impulsaba emitía sonidos agudos, hirientes. El padre, derrumbado en una butaca, trataba de leer el periódico.

—No hagas ruido, por favor —dijo al niño.

—¿No te puedes estar quieto? —dijo la madre.

El padre levantó la cabeza de su lectura para advertir a la madre: los dos a la vez, no.

Ella se miraba las uñas, perfectamente arregladas; daba vueltas al brillante en el dedo larguísimo. Tenía las piernas dobladas en el sofá. Una mesa de cristal marcaba la frontera con la butaca de él.

—Creo que es buen momento para puntualizar detalles, ¿no te parece?

Él no contestó y señaló hacia el niño con un gesto.

—No importa —dijo ella—, estoy hablando de detalles prácticos. Por ejemplo, ¿qué va a pasar con el verano?

Él dobló su periódico con gesto de fastidio.

—No me hagas pensar en el verano. Estamos en febrero.

—Dentro de una semana es mi cumpleaños —dijo el niño.

Seguía moviendo los cochecitos pero ya no hacía ruido.

—Estamos en febrero pero tú sabes, perfectamente, que los planes cada vez hay que organizarlos con más tiempo. Acuérdate del año pasado. Nos quedamos sin la villa que nos gustaba por tu culpa, por haber dicho lo mismo: es pronto todavía...

—Tienes la especialidad de machacar con los detalles prácticos, como tú dices, y olvidar el fondo de la cuestión.

Ahora fue ella la que señaló en dirección al niño arrodillado en el suelo.

—Creo que el fondo de la cuestión quedó ya claro la semana pasada cuando fuimos a ver a Luis a su despacho.

—Quedó claro, desde luego, quedó clarísimo...

—Por eso yo insisto que hoy es domingo, no está el servicio, estamos juntos con una tarde por delante y es buen momento para decidir por ejemplo qué va a pasar con el verano.

Él hizo un gesto de hastío. Aparentemente se dio por vencido.

—Decide tú. Elige tú —murmuró.

—Yo estoy dispuesta a ir a Mallorca, ya lo sabes, pero necesito saber qué fechas, qué hago con el servicio. Si te quedas aquí necesitarás a alguien, y en cualquier caso podemos repartírnoslo. Tú me dejas a Juani y te llevas a Elisa... El mecánico puede tomar sus vacaciones. Yo no lo necesito para nada.

—Quiero que venga con nosotros —intervino el niño. Pero nadie le contestó.

—Comprenderás que si tú vas a Mallorca me estás obligando a mí a quedarme. No vamos a ir los dos, a montar números —dijo él.

—Pero tú podrías quedarte en el barco todo el tiempo. ¿Por qué no? Y tienes el club como un *pied à terre*. O quédate en un hotel para mayor comodidad, para cambiarte cuando estés en tierra y tengas una fiesta o algo...

—Perdona, me molesta hablar de todo esto. No estoy para fiestas.

—Pero tendrás que estar —dijo ella.

—O no.

—No me lo creo, conociéndote.

—Perdona —insistió él—. Te repito que no podemos estar los dos en el mismo sitio después de la situación creada... —y volvió a hacer un gesto que implicaba preocupación por la presencia del niño.

—¿Sabes la casa que yo quería alquilar? Aquella de los pinos hasta el mar que está tan cerca de Deià, pero no en el mismo Deià. La que tuvieron los Briviesca el verano pasado...

Él no contestó. Volvió a coger el periódico, volvió a sumirse aparentemente en la lectura. El niño levantó la cabeza y los miró a los dos: primero a uno, después a la otra, por separado. Y siguió empujando cochecitos hasta la meta: el radiador empotrado al otro extremo del salón.

—Tu táctica de siempre: si no hablo de las cosas, no existen. Si no hablo de las situaciones, no existen —dijo ella.

El teléfono sonó y ella esperó unos instantes antes de alargar la mano hacia la mesa.

—¿Sí? —preguntó. Y enseguida le pasó el auricular—. Es para ti.

—¿Sí? —dijo él. Y luego—: Mamá, ¿que qué pasa?... A mí nada, ¿qué me va a pasar? Estamos en casa con el niño... No teníamos ganas de hacer planes. Hace frío... Ahora se pone...

El niño había suspendido su juego por un momento y miraba a su padre.

—Ponte —le dijo él.

Y el niño fue corriendo.

—Abuela... No, no puedo. No me quieren llevar, seguro que no quieren... Juego con los coches... Sí, abuela... Adiós, abuela —y colgó.

—¿Qué te decía la abuela? —preguntó ella.

—Que por qué no me llevabais a su casa.

—Estás muy bien aquí, ¿no? Con tus cochecitos y papá y mamá.

—Tu madre, muy oportuna —comentó ella.

Y él no contestó.

—La abuela me va a regalar unos esquís nuevos para mi cumpleaños —advirtió el niño.

—Ése es otro asunto a tratar. ¿Qué pasa con la nieve? —dijo él.

—El niño ¿va con el colegio o va contigo? Tengo que contestar lo más tarde el miércoles. Se van dentro de quince días...

—Este año no iré a la nieve —dijo él sin dejar de mirar las páginas abiertas—. Así que decide lo que te parezca.

—Si tú no vas, iré yo. Y el niño podría ir conmigo y con el colegio, ¿no te parece?

Él no contestó.

—¿Me quieres decir para qué tenemos el apartamento de Baqueira si no vamos ninguno de los dos?

Él siguió en silencio. Ella se levantó y se dirigió hacia el carrito de las botellas y los vasos. El cubo estaba lleno de hielo. Cogió con la mano unos cuantos trozos y se sirvió un buen chorro de Bombay.

—Amor mío —dijo dirigiéndose al niño—, ¿te importaría traerme una tónica de la cocina?

El niño abandonó su juego dócilmente y salió del salón. Entonces ella se volvió airada hacia él y casi le gritó:

—Me tienes harta con tus silencios y tus hermetismos. Contéstame cada vez que te digo algo. Dime qué piensas hacer para que yo pueda empezar a organizar mi vida a mi manera. Quedamos que estaríamos así hasta el curso que viene, cuando el niño vaya a Suiza. Pero si sigues en ese plan, precipitaré las soluciones...

El niño entraba ya con su botella y la madre la tomó de sus manos con un «Gracias, mi vida» cortés y lejano.

El padre dobló el periódico en cuatro partes, como queriendo indicar que iba a dejar su lectura definitivamente. Se cruzó de brazos y la miró desafiante, esperando sus nuevas intervenciones.

—Estoy dispuesto —dijo—. Empieza...

—Por última vez, ¿qué vas a hacer en el verano? —preguntó ella.

—Me iré a esquiar a Bariloche.

—Muy bien, de acuerdo. Yo alquilaré la casa que quiero en Mallorca para dos meses. En julio me llevaré a Juani y a Elisa y... —señaló con una leve indicación al niño que jugaba de espaldas a ellos—. Pero ¿qué pasará en agosto? —continuó—. Porque supongo que en agosto querrás tú hacer algo especial —y volvió a señalar, avanzando el mentón, a su hijo.

—No te preocupes de agosto. Yo pensaré algo...

El niño se levantó de pronto y dijo:

—Voy a merendar. He visto que Elisa me ha dejado la merienda en el frigorífico.

Su anuncio no causó ningún efecto. Cuando volvió con un sándwich en una mano y un vaso de leche en la otra, los padres seguían en silencio y en la misma postura que los había dejado.

Al verle, los dos le miraron.

—Por favor, una bandeja, un plato... —dijo ella.

—Tiene siete años —dijo él.

—No me desautorices, por favor...

El teléfono volvió a sonar. Ahora, ella no alargó la mano y esperó a que él lo cogiera.

—Dígame —ordenó él. Y esperó unos segundos—. Un momento —dijo. Y le pasó el teléfono.

Mientras ella hablaba, él se levantó y se dirigió al gran ventanal. Apartó un poco la cortina de encaje y miró abajo, a la calle tranquila. Un breve jardín les separaba de la acera. Del garaje salió un coche. El Porsche 720 de Juanjo Roca.

En el teléfono, la conversación fluía en monosílabos lentos, arrastrados.

—Mañana.

—..............

—No.

—..............

—... figúrate.

—..............

—Sí.

—..............

—Adiós.

—Ese ruido era el Porsche de Juanjo. Un 720. Lo tengo —dijo el niño. Y buscó entre su flota un Porsche diminuto plateado y brillante—. Es éste —dijo.

El padre regresó a la butaca. Se sentó con parsimonia y preguntó:

—¿Continuamos?

Ella se había quedado pensativa y bebió de su copa antes de contestar.

—Queda la nieve. ¿Qué hacemos con él?

—Que vaya con el colegio y que no vaya contigo. No creo que le convenga perder tantos días... —dijo él.

—Bien.

—¿Algo más? ¿No tenías tantas cosas que concretar, tantos detalles prácticos?

Ella seguía abstraída, como pensando en otra cosa, en otro asunto, algo que la alejaba del niño y de él y de las decisiones que ella había solicitado.

De pronto se dirigió al niño, le pidió que se acercara, le cogió de las manos y le hizo una pregunta:

—Dime, amor mío, si tú tuvieras que elegir entre irte a vivir con papá o con mamá, ¿con quién preferirías?

El niño sonrió inocentemente, con lejanía, miró hacia los cochecitos abandonados, deseando volver a su juego solitario.

Los miró, primero a uno, luego a la otra. Y volvió a sonreír.

—Con ninguno de los dos —fue su respuesta.

La rebelión

... así que en cuanto se casó mi hija no esperé más. Maximino, le dije, esto se ha acabado. El hijo lejos, la hija casada, la casa vacía, ¿a qué quieres que espere? No te preocupes que a ti no va a faltarte nada, que ya me encargaré yo de dejarte todo bien acaldado antes de salir. Pero yo aquí no sigo, que no, hijo mío, que no. Que estoy yo harta de trabajar en solitario. Que no es lo mismo lo tuyo, siempre acompañado, con otros en el taller, con otros en la fábrica. ¿Y cuando el taxi? Poco acompañado que andabas con el taxi que no me voy a poner ahora a sacar trapos sucios y viejos, pero hay que ver las compañías que te caían con el taxi... No es lo mismo lo tuyo que lo mío. Toda mi vida encerrada en esta casa. Cuando los críos son pequeños es otra cosa, sí señora, que ya lo sé, doña Aurora. Pero cuando crecieron, cuando ellos empezaban a volar por su cuenta y los domingos, la una que tengo un guateque y el otro que me voy en la moto con un amigo... Y yo siempre sola y él, Maximino, se me iba a la taberna porque decía que se le caía la casa encima, ya ve usted. Se le caía a él, que toda la semana está fuera. Pues fíjese a mí, que no sé salir más que a la compra... Y lo que yo le dije, no veo que sea un crimen que yo vaya a asistir por las mañanas, que así me gano un sueldo y me distraigo. Y oiga usted, él que no, que siempre hemos vivido con lo suyo, que a qué viene el querer ganar yo ahora. Y lo que yo le dije: Maximino, son dos caras de la misma cuestión: una cara, el dinero que nos vendrá muy bien, que a los hijos siempre hay que darles. Da igual que se casen que no y que se casen bien o mal. Siempre piden y si no piden se lo damos nosotros, los padres, que es como una costumbre y no sabemos ya vivir sin dar. El caso es que ésa es la cara económica, como yo digo, de la moneda. Y luego está la otra, señora, la mía, más de dentro, que yo quiero salir de aquella casa y hablar con alguien y ver otras ventanas y otras puertas.

Digo yo que si la tarea propia de mi casa la hago yo en otras tres casas, por ejemplo, como hago ahora, en la de usted, en la de la frutera, y en la de doña Luisa la practicanta; bueno, pues por lo pronto las tres casas son diferentes y yo me distraigo de mi fogón, que lo tengo muy visto, y de mi alcoba y de mi comedor. Clavadito en la memoria tengo el hule de la mesa y el espejo del aparador y la chapa de mi cocina, que es como otro espejo. Y a mí la televisión me aburre, y esos «Dalas» y esos «Cristales» bien para un rato, pero todo el día con ese runrún de la tele, ¡qué mareo! Bueno, pues eso es lo que peor lleva él: lo de salir de casa por distracción. Porque, dice él, entiendo lo del dinero aunque no sé a qué viene volverse avariciosa a la vejez. Pero lo que no entiendo es que te guste limpiar la porquería de otras casas, y perdone usted la expresión.

Y es que él no quiere ver lo que le explico, que me gusta cambiar el panorama. Usted lo entiende, ¿a que sí, doña Aurora? Hoy la mujer trabaja para ver panoramas, créame usted. Mire mi hija, desde bien joven en la peluquería y dice siempre, yo ni casada ni viuda ni nunca voy a dejar de trabajar. Porque no quiero verme como te ves tú, siempre encerrada mientras padre va y viene cuando quiere...

Ah, los hombres. Ellos qué bien lo mueven todo. Siempre están por ahí fuera arreglando las cosas de este mundo. Quién arregla tuberías, quién coches, quién huesos rotos, quién países. Ellos lo arreglan todo, sí señora. Porque nos tienen siempre en retaguardia, espera que te espera si llega o no, si cena o no, si viene desganado o con buena gazuza...

Muy bien que hace mi chica y muy bien todas las mujeres de ahora. Quíteles usted del trabajo y ya verá cómo se ponen. Pues nada, mi hombre no me habla. Pero ya me hablará. Si no habla revienta, así que allá él. Yo aguanto lo que haga falta porque cuando llego a casa ya lo he hablado todo. Con usted y con las otras señoras, que todas son buenísimas y me entienden a la perfección... Que ésa es otra cosa que le digo yo a él. Yo trabajo para señoras que también trabajan, ¿te enteras? O sea que yo hago el trabajo que ellas no pueden hacer porque bastante tienen con lo que hacen fuera... No me diga usted esa pobre doña Luisa, desde la mañanita pincha que te pincha culos, y usted perdone. Y saca sangre aquí y allá. Vamos, ¡como para llegar a casa y tirarse al suelo! Que así y todo, con la ayuda que le doy bastante tiene ella que arrimar el hombro. Lo que ella me dice: no puedo más, Antonia, un día de éstos me da algo, ¿tú sabes lo que son esas calles y esos autobuses y esos metros? Si lo malo no es el trabajo, si lo malo es moverse de un lado a otro. Cosa que yo no tengo, por ejemplo, que yo tengo en el barrio mi trabajo, ¡menuda ventaja! En cuanto lo dije en dos tiendas me llovieron casas. Todas de mujeres que trabajan, ya ve usted... Como esa pobre Paca, la frutera. Él va temprano al Central, es verdad, y compra y paga y se toma sus orujos con los asentadores. Pero ¿y ella? Primero la casa, que hasta que yo empecé a ir, se lo hacía ella todo. Luego la tienda, bárrela, límpiala, ordena las cajas y empieza a vender. Ésta, que plátano verde, la otra, que lechuga tierna. Paca, que me des un manojito de perejil, mujer, que se me ha acabado. Paca, los tomates de ayer, blandos y verdes. Y una paciencia aquella mujer. A mí me atiende muy bien, de siempre me ha atendido porque no soy de las que protestan por todo ni de las que quitan la vez ni reniegan si otra se la quita...

Y para qué voy a hablar de usted, doña Aurora... Anda que usted no trabaja ni nada. Se lo digo yo a mi hija: qué paciencia doña Aurora, con esos chicos de hoy día, cómo están de mal enseñados. Enseguida le iba yo a pasar a un hijo mío lo que pasan los padres ahora. Lo que tragan, lo que aguantan, madre mía. Y luego ustedes, los que enseñan, pagan el pato. Cómo está ese instituto, doña Aurora, rotos los cristales, rota la puerta de entrada... Sí, sí, ya nos vamos las dos, que hoy tiene clase a las once, ¿verdad? Pues esto ya lo tiene... No me diga que este suelo no brilla como una patena. Y el viernes, que me toca aquí otra vez, el viernes le saco relumbre a todos esos cacharros tan bonitos que tiene usted. De cobre son, ¿verdad? Bueno, pues le va a quedar el cobre como los chorros del oro... Ya me pagará el viernes, no se apure. Ah, y mire qué gracioso Maximino. ¿Sabe cómo me llama? La rebelde. Dice que eso de trabajar ha sido una rebelión. Y mire usted qué listas somos las mujeres: rebelarnos para trabajar más. No le digo...

Por última vez

Hoy era el día. Por última vez, alargó la mano para detener el zumbido irritante del despertador. La oscuridad era total. En invierno, las siete de la mañana es una hora nocturna. Le dolían los huesos. Le dolía la espalda. «No he dormido bastante y luego, la pastilla que me deja hecha polvo. No sé qué es peor, si dormir con pastilla o velar sin ella...»

Las zapatillas, la bata hecha un rebujón en la butaca. De espaldas, mirando a la pared del armario, dormía César. Un gruñido fue la respuesta a sus movimientos silenciosos pero inevitables. Un gruñido y un suspiro y un tirón de las mantas hacia arriba, hasta taparse del todo.

Por última vez, Isabel se dirigió a la cocina, puso en marcha la cafetera, enchufó el tostador de pan, extendió los platos, las tazas, los cubiertos sobre la mesa; sacó del frigorífico la mantequilla y la mermelada.

Luego pasó al cuarto de baño y se duchó. Al secarse la cara se miró en el espejo. Como solía, pasó el dedo por las cejas, estiró las incipientes arrugas en torno a los ojos, sacudió la cabeza para ahuecar el pelo; se extendió con esmero la crema hidratante, dudó ante la colonia: Armani o Giorgio; se decidió por Armani. Fresca, perfumada y levemente maquillada, el espejo se convertía en un agradable cómplice. Se cepilló el pelo de nuevo. El sujetador y el panty eran de encaje rosa y se adaptaban muy bien a su figura delgada.

«¿Qué me pongo? ¿El sastre y la gabardina o el traje de punto y la chaqueta de piel?» En unos minutos despertaría a Jaime, como todos los días. Le haría cosquillas, le tiraría del pelo suavemente, le diría: es la hora, muñeco, arriba...

Le vestiría, lo peinaría. Le diría: Ya va siendo hora de que te vistas solo. Tienes diez años, mamá no va a estar siempre a tu lado para ayudarte...

Al llegar a esta reflexión, una punzada de angustia le alcanzó en algún punto del pecho.

El niño dormía plácidamente y en la mano derecha apretaba un G.I. Joe de colores. Se despertó de golpe, sin esfuerzo.

—Mira, mami, es Sabueso, el más fuerte de todos los Joe...

Por última vez, Isabel echó una mirada al cuarto, como todos los días.

—¿Estás seguro de que no te dejas nada? Baja y desayuna sin entretenerte...

Los corn flakes, las tostadas, el colacao.

Sobre la mesa de la cocina, Isabel dejó una nota llena de advertencias para Regina, la asistenta. Como todos los días.

«Regina, limpie bien la alfombra del salón. Riegue el ficus benjamina. Encargue cocacolas y cervezas. Para cenar...»

En el bolso llevaba dos cartas que depositaría por la tarde en sus respectivos destinos: una, la de César, en el lavabo bien apoyada en el espejo. Inevitable verla cuando entrara, aunque se detuviera un instante a contemplar la barba crecida del día, las ojeras, el rictus de malhumor. La segunda, en la despensa, en el bolsillo del delantal de Regina. Inevitable que la notara al colocárselo, un sobre grueso con dos hojas también gruesas dobladas en el interior.

Entró en el garaje, puso el coche en marcha, hizo una nueva recomendación al niño.

—Quiero que siempre, siempre, cuando papá te lleve al colegio, lleves el cinturón puesto, como ahora, acuérdate bien... ¿Llevas el bocadillo, los cromos para cambiar? No te habrás olvidado el cuaderno de deberes...

—Mami, cuando me vengas a buscar tenemos que ir a la papelería. Necesito recambios y mapas...

—Vendrá papi a buscarte. Él te llevará a la ortodoncia. Yo hoy no puedo.

—Jo, mami. Papá siempre tiene prisa y no querrá pararse en la papelería.

—Sí querrá...

—No querrá...

La autopista vibraba en el atasco de las ocho y media de la mañana. Hoy una hora, pensó Isabel. Una hora llegar al colegio, un cuarto de hora más para llegar al hospital. Se imaginó la cola de pacientes que estaría esperándola.

Por última vez afrontó el tráfico enloquecido, inició adelantamientos engañosos que la llevaban al carril de la derecha justo cuando el range rover que iba detrás de ella desde hacía un rato la pasaba airosamente al ponerse en marcha la fila abandonada.

La carta para César era corta y rotunda: «Querido César». Había dudado mucho en lo de querido. Pero era absurdo dudar. Claro que querido. Quería mucho a César. Un cosquilleo de lágrimas le subió hasta los ojos pero no llegaron a brotar.

—Mami, el mercedes negro nos ha adelantado ya dos veces, primero por la derecha y luego por la izquierda...

«Querido César: Hoy es el último día que paso en nuestra casa. No resisto ni un minuto más. Dame un tiempo de calma y te llamaré para que hablemos. De momento todo queda organizado. Regina tiene instrucciones muy claras de lo que hay que hacer cada día. Hasta pronto. Isabel.»

A la altura del Arco del Triunfo, el atasco se fue disolviendo. Pero otra vez, en el primer semáforo, hubo paradas y lentitud. Como todos los días.

El reloj de Cea Bermúdez marcaba las nueve y diez. El tiempo justo.

—No llegaremos —dijo Jaime.

—Sí llegamos.

—No llegamos y me la cargaré yo, como todos los días.

—No te preocupes que cuando te traiga papá vas a llegar más pronto. Que ponga el despertador media hora antes, y verás qué bien...

—¿Cuándo me va a traer papi?

—Desde mañana.

—¿Te vas de viaje?

—Sí, me voy una semana de viaje, tengo un congreso en Sevilla. Y a la vuelta ya veremos. ¿A ti te gustaría volver a vivir en Madrid?

—Quieres decir los tres, ¿verdad? Los tres, sí. Pero papi no querrá. Él quiere vivir en una casa con jardín, ya lo sabes.

—Ya hablaremos de eso. Pero si él no quiere, tú sí querrás venir a vivir conmigo a un piso muy bonito que buscaremos, cerca del colegio, cerca de tus amigos y de todo, ¿no?
—No lo sé...

Un beso suave en la mejilla. Un fuerte apretón en la mano libre, mientras la otra aferraba un cochecito rojo y brillante, de carreras. Es un ferrari, había dicho al salir. Y ella le había repetido, una vez más, ¿por qué tienes que llevar siempre alguna cosa escondida en la mano?

Se quedó un momento quieta, viendo cómo subía las escaleras, cómo se alejaba de ella. Lo último que vio, antes de que se cerrara tras él la puerta del colegio, fue la cartera a su espalda y la cazadora forrada de piel.

Luego puso el coche en marcha y enfiló bruscamente hacia el centro de la ciudad.

—No olvides que es abogado. Me buscará las vueltas. Tratará de quitarme al niño...

Metió la mano en el bolsillo de la bata verde y sacó el tabaco y el encendedor. Era la hora del almuerzo en la cafetería del hospital.

Jorge la miraba en silencio. Siempre callaba cuando ella le planteaba sus dudas, sus temores.

—Buenos días, doctor —dijo el muchacho que despejaba las mesas—, buenos días, doctora, ¿han comido bien?

Los dos sonrieron débilmente empujando hacia él los restos del almuerzo.

—Lo tuyo es fácil. Tú lo tuviste fácil. Bueno, los hombres lo tenéis fácil...

—No empieces, Isabel... —dijo paciente Jorge.

—Pero yo estoy decidida, eso es otro asunto. No te preocupes que yo estoy decidida. No puedo seguir en este plan de trampas y mentiras. No me va, y sobre todo no puedo aguantarle más. Quieres creer que ayer llegó a las once de la noche, el niño acostado, la cena en la mesa; yo ya había cenado, claro, y todo lo que se le ocurre decir es, qué suerte tienes de estar en casa tan pronto. Y yo le digo, pero bueno, a qué llamas tú suerte: he ayudado al niño a hacer los deberes, he ido al supermercado, te he planchado las camisas porque Regina en tan pocas horas no puede con todo. Y además he hecho la cena, ¿es eso suerte? Y lo que contesta es: mejor que tomar copas con pelmazos para aclarar asuntos de trabajo... Eso es todo lo que se le ocurre. Nunca se ha preocupado por mí, no se plantea nunca si soy feliz o no...

—Nadie se preocupa por nadie, Isabel...

—No lo sé... Pero estoy hasta el gorro de urbanización, de amiguitos idiotas y de tenis en invierno y de barbacoas y de piscinas en verano. Mi vida ha sido siempre otra cosa y tiene que volver a ser como antes...

—Entonces te llamo a casa a las siete y podemos vernos a las ocho en mi apartamento.

El jardín a las cuatro de la tarde resplandecía de verdes en la fría luz de enero. Arces, abedules, pinos, césped. En primavera y verano, las flores ponían manchas de color aquí y allá, pero el resto del año sólo el verdor inmarchitable de árboles y arbustos cubría con un disfraz vegetal la tierra dormida.

Los muebles en el porche también brillaban, blancos bajo el sol. El estanque reflejaba la ampelosis que cubría la tapia del jardín vecino.

Isabel cerró la cancela tras de sí y avanzó por el paseo. El coche estaba fuera. No iba a meterlo en el garaje para tan poco tiempo. Sacó la llave y por última vez, abrió la puerta de su casa. Se limpió mecánicamente la suela de los zapatos en el enorme felpudo de la entrada y dio la luz del vestíbulo. Dejó sobre una butaca la gabardina y entró en el salón, ordenado y silencioso. En la cocina una nota de Regina: «Le he dejado peladas las patatas y las zanahorias. En el horno tiene la carne preparada para asar...».

Entró en el dormitorio. Una nota de César sobre la cama: «Llevaré al niño al dentista y luego a tomar una hamburguesa. No tardaremos...».

Avanzó hacia el cuarto de baño. En el altillo, encima de la puerta, estaban las maletas. Subió al taburete y sacó una grande y el neceser.

Sobre la cama fue dejando la ropa que sacaba del armario. Faldas, jerséis, medias, pantalones. De la mesilla recogió el libro que estaba leyendo: *El temblor de la falsificación,* de Patricia Highsmith. En el cuarto de baño seleccionó cremas, colonias, vitaminas y píldoras.

Por última vez, se contempló en el espejo. Pocas arrugas, pocos estragos todavía en el rostro sereno. Se mordió los labios para que el color afluyera y los cubrió de brillo. Extendió una capa fina de maquillaje sobre las mejillas, se cepilló la melena rubia.

En una caja de piel estaban sus joyas. Eligió una cadena de oro y unos pendientes haciendo juego y se los puso. Se quitó la alianza de brillantes: «¿La dejo aquí?, ¿o será demasiado melodramático, demasiado antiguo?». Volvió a colocársela, cerró la caja y la introdujo en el neceser.

Contempló satisfecha su imagen en el espejo. Treinta y ocho años, dijo en voz alta, y la vida por delante.

Volvió al salón y apresuradamente subió las escaleras del primer piso. El cuarto de invitados con su baño, el cuarto de la televisión. Todo perfecto, Regina es un tesoro. En el cuarto del niño se detuvo en la puerta sin decidirse a entrar. La mesa de trabajo bajo la ventana estaba totalmente ocupada por las cajas de rotuladores y crayolas, el Atlas abierto por Europa, la fila de cochecitos perfectamente alineados contra la pared. Las estanterías rebosaban de libros de cuentos, álbumes, puzzles. En las paredes los pósters alternaban con los recuerdos de viajes hechos por separado o juntos, con el niño o sin él, pero siempre a la búsqueda de regalos: flechas de indios cheroquis, pipas de la paz, pieles disecadas, banderines de equipos deportivos...

La cama estaba cubierta por un edredón a cuadros amarillos y azules. Regina había apoyado amorosamente, en la almohada, el G.I. Joe que Jaime abandonara por la mañana entre las sábanas. Isabel recordó su descripción: «... es Sabueso, el más fuerte de todos. Por eso duermo con él, porque me protege de todos mis enemigos...».

Regina lo sabía. Regina sabía muchas cosas del niño y a partir de ahora sabría mucho más...

Isabel continuó unos momentos de pie, en el umbral de la puerta. Luego bajó las escaleras. Como todos los días, se preparó un té. Lo tomó con limón. Sentada en el taburete de mimbre, en la barra que rodeaba la cocina.

Después entró en su cuarto. La maleta, perfectamente organizada, estaba lista para ser cerrada. Soltó las correas que sujetaban la ropa de golpe, volcó su contenido sobre la cama. Poco a poco, cada cosa volvió a ocupar su sitio en el armario. A continuación, con el neceser en la mano, Isabel entró en el cuarto de baño y devolvió cada tarro a su lugar. Con igual parsimonia subió al altillo la maleta y el neceser vacíos.

Como todos los días se quitó la ropa, se dio una ducha y se puso unos vaqueros y un jersey de lana. Entró en la cocina, encendió el horno después de comprobar que la carne estaba dentro, preparada en la fuente térmica. Pausadamente, cortó en trozos las patatas y las zanahorias y añadió unas judías verdes del congelador. Miércoles: puré de verduras y carne asada, decía el menú escrito por ella y clavado en el corcho de la pared. El próximo miércoles, hamburguesas, pensó.

Como todos los días, giró el botón de la radio conectada siempre a un programa de música clásica.

El viernes tenemos concierto. Si César no puede, llevaré al niño.

Por la ventana abierta entraba el último rayo de sol. A partir de este momento, la temperatura descendería. Isabel se estremeció y subió el termostato de la calefacción. Del horno empezaba a salir un grato olor a carne asada, a cebollas crujientes y doradas. La olla a presión silbaba en el fogón mientras la pesa daba vueltas, girando sin parar sobre sí misma.

Isabel encendió un cigarrillo. Se dirigió al teléfono; marcó un número. Como todos los días, una voz contestó enseguida.

—¿Sí?
—Jorge —dijo Isabel—..., Jorge.
Sabía que lo estaba diciendo por última vez.

Hermanos

—Mamá está cada día más insoportable —dijo Adela—. Cada día más disminuida intelectualmente. Ah, pero de carácter no, de carácter sigue siendo la de siempre, autoritaria, implacable. El carácter es lo último que envejece...

Entonces intervino Juan y proclamó pausadamente las virtudes de mamá.

—Mamá ha envejecido de repente, es cierto. Pero continúa siendo aguda y brillante y cargada de sentido común en todos sus comentarios.

Adela frunció el ceño y se encogió de hombros sin atreverse a rebatir los argumentos de Juan.

Yo miraba al jardín. Por la ventana abierta entraba el aire perfumado de mayo. Los pensamientos morados y amarillos se apiñaban en la copa de piedra, sobre la baranda. Las minutisas del macizo extendían su tapiz jaspeado de rosa y blanco. En el centro de la pradera se erguía el haya que planté hace treinta años. Sus hojas verdes claro brillaban al sol... Sus ramas se apiñaban en plataformas entretejidas unas con otras. El día que planté el haya lloviznaba. El verano se acababa por momentos. Cada gota de agua añadía un escalofrío a la piel tostada. Mamá dijo: «Hay que sacar los jerséis y las botas. Esto se acaba». Y para entretenernos añadió: «Plantaremos los árboles de las niñas. Un haya y un abedul.

El haya para Julia. Crecerá fuerte y frondosa como ella. Para ti, Adela, que eres ligera y ágil, el abedul...».

Los árboles crecieron como mamá había previsto. Con vigor el haya, convertida en un árbol grande y ancho. Y esbelto el abedul. Su tronco blanco se elevaba flexible y las hojas que brotaban de las ramas delgadas dejaban ver el paisaje de fondo, el molino y su huerta y la hilera de chopos, más lejos, a la orilla del río.

—Lo que tenemos que decidir es qué hacemos con mamá —se impacientó Adela—. María ha dicho bien claro que no sigue; que ella sola, sin ninguno de nosotros, no se hace responsable...

Juan apoyaba la cabeza en una mano. Se acariciaba la frente con la palma y los dedos se le hundían en el pelo.

—Luego está el problema de esta casa tan grande, tan difícil de limpiar y calentar —continuó Adela.

Hace treinta años, la casa había sido el reino de la alegría. Estaban papá y mamá. Estábamos nosotros tres y siempre había invitados, primos y amigos y visitantes de unos días. La madre de María cocinaba y se ocupaba de la casa y María la ayudaba. Una vez a la semana venían dos mujeres del pueblo y entre las cuatro hacían una limpieza a fondo.

—Todos tenemos que volver a Madrid. Todos tenemos trabajo y obligaciones... —decía Adela.

Los niños hacíamos excursiones al río. Volvíamos cansados, con la cesta de mimbre llena de cangrejos. Mamá los cocía y los comíamos entre risas y bromas en la mesa de piedra que hay debajo del castaño de Indias. Todavía está allí; ahora tiene una capa de musgo verde-amarillento.

—Teníamos que haber vendido la casa cuando murió papá —estaba diciendo Adela. Y Juan no contestaba. Seguía sumido en su tristeza o en sus recuerdos o en su incapacidad para afrontar situaciones críticas.

El verano del año que murió papá decidimos no venir. Nos fuimos todos al Mediterráneo y fue maravilloso. Yo me pasaba el día en el agua; Juan paseaba con mamá por el espigón del muelle. Adela entraba y salía con un grupo de amigos. Allí conoció al que luego iba a ser su marido.

Pero al año siguiente, mamá dijo que ella quería volver aquí. El calor no le sentaba bien y además la casa necesitaba abrirse.

—La casa nos vino muy bien durante muchos veranos. Pero fue un error dejar que mamá se encerrase a vivir aquí. Ha estado mucho tiempo sola y ahí tienes las consecuencias...

Adela insistía en dirigirse a Juan, me ignoraba por completo. Desde la infancia, siempre me dejaban fuera, al margen de los juegos y sus peleas.

—Nunca debimos dejar a mamá aquí, sola —insistió Adela.

Al principio todo había ido muy bien. Mamá decía que los inviernos del norte eran más suaves que los de Madrid. Y que nosotros, de todos modos, ya no la necesitábamos y la veríamos poco aunque ella se sacrificase y decidiera quedarse en la ciudad. En el fondo, a todos nos pareció bien su decisión. La llamábamos con frecuencia: ¿Qué tal estás, mamá? ¿Se porta bien María? ¿Cómo está el jardín? Y luego estaban los veranos. Los veranos seguían siendo alegres. Mamá lo organizaba todo para que nosotros descansáramos. La madre de María ya no trabajaba pero estaba su hija. Rosa cuidaba a los hijos de Adela y a los de Juan mientras mamá ayudaba a María en la cocina. Yo me refugiaba en la torre y escribía o leía.

No sé en qué momento de uno de aquellos veranos borrosos, deliciosamente confusos, empecé a advertir señales de alteración en la conducta de mamá. Yo creo que el primer síntoma apareció el año que Juan se fue a Inglaterra con sus hijos. Mamá se pasó el verano protestando: «No entiendo que se alquile una casa en Inglaterra teniendo aquí el mismo clima», refunfuñaba. «Van a aprender inglés, mamá», decía yo. Y ella movía la cabeza a un lado y otro, sin dejarse convencer. Aquel verano estuvo rara, malhumorada. El día del cumpleaños de Adela, que es en agosto, se olvidó por completo de la fecha y cuando se dio cuenta se encerró en su cuarto y estuvo llorando mucho rato.

—Lo peor de mamá es su memoria —dijo de pronto Juan, saliendo de su ensimismamiento.

Adela le miró sorprendida y se animó al ver que, por fin, Juan se decidía a hablar.

—La memoria es un problema —dijo—, pero lo malo es el carácter, Juan. Te digo que no encontraremos quien la aguante...

El carácter de mamá había sido admirado por todo el mundo. «Una mujer de carácter, vuestra madre», decían los amigos. «Independiente y enérgica, y capaz de resolver por sí misma las situaciones difíciles.» Pero ahora el carácter se había convertido en un obstáculo.

—No razona, Juan; tú sabes que no razona. Pretende que los demás sigan sus caprichos, sus exigencias.

Y luego esas crisis de llanto, sin saber por qué. Y ese afán de quedarse todo el día en la cama. Está empezando a enloquecer...

Por la ventana abierta cruzó un pájaro negro, de pico rojo y afilado. Se posó un instante en el alféizar y retornó a volar.

—¿Quién quiere café? —dije levantándome.

—Yo prefiero una copa —dijo Juan. Pero no se movió. Mamá le había acostumbrado a pedir lo que quería y a tenerlo todo al instante. «Es un niño mimado, un vago y un déspota», nos dijo su mujer el día que decidió abandonarle. Con nosotras seguía imponiendo las normas que mamá había respetado años y años. Ahora me miraba, esperaba que yo le sirviera o quizá pensaba en otra cosa, olvidado ya de lo que deseaba. Las ramas del rododendro tapaban la ventana de la cocina. El arbusto había crecido demasiado y las hermosas flores rojas cubrían los cristales. Abrí la puerta que da al jardín y aspiré el aire dulce de la tarde. El cerezo estaba cuajado de flores. Un círculo de pétalos rosados abrazaba el tronco. Como todos los mayos. La cafetera silbó y el olor a café se extendió por la cocina. Cuando entré en el salón, Adela y Juan bebían de sus copas sin hielo.

—Allá vosotros —dije. Y me serví una taza de líquido oscuro y humeante. En la escalera sonaron pasos y la figura de María ocupó el umbral de la puerta del salón.

—Duerme todavía —anunció. Y se dio media vuelta. Pero Juan la detuvo con una llamada urgente que sonó en mis oídos como un grito de auxilio.

—¡María!...

La mujer se detuvo y giró sobre sí misma.

—¿Qué queréis? —preguntó desconfiada. Y su tuteo me hizo regresar a la infancia.

—Tú que vives con ella —empezó Juan— y la conoces tan bien. ¿Qué te parece que podemos hacer... para que viva lo mejor posible?

María se nos quedó mirando a todos a la vez, al pequeño grupo de niños que habíamos sido y que quizá éramos para ella todavía.

—Juanito —dijo—, tú eres el hombre y el mayor, escucha lo que te digo. Tu madre necesita cariño y compañía. La vejez es una enfermedad que no admite otra medicina...

Se dio media vuelta sin esperar respuesta. Enseguida se la oyó trastear en la cocina, mover cacharros, abrir el grifo. Adela se levantó furiosa y cerró la puerta que la mujer dejara abierta.

—No sé por qué le preguntas a María —dijo, irritada, dirigiéndose a Juan—. Ella no tiene nada que opinar sobre el asunto. Bastante ha opinado ya cuando nos avisó que se iba...

—Yo creo que María tiene razón —replicó Juan con tristeza—, pero eso es tanto como decir que la solución está en que mamá rejuvenezca. Yo no puedo tener a mamá conmigo y lo sabéis perfectamente. Vivo en un apartamento de setenta metros y encima siempre tengo algún chico conmigo. Cada vez que no tienen trabajo o dinero o las dos cosas...

Me pareció más derrotado que nunca. Hasta su cuerpo largo parecía disminuido, encogido en la butaca.

—Tampoco yo puedo, nadie puede —casi gritó Adela—. Tampoco Julia puede, siempre está en movimiento, congresos, conferencias, siempre fuera de casa. Y yo, que no me muevo, ¿dónde tengo un cuarto para mamá, dónde está la persona que la cuide cuando me voy a la oficina? Además yo no puedo imponerle a Luis la presencia de mamá. Él ha resuelto hace tiempo el problema de su madre. Entre todos los hermanos decidieron meterla en una residencia y allí está... Tú sabes que es cierto, ¿verdad, Julia?

Por primera vez contaba conmigo, me miraba solicitando mi apoyo de hermana pequeña, como había hecho siempre cuando necesitaba ayuda en las discusiones de la infancia.

Juan se levantó de golpe, violentamente, y su cuerpo volvió a adquirir la estatura habitual; volvió a ser el Juan grácil, elástico, que mantenía su delgadez juvenil a pesar de los años. Los ojos le brillaban cuando dijo:

—Siempre has sido un ser sin sentimientos, Adela. Sólo te ocupas de ti y de tu familia. Eres una egoísta insensible y brutal.

El ataque había dejado a Adela inmóvil. Cuando reaccionó se echó a llorar y tardó un poco en poder articular su respuesta.

—Tú nunca me has querido, ni cuando éramos niños ni ahora. Pero no me llames egoísta porque nadie en el mundo es más egoísta que tú, ni más cobarde, ni más duro...

Una vez, muchos años atrás, también habían discutido rabiosamente los dos. La hermana mayor de papá, que vivía en París desde la guerra, había invitado a su casa a uno de nosotros, el que nuestros padres decidieran. Mamá había dicho que Juan y papá que Adela. Yo era aún muy pequeña. Finalmente venció mamá y Juan fue elegido para el viaje. Por la noche, en el cuarto de jugar, Adela y Juan se pelearon y se insultaron, como ahora. Entonces Adela había pronunciado palabras terribles.

—Te odio, niñito de mamá.

Y Juan había contestado:

—También yo te odio a ti.

Yo les miraba aterrada y me pareció que el mundo se iba a hundir allí mismo.

—Por favor, no os peleéis. Por favor, quereos... —repetí varias veces.

Impulsada por el recuerdo de aquel día me dirigí a los dos.

—Dejaos de discusiones agresivas, por favor.

La tarde resbalaba suavemente. Los pájaros trinaban en el tejo, cerca del porche. Como todos los mayos.

—Tenemos que pensar una solución para mamá —dije.

Adela y Juan guardaron silencio, un silencio tenso cargado de agravios antiguos.

De pronto, en el primer piso se oyó el golpe de una ventana que se cerraba, justo sobre nuestras cabezas, y el grito de mamá resonó escaleras abajo reclamando: «María, sube inmediatamente, ahora mismo...».

María demoraba su respuesta. No llegaba el ruido de sus pasos en la escalera de madera. Nos miramos los tres, pero nadie se movió.

«Esto es sólo el principio —pensé—. Al final terminaremos todos odiando a mamá.».

La espera

Por la ventana abierta entra a rachas el olor del verano. Huele la madreselva que se enrosca en la verja del jardín. Embriagan las magnolias que abren su blancura perfumada entre el verdor de las hojas gruesas y pulidísimas. El aire seco arranca aromas a la noche. En el techo de la habitación la luz de los coches dibuja caminos temblorosos; regueros brillantes que aparecen y desaparecen con rapidez, carretera adelante. Julia está tumbada en la cama y espera a oscuras, con los ojos abiertos.

Hay espacios de silencio, largos minutos vacíos y luego, otra vez, un rumor de motores, dos, tres seguidos dejan su morse en el techo, reverberan y se alejan. Julia conoce el ritmo de la noche, la hora en que los silencios se ampliarán y el tráfico nocturno irá descendiendo lentamente a medida que aumenta la angustia. Como todas las noches a esa hora, se levanta, acerca la butaca a la ventana, se sienta en la penumbra del cuarto vacío, mira al jardín vacío, a la carretera vacía. Como todas las noches, una fatiga infinita recorre su cuerpo. «¿Será lo mismo con un padre en la casa?» Se acerca un coche, parece que ha frenado, ¿va a detenerse? Se levanta, se apoya en el alféizar de la ventana. «Puede venir con un amigo. Puede haber fallado la moto...» Pero el coche se desliza ante la casa, sigue adelante sin detenerse. En el silencio del pueblo dormido suena una música suave en una casa, al otro lado de la carretera. «Una radio que acompaña a un desvelado, a un insomne. ¿Otra madre que espera?» La música distrae a Julia unos instantes. Es una melodía arrastrada y dulzona. Estuvo de moda hace muchos años, recuerda Julia. Le gustaba a Diego. El recuerdo de Diego llega asociado a la música y la nostalgia sosiega momentáneamente la angustia. «¿Qué hicimos mal?», se pregunta. El plural, de una forma absurda, le da fuerzas. La música se extingue, cesa por completo, no regresa... Julia suspira y pasa al cuarto de baño. Da la luz, se mira al espejo. Las ojeras avanzan hacia las mejillas. Las arrugas se acentúan con el cansancio. La boca tiene un rictus de amargura. Trata de sonreír, trata de recordar las noches en vela de la juventud. Las copas, las risas, las charlas, los vagabundeos nocturnos. Entonces también, ellos trasnochaban. Pero no era lo mismo. Los labios de Julia se mueven articulando sin sonido: «Bernal es un niño. Dieciocho años». Cuando nació, les cambió la vida. No podían salir de noche. Pero venían a casa los amigos que eran libres y disponían de su tiempo. Julia hacía café, preparaba copas con hielo y alcoholes distintos, según la hora. Charlaban, reían, escuchaban música. Decían: «Cuando crezca Bernal verás qué diferencia». Bernal creció pero ya no estaba Diego, ya se las había arreglado ella para prescindir de Diego, de su nomadismo permanente, de su falta de proyectos serios para el futuro. Diego decía: «¿El futuro? No me hagas reír. No sé si voy a vivir mañana...». Es verdad que muchas veces había peligro en sus viajes. Peligro real. Cuando hizo el reportaje de la guerrilla colombiana. Cuando estuvo en el Líbano... Había peligro... Julia regresó a la butaca, a la contemplación de la calle desde el interior en penumbra. No quería encender la luz cuando tenía la ventana abierta porque siempre temía que entraran pájaros. Había búhos en el jardín, búhos instalados en sus nidos. Y también oropéndolas. Y murciélagos. Un día, al encender la luz para retirar la colcha de la cama, se encontró un murciélago extendido en ella como si estuviera muerto o durmiendo. Se alejó un poco asustada y el murciélago huyó volando... Diego podía haber hecho buenas fotografías de los pájaros: «Una vez, un ornitólogo inglés que vino a verme con amigos me dejó una lista de quince especies diferentes. Debe estar por ahí en algún libro, en el cajón de una mesa, no sé... Bernal se parece a Diego, es evidente. La moto, el peligro. Y qué curioso. Cuando está con el padre yo duermo tranquila. Aunque estén lejos. Me parece que el padre le protege con su sola presencia. Sin embargo cuando está conmigo solo, como ahora, no puedo vivir. Y sobre todo me aterra la noche. Miro el teléfono negro, inquietante. Ese teléfono sonará un día y una voz neutra preguntará: "¿Domicilio de Bernal Rivera?". "Sí", contestaré yo, temblorosa. "Señora, ¿es usted su madre?" "Sí", repetiré casi sin voz. "Ha habido un accidente..." Tranquila, Julia, me digo. La ventana de este piso es lo suficientemente alta. Puedes lanzarte al vacío con la seguridad de terminar con todo. Si esa llamada llega, si es el anuncio definitivo, puedes borrar para siempre el terror, la angustia, el desconcierto...».

Una moto se acerca. Se detiene un momento, gira hacia la plaza. «No es él. Seguro que es la moto de Jerónimo, el guarda. Irá al monte a hacer la ronda de los incendios. Vive obsesionado con los pirómanos. Sus chicos ya están en casa, seguro. Los ha educado con rigor. A veces dudo de la forma en que Diego y yo actuamos con Bernal desde su nacimiento. La libertad. La hermosa libertad por la que suspirábamos. La libertad y la experiencia tenían que ser suyas. Vivir es peligroso, lo sé. No podemos engañarnos con fórmulas pasadas. Bernal es libre para su bien...»

El reloj del ayuntamiento en la plaza golpea inmisericorde cinco campanadas, Julia regresa a la cama. Se tumba. Quiere dormir. Un segundo, un breve tiempo de inconsciencia la transporta a la infancia de Bernal. «Cuando le llevábamos con nosotros a todas partes. Cuando los tres nos lanzábamos a la carretera para un viaje largo o corto. Carreteras que no me daban miedo...»

Con un ligero sobresalto, despierta. Mira el reloj. Las cinco y cuarto. En la mesa de trabajo, junto al montón de libros, hay una fotografía enmarcada que prolonga la ilusión del breve sueño. Es una fotografía de un viaje. Despeinados, sonrientes, los tres. «Diego saluda a alguien con una mano. Con la otra, me coge por los hombros. Yo tengo a Bernal sujeto con los dos brazos; contra mi pecho, mi vientre, mi cuerpo, como si quisiera incorporármelo de nuevo, incrustarlo en mí. El niño sonríe, despreocupado...»

Una luz imprecisa asoma tras el monte cercano, la luz del amanecer. La espera interminable, la espera. «Ya nunca volveré a dormir.» Un timbrazo estridente rompe el silencio. El teléfono... Julia salta hacia él, lo aferra, dice: «¿Sí?». Una voz neutra indaga: «¿Hablo con el domicilio de Bernal Rivera?». «Sí —casi grita Julia—. Es mi hijo». La voz se vuelve ligeramente afectuosa. «Tranquila, señora. Tengo aquí a su hijo con una pierna rota... Lo hemos traído al Hospital Provincial... Le están haciendo las radiografías...» Julia llora y sonríe al mismo tiempo. No puede creer que la llamada sea sólo para anunciar una pierna rota, una vulgar fractura de pierna... «Perdone... No sabe cuánto le agradezco... Iré enseguida. Pero espere un momento. Sólo unos minutos. Necesito dormir un poco antes de coger el coche.»

Julia se derrumba en la cama y piensa: «Escayolado, tranquilo, a salvo. Un mes, por lo menos un mes sin salir de noche...». Y se duerme al instante. La espera ha terminado.

¿Te acuerdas?

Nada más pasar la gasolinera, al doblar la próxima curva, estaba la desviación. Cien veces había pasado ante el letrero negro del indicador: Villaluenga, 25 km. Y otras tantas había apretado el acelerador, como temiendo la improbable tentación de detenerse, girar a la derecha, dirigirse a aquel pueblo desconocido, preguntar por Cecilia, presentarse ante ella, decirle: ¿Me recuerdas?

El hombre la miraba interrogante.

—Bueno, señora, ¿qué hacemos? ¿Le pido un taxi al Parador? No está muy lejos y puede dormir allí. Esto —y señaló el Volkswagen— no se arregla hasta mañana temprano. A ver dónde encuentro yo al chico a estas horas. Andará por ahí de romerías...

De pronto Julia había tomado la decisión.

—Si usted mismo, o cualquier otro de por aquí, me dejara un coche. Tengo amigos en Villaluenga y mañana, a primera hora, estoy de vuelta.

Una ligera sorpresa por parte del hombre. Una aceptación forzada.

—Si se arregla con mi Seat... Cuidado con las marchas, que entran un poco fuertes.

La carretera se extendía, estrecha y recta, entre dos filas de árboles. Un aroma a tierra seca, recién removida; una luna llena y brillante; todo el esplendor de la meseta se desplegaba a su alrededor. Por la ventanilla entreabierta penetraba el frescor de la noche castellana.

—Si alguna vez vienes —había dicho Cecilia hace diez, quince años—, encontrarás fácilmente la casa: es una casa grande a la entrada del pueblo, con un gran portón que da al patio...

Una luz brilló a lo lejos. Al principio parecía un lucero emergiendo del horizonte. Luego se disolvió en varios puntos luminosos. El pueblo estaba cerca. Una liebre cruzó la carretera deslumbrada por los faros. Pasaron unos minutos antes de llegar a la primera casa. Luego, un frenazo y los faros iluminaron la puerta de roble cerrada a cal y canto. Un momento para descansar, una rápida mirada al reloj, las diez y media. Julia no tuvo tiempo de alcanzar el aldabón. Una voz de mujer con un leve matiz de inquietud se dejó oír a través de la puerta.

—¿Quién es?

—Y pensé: De ésta no paso sin visitar a Cecilia...

—Apareces de pronto y no sabes el susto... La sorpresa, quiero decir. Verte delante de mí después de tanto tiempo. Y lo bien que te veo, Julia. Eres la misma, no has cambiado. Mira yo, parezco tu madre y sólo nos llevamos cinco meses: lo que va de marzo a agosto, ya ves que me acuerdo..

—El tiempo, el tiempo. No hables del tiempo. ¿Te acuerdas cuando nos parecía viejo el profesor de lengua? Y tenía treinta años.

—Mejor no hablar del tiempo. Pero es inevitable. Fíjate los años que hace que vivo aquí. Me casé hace veinticinco...

—Te casaste muy joven...

—¿Y tu marido? Diego, Diego se llama. Me acuerdo siempre de los nombres. Me acuerdo hasta de las listas que hacíamos en el instituto. Nombres para nuestros hijos: cinco de niños y cinco de niñas para irlos cambiando. Todos los cuadernos llenos de nombres... Pero dime, ¿y tu marido?

—Me separé hace años... Diez hijos, qué locas éramos. Yo me conformé con uno. Y tú con tres; tenías tres la última vez que nos vimos.

—Después nació el pequeño, Rafael, el único que queda en casa.

—Rafael... Era el segundo nombre de tu lista. Porque entonces te gustaba Rafael, aquel rubito, el hijo del oculista de la Plaza Mayor...

—¿Hace mucho que no paseas por la Plaza Mayor?

—No he vuelto a casa desde que murieron mis padres. Ni a la casa ni a la ciudad. Paso por allí de largo. Paso por muchos sitios de largo...

Los troncos ya eran sólo una gran brasa palpitante. La sala estaba caldeada y el humo de los cigarrillos se detenía flotando en torno a las lámparas encendidas. Sobre la chimenea, en estudiado desorden, colgaban cuernos arrancados a distintas especies: corzos, ciervos, rebecos.

—Cuántos trofeos —había dicho Julia al contemplarlos.

—Te regalaré el primero que cace —dijo el marido de Cecilia. Porque, pasada la primera sorpresa, Cecilia había desaparecido para volver enseguida.

—He ido a despertar a Matías —había dicho—. Madruga mucho y se acuesta temprano. Pero no me perdonaría... Hablamos mucho de ti, no creas. Cada vez que leemos que has publicado un libro o dado una conferencia o algo así...

Y habían empezado a charlar. Las frases se agolpaban, brotaban entretejidas unas con otras, conducidas por la conciencia de haber recuperado el hilo perdido del tiempo. Luego, había aparecido Matías, bien vestido, muy puesto, el pantalón de pana dorada, la camisa de lana a cuadritos marrón, el cárdigan de suave lana beige.

—Así que vino Julia, vaya con Julia, ya no te conocemos, tantos años...

«Desde la boda —pensó Julia—, a él no le he vuelto a ver desde la boda». Los mismos ojos azules inquisitivos y sagaces. La misma traza y compostura, la solidez y la arrogancia de una estatua espléndida. Un poco más corpulento, un poco ajado el rostro, marcada por arrugas la piel morena. Pero el mismo mentón decidido, la misma boca firme.

—Cecilia, prepárale algo de cenar a tu amiga. ¿Le has preguntado si tiene hambre?

Cuando estuvieron solos, Julia no encontró la palabra adecuada para iniciar una conversación. Fue él quien rompió el silencio.

—Julia, Julia. Tienes un hijo en algún sitio, ¿no? Y tenías un marido.

Un tono levemente socarrón, casi impertinente, pero era él, desde luego, quien dominaba la situación con los pies bien asentados en su territorio.

De un armario sacó dos vasos y una botella de *bourbon*. Sin palabras, levantó en alto la botella como diciendo: ¿Quieres? Y ella asintió aunque nunca le había gustado el *bourbon*.

—Tengo un hijo en California, sí. Fotografía peces y paisajes submarinos —dijo Julia, y evitó hablar del marido.

Cecilia entró con una bandeja en la que había platos y cubiertos; una fuente de jamón y queso, una copa de vino y una servilleta blanca cuajada de bordados.

—Termina antes el *bourbon*. Sin prisas —ordenó Matías. Y Cecilia sonrió. La sonrisa hizo olvidar a Julia la silueta perdida de la amiga, el peinado intemporal, el ritmo de matrona de sus movimientos. La sonrisa le devolvió a Cecilia niña, Cecilia adolescente, Cecilia joven soñando con casarse, con llegar a este salón perdido en la planicie, a este hombre muy hombre que ella siempre había deseado.

—Cazas mucho, por lo que veo —dijo Julia.

—Todo lo que puedo —dijo él. Y Julia captó en la frase un implícito mensaje sexual.

Cecilia le miraba con una sonrisa de aprobación y complacencia, y él también sonrió.

—... la casa ya te digo, la compré y estoy feliz de tener un refugio en el norte. Ya sabes que a mí me gusta el norte.

—¿Te acuerdas cuando fuimos a Oviedo a hacer el examen de Estado? Íbamos con tu padre y luego nos llevó a una playa muy cerca de Gijón. ¿Te acuerdas de la playa? Perdiste un anillo en la arena y lo buscamos tanto, que yo creo que lo enterrábamos cada vez más profundo... Bueno, pues en aquella playa había una casa maravillosa, con un hermoso jardín y la fachada cubierta de buganvillas. Yo te dije: «Algún día tendré una casa así...».

—Me acuerdo. Y también decías siempre: «Quiero hacer algo para irme de aquí, no quiero quedarme en una ciudad pequeña; quiero vivir en una gran ciudad...».

—Tú querías ser médico. Médico rural. Pero claro, no querías salir a estudiar lejos de casa. Y aquella Semana Santa, parece que lo estoy viendo, íbamos las dos vestidas de negro y con la mantilla. Qué obsesión con tener edad para ponernos la dichosa mantilla. La mantilla, los claveles, las velas, la procesión. Y allí apareció tu Matías vestido de uniforme, que estaba haciendo las prácticas de alférez de la Milicia, tan bien plantado, tan como tú lo soñabas...

—¿Te acuerdas cómo se puso mi padre cuando le dije que me quería casar? Después de tres años de noviazgo, Julia, qué tiempos...

—Tu padre quería que hubieras estudiado una carrera y también que Matías hubiera ejercido la suya...

—La ejerce: abogado de secano. No creas que no le viene bien lo que aprendió de leyes con la cantidad de problemas que tiene con las fincas y los seguros y todo eso...

La chimenea estaba fría. Las brasas se habían extinguido lentamente y eran ya un polvo gris blanquecino. Matías las había dejado ya hacía mucho rato: «¿Qué tal si os abandono para que habléis con calma de vuestras cosas?». Se despidió de Cecilia con un beso fugaz en el pelo, al borde de la frente. «Hasta mañana, Julia», dijo. Y su voz era suave y afectuosa. Entrecerró los ojos al sonreír y un cerco de arrugas le rodeó los párpados. Cecilia salió tras él: «Voy a llevarle el termo de agua fría...», explicó.

«Estarán hablando de mí —pensó Julia—. No podrán evitar un comentario de extrañeza: "Así de pronto, ¿cómo le ha dado por venir?"». O quizá no era así y simplemente hacían observaciones breves: «Julia como siempre, muy bien». O: «Tan Julia como siempre». Y los comentarios llegarían mañana y al otro día y al otro, en las veladas solitarias, las tardes largas, frente a frente los dos.

Sobre una butaca pequeña había un libro abierto: una novela de amor. La evasión o la confirmación del paraíso de Cecilia.

—... los hombres. Si no llevo yo su termo se le olvidaría todos los días... No lo creerás pero no tengo tiempo para nada. Cocino, coso, y la casa es tan grande. Los chicos, que van y vienen, se me pasan los días... Pero háblame de ti, tú tienes cosas más importantes que contar. Dime, ¿qué pasó con Diego?

—... Vive en Nueva York, por ahora. Ha rehecho su vida. Tiene otro hijo. Yo vivo sola. ¿Te acuerdas lo que me gustaba estar sola? Lo que luché por tener un cuarto mío, sin compartirlo con mis hermanas. Bueno, pues ahora ya estoy sola...

Estiró las piernas entre las sábanas de hilo deliciosamente frescas. La casa estaba en silencio. En alguna revuelta del largo pasillo estaría la habitación de Cecilia y Matías. Allí dormirían los dos, abrazados en una inmensa cama.

Julia rememoró la noche, las palabras, los sucesos evocados. Una pregunta había flotado en el aire desde que se quedaron solas. La pregunta era: «¿Eres feliz?». Pero ninguna de las dos se atrevió a formularla.

Happy end

—Qué lugar para un breve encuentro —dijo Julia.
—¿Con Harrison Ford o con Trevor Howard? —preguntó Cecilia.
—Con Trevor Howard, desde luego —aclaró Julia.
La tarde descendía pausadamente y el último sol del día teñía de rosa y morado los volcanes. Los campos de lava se oscurecían en torno a las casas blancas, rodeadas de diminutos jardines de geranios rojos. En la línea impecable del horizonte, el mar aún conservaba el azul. Pero más cerca, en la orilla, en las aguas del puerto, bajo el gran ventanal del bar abierto sobre los barcos del muelle, el azul se disolvía en sombras. Por el este de la isla, el brillo de las primeras luces salpicaba de luciérnagas la costa.

El bar empezaba a animarse y el piano despertó de pronto con una música lánguida, intemporal. El pianista era muy joven: pelo largo, un pendiente en la oreja, una camiseta roja Billabong.

Desde el primer día, desde el aterrizaje suavísimo en el aeropuerto de la isla, todas las tardes, a esa hora, habían recalado en el bar. Fue una llegada tensa, marcada por la última discusión con la hija de Cecilia —«No creo, de verdad, que a mamá le vaya a sentar bien este viaje tan precipitado..., después de tanto ajetreo con la boda de Rafael...»—. Y ella, Julia, se había empeñado de una manera un poco ¿estúpida?, más bien tozuda, en un afán quizás exagerado de ayudar a la amiga a quien había encontrado extrañamente abatida, atormentada por algo que todavía ahora, después del viaje, no había logrado interpretar.

Estaban las lágrimas de Cecilia. Eso sí era un síntoma claro de alteración en ella, que tenía reacciones tan previsibles y estaba tan segura de sí misma. Las lágrimas habían sido decisivas para apreciar el cambio. La primera vez fue cuando se encontraron al entrar en la iglesia y Cecilia había abrazado a Julia con fuerza, y sin poder reprimir el llanto le había dicho: «Creí que no vendrías». Lo cual no le gustó porque Julia siempre había pensado asistir a la boda del hijo pequeño, el favorito de Cecilia, el último de los tres que abandonaba la casa.

Pero no era propio de Cecilia llorar en una ocasión así. Las bodas, las ceremonias, los ritos la exaltaban, la emocionaban con la alegría de la celebración. Pero llorar, no. Luego estaba la segunda aparición del llanto inesperado. Los novios se habían ido y Julia encontró a Cecilia en el tocador arreglándose el maquillaje y al verla, estalló en una sucesión de sollozos incontenibles.

Luisa, la hija mayor que había entrado en ese momento, impidió a Julia cualquier intento de consuelo. Luisa parecía indignada y Cecilia trató de serenarse. Fue entonces cuando Julia intervino para decir: «Estás agotada, ¿por qué no vienes conmigo a pasar unos días de descanso? Yo me voy a ir sola de todos modos porque no puedo más. Si te animas lo pasaremos muy bien. ¿Y qué mejor sitio que la isla?».

Cecilia parecía tan triste, tan cansada, tan absolutamente derrotada, que se dejaba llevar. Ante su propuesta dijo «Sí», o «Bueno», o «De acuerdo», sin demasiada convicción. Pero habían organizado el viaje, habían volado sobre el mar hasta el refugio soleado y remoto, mucho más lejano psicológicamente que en la realidad, traducida a millas, que lo separaba de la península.

Aquel primer día de la llegada, después de deshacer las maletas en el hotel y abandonar en el armario los trajes de chaqueta, los bolsos, los zapatos ciudadanos; una vez renacidas de un baño prolongado y vueltas a vestir —pantalones de lino, jerséis ligeros, sandalias—, se habían dirigido en el descapotable recién alquilado a la pequeña ciudad que se extendía al borde del mar.

Un breve parque provinciano —palmeras, arbustos de hojas grandes y carnosas, el templete de la música, el quiosco de los helados, los caminitos de tierra oscura entre los parterres— se interponía entre el mar y la calle principal.

El aire perfumado de flores y un aroma espeso de especias salidas de un almacén cercano o quizás de una tienda de productos ultramarinos, desmesuraba la inequívoca condición atlántica de la isla.

—¿Qué te parece? —había preguntado Julia.

Y Cecilia, que había permanecido callada durante el recorrido en coche, dijo después de un instante de reflexión, regresando de su ensimismamiento:

—Maravilloso. Parece América, una ciudad colonial americana.

—Sí, pero físicamente es África. Espera a la noche. Espera a ver la luna altísima y las palmeras destacándose en el cielo y la brisa que viene del mar y refresca la tierra seca...

Sonrió y Julia la miró de reojo. «Hay que esperar un poco —se dijo—, tiene que serenarse y descansar. Ya habrá momento para las confidencias».

Conducía despacio, entre el parque y las casas de la calle principal. En los bajos estaban instaladas las tiendas de los indios, las agencias de viajes, los bancos. Arriba, el piso primero y único lo ocupaban viviendas con terrazas, ventanas con celosías blancas o verdes, balcones cubiertos por buganvillas moradas.

Un rumor de zoco, de colmena subía del parque y de la calle y se elevaba hasta el cielo.

—Te llevaré a mi bar favorito —dijo Julia—. Tomaremos la copa de bienvenida...

Habían transcurrido dos días y ahora estaban allí, de nuevo, instaladas en una mesa cercana a la barrera que las separaba del agua. Cuando el pianista empezó a tocar, era cuando Julia había dicho:

—Qué lugar para un breve encuentro...

Y al preguntar Cecilia: «¿Con Harrison Ford o con Trevor Howard?», su respuesta: «Con Trevor Howard, desde luego», había hecho reír a Cecilia y Julia pensó: «Es la primera vez que ríe desde que llegamos». Luego, ella también rió y dijo:

—Otra vez he caído en la trampa de las dos opciones...

El viejo juego de la adolescencia levantó entre las dos un puente de reconocimiento y cercanía, y encendió una bengala de esperanza.

—¿Quieres otra copa? —preguntó Julia. Y sorprendentemente Cecilia aceptó.

Cuando el camarero se alejó con las copas vacías, Julia dijo:

—Te has pasado la vida planteándome elecciones. Gilbert Becaud o Yves Montand. El profesor de historia o el de filosofía... Y yo siempre caía en el juego, lo pensaba mucho, con ese afán mío de estudiante responsable que quiere encontrar siempre la respuesta exacta...

Las copas llegaron y Cecilia empezó a beber con cierta urgencia.

—Perfecta —dijo— de hielo y de ginebra y de tónica. Perfecta...

Desde la cama Julia contempla el cuadro colgado en la pared de enfrente, sobre la mesa en la que ha extendido libros y papeles, en un intento un poco escéptico de trabajo. En el cuadro, todo en azules, una mujer sostiene en la mano un espejo alzado a la altura de su rostro, un poco separado del cuerpo. Es muy joven, casi una niña, pero hay algo en su expresión que la transforma en mujer. Quizá su mirada, abstraída, ajena al primitivo impulso que la llevó a alzar el espejo. Como si de pronto hubiese descubierto algo: ¿el temor de un fracaso?, ¿la intuición de un futuro decepcionante? Cuando eran niñas, cuando eran jóvenes, Cecilia y ella nunca habían dudado del futuro. ¿En qué medida se habían cumplido sus previsiones? Julia conocía muy bien sus propias respuestas, pero no las de Cecilia. Y tuvo que admitir que el impulso inesperado que la llevó a invitarla tenía mucho que ver con el desconcierto que le produjeron sus lágrimas.

Se veían muy poco en los últimos tiempos. Encuentros esporádicos, cartas de Navidad, acontecimientos familiares. Pero desde que sus vidas adultas se habían orientado hacia rumbos muy distintos, nunca habían tenido ocasión de charlar sobre sí mismas, sobre sus aciertos y errores. Nunca.

Cuando Cecilia llamó a la puerta, Julia se sobresaltó. Se había quedado dormida en medio de sus divagaciones.

—Pasa, en cinco minutos estoy —dijo saltando de la cama.

Y una vez más pensó que era fundamental tener dos habitaciones en lugar de una, como cuando eran adolescentes y pasaban juntas unos días, en una u otra casa, en los veranos larguísimos del norte.

Ahora, sin embargo, estaban demasiado necesitadas de independencia, de soledad para pensar, moverse, entregarse a sus modos y manías adquiridos con el paso del tiempo.

—Anoche estuve leyendo hasta muy tarde —explicó Julia poniéndose en movimiento. Cecilia miraba el cuadro azul.

—Es bonito —dijo—. En mi cuarto tengo frente a la cama un barco que se aleja con las velas al viento. No se entiende la firma, pero es de un hombre, seguro. Es un cuadro que tiene mucha fuerza. Te dan ganas de embarcarte para una aventura. Hay algo en el cuadro que te da tranquilidad, seguridad...

—Ese algo será el patrón del barco —dijo Julia desde el cuarto de baño.

Cecilia se echó a reír.

«Sólo en tres días —pensó Julia—, hemos conseguido lo principal. Que Cecilia fabule un poco y que se ría».

—Este lugar me parece siempre un finisterre —dijo Julia—. Más allá de esta roca que se hunde en el agua, tengo la sensación de que ya no hay tierra hasta América...

Estaban sentadas en una terraza sobre el mar, una explanada abierta artificialmente sobre la costa, erizada de lavas antiguas sobre las que hervían las olas en violentos ataques.

Una fuente profunda, en la mesa, exhibía la espléndida ensalada de la isla: los tomates maduros, los pepinos finísimos, la sabrosa cebolla y la lechuga recién transportada de la isla mayor. El camarero llegaba ya con la parrillada de peces. Un fulgor de escamas plateadas, rojas y negras, centelleando al sol.

Se acercó una niña rubia (¿sueca o alemana?) y se quedó mirando, curiosa, la fuente de pescado. Los padres, rubios también —delgados, silenciosos—, permanecían inmóviles, al otro extremo de la terraza. La cabeza apoyada en el respaldo de los sillones de madera, los ojos cerrados, absorbían el calor por cada poro de sus cuerpos.

El camarero se dirigió a la niña sin palabras y señaló con el dedo a los padres somnolientos. Ella lanzó una última mirada a la mesa y se fue a saltitos hasta ellos.

—Suecos, seguro. Suecos de Bergman. Fíjate qué silencio, qué incomunicación...

Las dos rieron y Cecilia dijo:

—¿Te das cuenta hasta qué punto nos ha influido el cine?

—Bueno, he hecho un comentario muy vulgar. Pero lo cierto es que sin el cine no hubiéramos sabido lo que queríamos y no teníamos, lo que necesitábamos y no conocíamos...

Cecilia siguió con interés la entusiasta declaración de Julia y no pudo evitar interrumpirla:

—Era una época... Vivíamos tan aislados... Te acuerdas que de fuera no llegaban ni libros ni revistas... Y aquellas comedias que veíamos en el cine, hasta las más sosas, significaban mucho para nosotras. Los trajes, los peinados, aquellas casas. Todo frívolo, pero tentador.

Por un instante guardaron silencio. El sol había retrocedido ligeramente. Sólo la mitad de la mesa recibía el calor directo de sus rayos.

—De verdad, yo creo que el cine fue la clave de nuestra educación sentimental —dijo Julia—. El cine nos dio el modelo de persona que queríamos ser, el proyecto de vida que queríamos llevar. De algún modo, el cine nos hizo como somos.

Julia se estremeció ligeramente. «El vino frío —se dijo—, y el temblor de los recuerdos».

Cecilia comía en silencio. Saboreaba los peces, los distintos componentes de la ensalada. De vez en cuando bebía vino blanco.

—Ah —dijo de pronto—, luego están los ídolos. Nos enamorábamos de los actores, elegíamos entre ellos el modelo que mejor se adaptaba a nuestro instinto más primario y entre las mujeres buscábamos nuestro propio personaje ideal. Acuérdate. Yo siempre pensaba en el Oeste, en los colonizadores. Me veía viviendo en una casa de madera con porche. En una pradera con el río abajo. Quería ser como ellas, con sus trajes recién planchados, el pelo graciosamente peinado, valientes, luchadoras, que lo mismo cocinaban que cuidaban el ganado y cultivaban la tierra. Habían llegado hasta allí con los restos de las vajillas arrastrados millas y millas de diligencia. *Home, sweet home*. Mi héroe era John Wayne, fuerte, animoso, de una pieza...

—Yo no tenía un héroe fijo —declaró Julia—, pero el modelo de mujer, sí. Aquellas mujeres abogadas que tenían oficinas de cristal en los pisos altos de los rascacielos...

—Aquellas mujeres en blanco y negro que se lanzaban a las calles de Nueva York a otra lucha diferente que a ti, Julia, te fascinaba —añadió Cecilia.

—Sí —dijo Julia—. Otra vez la elección: ¿campo salvaje o gran ciudad? Yo elegí la gran ciudad. Yo descubrí la gran ciudad en el cine. Deseé huir de mi vida provinciana, en el cine. Katharine Hepburn era mi modelo. Aquel pelo, aquellos trajes, aquel carácter rebelde, abierto, triunfador. Recuerdo expresiones, gestos de la Katharine de aquellos años y no recuerdo la cara de mi madre entonces. Ni cómo era ni cómo vestía. ¿Era más real para mí Katharine? ¿Era mi madre tan fantasmal?

Una nube ocultó por completo el sol. La terraza entera quedó desamparada, fría, sin la caricia de los rayos solares. La brisa marina se acentuó, se adueñó por completo de la costa. La niña rubia, dormida en los brazos de su madre, se despertó llorando. El padre, sin palabras, se levantó, entró en el restaurante y salió enseguida con el dinero de la vuelta en la mano. Hizo un gesto moviendo la barbilla en un giro brusco de dentro afuera y echó a andar seguido de la mujer y la niña.

—¡Qué diferentes éramos! —exclamó Cecilia. Se había puesto un jersey fino, introduciéndolo por la cabeza y estirándolo luego cuidadosamente—. Tú querías estudiar, ser algo por ti misma —continuó—, encontrar a un hombre parecido a ti: un compañero. Yo quería un protector, una familia tradicional. Tener tres o cuatro hijos con mi John Wayne...

—De algún modo —interrumpió Julia—, las dos elegimos nuestro sueño.

—Eso no es del todo cierto —protestó Cecilia—. Al final sólo queda lo que tú eres, lo que tú has hecho. Fíjate en mí. Se acaba de casar el hijo que me quedaba. Y ahora, ¿qué hago? Esperar que me coloquen nietos para que los cuide mientras sus padres se van de viaje. Luisa ya lo hace...

La nube, caprichosamente, se hizo a un lado y otra vez el sol se detuvo en las rocas. Abrazó con energía la breve extensión de la terraza, vacía salvo por la presencia de las dos amigas que cerraron los ojos y recibieron, silenciosamente, el placer del sol recuperado.

De vuelta al hotel permanecieron en silencio. El coche se deslizaba despacio por las curvas de la estrecha carretera que rodeaba y envolvía el volcán. El mar quedó atrás pero reapareció enseguida al fondo; otro perfil de la costa, otra acumulación de lava oscura, petrificada, detenida al borde mismo del agua.

—Pero, Julia, ¿quién ha acertado? —preguntó de pronto Cecilia en un tono inesperadamente alto.

—Acertar, nadie —dijo Julia.

No se había sorprendido de la pregunta porque tampoco ella había cortado el hilo de los recuerdos, suscitados hacía un rato por la conversación.

—Nadie, acertar, nadie —repitió. Pero tú tienes a tu John Wayne y tu vida en una finca esplendorosa, con caballos y ganado; como en el Oeste que soñabas pero mucho mejor...

Cecilia levantó la mano, la colocó delante y alejada de sí misma como un stop para que la amiga no continuara hablando.

Julia se quedó mirándola y supo, tuvo la seguridad de que iba a hacerle una revelación. Giró el volante y se introdujo lo más posible en los campos de lava, al lado de la carretera.

Un nubarrón gris ocultó el sol y Julia se estremeció. En un instante, el paisaje se había vuelto amenazador. La lava negra, el mar oscurísimo, el silencio total. La isla era un desierto suspendido en el océano. Cecilia empezó a hablar.

—Espera, escúchame —dijo—. La finca, sí. Aquel refugio soñado, sí. Los niños, el hogar, sí. Pero John Wayne me ha fallado. John Wayne era un bluff. Poco antes de la boda de Rafael, por pura casualidad, me entero de que el tal Wayne tiene un asunto estable y duradero, desde hace dos años. ¿Sabes con quién? Con la hija de una amiga mía. La misma edad de Luisa; jugaban juntas cuando eran niñas. Los padres tienen la finca cerca de la nuestra, más hacia Guadalupe. Es una niña que, como yo, soñaba con vivir en el campo. No ha estudiado, no ha trabajado. Venía mucho por casa y montaba a caballo con John Wayne...

Dejó de hablar y luego preguntó:

—¿Qué te parece la película? —y luego añadió—: ¿Qué voy a hacer yo ahora?

La pregunta quedó en el aire y Julia suspiró.

—Me has dejado hecha polvo. No lo esperaba, de verdad. Parecíais siempre tan serenos, tan identificados...

—De todos modos, estarás de acuerdo en que tú lo hiciste mejor. Fracasaste con Diego, sí. Pero has tenido libertad para trabajar, vivir, viajar. Para tener otras historias. Aun teniendo un hijo, has sido libre...

—Bueno, eso no es así. La maternidad déjala aparte. Eso, otro día... Sí, he tenido otras historias, como tú dices, pero con un final poco satisfactorio. Lo que ocurre es que aquellas películas de entonces, las del final feliz, tenían una trampa. Terminaban justo donde empieza todo...

Julia dio marcha atrás y el coche salió a la carretera. Condujo lentamente. Cecilia no hablaba. Al alcanzar la carretera general, el sol brillaba de nuevo. Julia aceleró y dijo, como para sí misma:

—Volviendo al cine, déjame que te cuente lo que me sucedió una vez. Hacía poco tiempo que me había separado de Diego y tuve que ir por trabajo a Nueva York. Ya sabes mi pasión por esa ciudad. Bueno, pues yo estaba bastante deprimida. Sin Diego, la ciudad me abrumaba. Habíamos ido muchas veces juntos. Una tarde, después de rechazar invitaciones de amigos y compañeros, me fui sola a dar un paseo por las calles. En un cine estrenaban *Manhattan* y decidí entrar. Me senté en la butaca y cuando empieza la película y aparece en pantalla el telón de rascacielos en blanco y negro y suena la música de Cole Porter, no pude soportarlo y me eché a llorar. Descubrí que aquél, el de la pantalla, era mi verdadero Nueva York. El cine nos da lo que deseamos alcanzar. Que no es más real en el cine, pero sí más verdadero. Yo estaba en el Nueva York real pero el cine me daba la nostalgia de Nueva York, la recuperación total de mi Nueva York. Salí pensando: «Necesito una copa». Y me metí en el bar del Plaza.

—¿Cómo está el agua? —preguntó Cecilia.
—Maravillosa —contestó Julia. Luego siguió nadando en torno al islote que se elevaba en el centro de la piscina. La mañana radiante convertía el baño en una experiencia plena. El agua de mar reforzaba la engañosa sensación de formar parte del océano que se extendía unos metros más abajo hasta un horizonte limpio.

Saliendo de la bahía, un ballet de jóvenes windsurfers giraba una y otra vez sobre sus tablas. Las velas triangulares, rojas, verdes y amarillas, arrastradas por la brisa surcaban el mar con la alegría del juego.

Cecilia se decidió al fin y fue a reunirse a grandes brazadas con Julia, que ya se disponía a salir rumbo a las tumbonas azules. «El tiempo y la angustia de la fugacidad del tiempo han quedado lejos durante unos días —pensó Julia—. La lucha con las fechas, las horas, la prisa». Una tregua artificial, pero intensamente disfrutada. Julia se tumbó y un lánguido reposo la invadió. Cuando Cecilia regresó a su lado y habló, Julia abrió los ojos. Un brillo nuevo rejuvenecía la mirada, la sonrisa, los movimientos de la amiga.

—Sólo creo en el bienestar físico —declaró mientras extendía la toalla cuidadosamente.

Lejos, en el mar, un barco blanco y larguísimo se deslizaba a otra isla o a la costa africana.

—Todo es fabuloso en este momento —dijo Cecilia—. Engañoso y feliz.

—No es engañoso. Es lo único real, lo único que tenemos de verdad. Lo malo es que no dura... Aunque todavía nos quedan veinticuatro horas... —dijo Julia.

Y pensó: «Un largo y estupendo Happy end».

Madrid, otoño, sábado

Como todos los sábados, la angustia del despertar apareció con la luz que se filtraba por las rendijas de la ventana entreabierta. Se levantó de un salto y dejó caer bruscamente la persiana. Corrió las cortinas hasta juntar sus bordes y la penumbra se adueñó de la habitación. Julia cerró los ojos y trató de dormir. «Es sábado», se dijo. Y se ordenó a sí misma no pensar, no recordar, no dejarse asaltar por las preocupaciones habituales de la semana. Horarios, citas, llamadas, informaciones parciales que eran sustituidas por otras a ritmo acelerado. Proyectos, problemas. «Es sábado y tengo que desconectar. No me puedo permitir el lujo de adelantar los acontecimientos previstos para el lunes. Ni para el martes... El martes: la conferencia... La conferencia, imposible dormir.» Se incorporó en la cama y encendió la luz. «Puedo echar una mirada a la conferencia, sólo para leerla y marcar las pausas, subrayar en rojo las palabras clave... Por la tarde contestaré las cartas más urgentes y así tendré libre el domingo...»

Descorrió las cortinas y pegó la frente al cristal. Como en el cuadro de un pintor inglés, el Jardín Botánico se extendía, abajo, envuelto en una neblina tenue cuya transparencia permitía adivinar las copas de los árboles. Horas más tarde, cuando el sol de otoño brillara en el cielo de Madrid, el Jardín exhibiría su tesoro de hojas secas, transformadas en ricos tejidos: gasas amarillas, terciopelos tostados, rasos dorados, lanas rojizas atravesadas por nervios grises. La frágil atadura de las hojas cedía a la embestida del viento o de la lluvia. Por la mañana, algunos días, aparecían alrededor del tronco, en montones desiguales que llegaban hasta los paseos de tierra. En primavera las hojas verdes, aferradas al tallo con garfios invisibles, resistían enhiestas la violencia de los temporales. Pero éstas, hermosas, decadentes, caían al suelo, fatigadas, conscientes de la extinción de su ciclo vital. Revoloteaban un instante alrededor del árbol y construían en su torno arabescos indescifrables...

Julia se dirigió al salón y abrió la puerta de la terraza. Contempló el espectáculo otoñal y escuchó el piar de los pájaros, oscurecido apenas por el ruido de los escasos coches que circulaban a esa hora del sábado por el paseo del Prado. «Éste es el lugar que quería alcanzar. Este ático elevado sobre el Botánico, este lujo vegetal que cambia con las estaciones», suspiró Julia.

Al entrar en la cocina encendió la luz y vio la bandeja sobre la mesa, ordenada y perfecta, con todo lo necesario para preparar en un momento el desayuno. Cada sábado, María lo dejaba todo dispuesto la noche anterior, antes de retirarse a su casa. El confort que ella cultivaba cuidadosa, a lo largo de la semana, el orden, la armonía de los objetos, la ropa organizada en los armarios, permitían a Julia disfrutar del fin de semana en soledad, sin la contrapartida del trabajo doméstico. El desayuno, el periódico depositado desde primera hora en el buzón y silenciosamente conducido hasta su apartamento por el portero, inauguraba un día suyo, sin prisas ni cansancios. Un día para el goce de la elección entre sus tentaciones semanales:

exposiciones, una compra. A primera hora de la tarde una película recién estrenada. Y el regreso a casa temprano para leer, escuchar música, descansar. Hacía tiempo que había decidido reservar para sí misma los días de fiesta. Durante la semana asistía a una conferencia, un cóctel, veía a la gente que le interesaba, concertaba un almuerzo interesante y un par de cenas de amistad. Su vida transcurría así equilibrada entre el trabajo, la vida social y periodos de aislamiento absolutamente necesarios.

A veces las horas de soledad encerraban peligros. Eran horas libres, vacías de estímulos externos, de exigencias inevitables por parte de los demás. Pero también horas temibles a veces, cuando la nostalgia de otro tiempo o la asociación repentina de una anécdota insignificante con un recuerdo significativo desataba una tormenta en el universo controlado de Julia.

Ahora mismo, al levantar la mirada de su mesa de trabajo instalada bajo la ventana, y deslizarla sobre el Jardín, brillante ya a las doce del día, se detuvo un instante en la placita por la que circulaban turistas, gentes desocupadas del sábado que vagaban sin rumbo claro en torno al Museo del Prado o caminaban hacia arriba, hacia una de las puertas del Retiro cercano. Una pareja con un cochecito de niño trataba de entrar en el Jardín. La madre sacó al niño del coche mientras el padre se dirigía a la taquilla de las entradas y desaparecía. La visión de la mujer sola con un bebé en brazos despertó en Julia un aluvión de recuerdos hundidos casi siempre en el fondo de la memoria. La infancia de Bernal, sus paseos solitarios con el niño durante aquel primer año interminable. Entonces vivían lejos de allí, en un barrio nuevo y alegre, en una calle tranquila, con aceras amplias bordeadas por una fila de plátanos que protegían del sol del verano. Porque Bernal había nacido en junio y sus primeros meses habían transcurrido en aquellas aceras, calle arriba y calle abajo. En cuanto se dormía, Julia se sentaba en la terraza de un bar e intentaba leer durante el momentáneo descanso. Recordaba aquel primer año como un largo paseo a través de una nebulosa. Día y noche se entremezclaban y su cabeza estaba totalmente ocupada con los biberones, los paseos, la hora del baño, la hora de dormir al niño... Al final del día el cansancio era infinito. Como si hubiera subido a una montaña o regresara de un largo viaje. Era un cansancio acumulado durante el embarazo, el parto y aquellos primeros meses de sueño interrumpido constantemente. Era un cansancio diferente a todos los cansancios anteriores. Aquel año había sido una especie de año sonámbulo con una permanente sensación limbática, como si la unión con el niño fuera una prolongación de la etapa prenatal, cuando la somnolencia era la característica de nueve meses de espera. Un año. Luego Julia había vuelto al trabajo. El hallazgo de Ramona, aquella chica deliciosa que venía todo el día y cuidaba a Bernal con verdadero cariño, había sido su salvación...

El niño era ya un hombre joven y estaba lejos. Atrás quedaban los días luminosos de su infancia cuando los tres, Diego y Bernal y ella, reían y jugaban en las horas robadas al trabajo y en los fines de semana libres de ocupaciones...

De algún modo, la intromisión de la época rememorada oscureció la mañana del sábado. «Mejor olvidarlo todo trabajando», se aconsejó Julia. Y apenas se concentraba en los papeles, extendidos en la mesa, sonó el teléfono, y ella preguntó un poco contrariada: «¿Quién es?», y una voz conocida preguntó a su vez: «¿Julia? Soy Cecilia...».

—Qué alegría oírte, Cecilia —dijo Julia. Lo dijo con demasiado entusiasmo para contrarrestar la primera reserva, el frío, el rechazo inicial ante la intrusión de un ser ajeno a la intimidad del sábado.

—Estoy aquí en Madrid y muy cerca de ti. Estoy en el Palace... —dijo Cecilia.

Y Julia no pudo evitar la pregunta:

—Pero ¿qué haces aquí?

—Ya te contaré... Si estás libre podríamos vernos después del almuerzo. Antes, imposible...

—¿Qué te ha parecido mi secreto? —preguntó Cecilia—. ¿Me imaginabas teniendo una aventura?

Julia dudó un momento antes de contestar. Quiso evitar el «No» y dijo:

—¿Tú ves algún porvenir a esa aventura?

—¿Porvenir, Julia? —Cecilia sonrió y luego se puso seria—. No pensarás que nos queda mucho porvenir. Eso era antes, hace mucho tiempo. Yo creo que en la infancia, cuando nuestras madres nos hablaban insistentemente del día de mañana... Y todo había que referirlo a ese misterioso día que se perdía en el horizonte. No se podía hacer nada sin pensar en las consecuencias que nuestros actos tendrían en ese mañana lejano...

Las dos guardaron silencio. Julia reaccionó y dijo:

—Cuéntame más detalles. Porque me has explicado quién es el personaje y sí, recuerdo a aquel chico que te gustaba antes que Matías. Y recuerdo sobre todo lo que tú le gustabas a él. La prueba es que tú elegiste a otro. Porque ¿qué día de mañana te esperaba con aquel chiquito un poco soso que quería estudiar medicina? Y tú decías: «Para meterme en un pueblo, no. Yo no quiero ni imaginarlo...».

—Bueno, pues verás. Un día leí en el periódico, en la sección de actos importantes, que en Madrid había dado una conferencia el doctor Javier Valverde Díaz, recién llegado de Estados Unidos, donde trabaja en un hospital famoso... Me quedé estupefacta. ¿De modo que yo me había equivocado? Y entre el modesto hijo de un veterinario desconocido y el rico y señorito Matías había elegido mal. Ahora era Matías el que vivía en el campo y mi pobre estudiante de medicina era un personaje en América... Bueno, te puedes imaginar que todo habría quedado así de no ser por el disgusto infinito en que vivo desde lo de Matías. Desde que se fue con la niña aquella amiga de mi hija. Ya, ya sé que te acuerdas... Y que sigue con ella instalado en una finca a cincuenta kilómetros de casa... Viajando lo que quiere, vistiendo de locura... Matías viene una vez al mes a casa, me pide cuentas y me da dinero. Se interesa por los hijos, que fíjate el interés. Cuando nos dejó todavía no se había casado el pequeño... Yo lo he pasado muy mal, Julia. Y encima con aquella educación que nos dieron. Que tú la olvidaste pronto, pero yo... Casada tan joven y encerrada allí con aquel patriarca del siglo diecinueve... Pero mira cómo él se espabiló. Esa moda moderna de los segundos matrimonios, la asimiló pronto. Porque nuestros padres podían tener una querida pero abandonaban rara vez a la legítima...

—Ya... Pero dime cómo te las arreglaste para contactar con Javier...

—Pues muy sencillo. Por teléfono. Me dediqué a llamar a cuatro o cinco hoteles buenos de Madrid y enseguida di con él. Yo sabía que no vivía aquí por el periódico, ya que venía a dar las conferencias desde Estados Unidos... No sabes qué emoción. Se quedó sin habla. Luego me hizo mil preguntas sobre mi vida. Y yo sobre la suya. Él está divorciado de una americana... Enseguida hablamos de la posibilidad de vernos. Yo le mentí y le dije que casualmente iba a venir a Madrid a un asunto de familia. Y me vine... Entonces no te llamé, claro. Eso fue hace dos meses y medio. Desde esa fecha Javier ha venido a Europa dos veces y las dos nos hemos encontrado. Y este fin de semana es la tercera... «Breve encuentro en Madrid», podría titularse mi historia...

Cecilia, Cecilia... Siempre anclada en una adolescencia sin resolver, en una independencia imposible. Y a estas alturas ese cambio de actitud, a pesar de los prejuicios familiares que habían sido su auténtica guía... Una adolescencia que transcurrió sin haber «matado» a tiempo al padre, a la madre y al novio de toda la vida...

Cecilia había vuelto a hablar. Estaba preguntando.

—¿Y tú?

Julia reaccionó.

—¿Yo? ¿De aventuras, quieres decir?... Pues mira, yo he llegado a un punto en que todos los amigos están entregados a sus profesiones apasionadamente. Es el momento culminante. Los cuarenta y siete, los cuarenta y ocho años. Estamos todos rondando los cincuenta... Por cierto, tú también. Y yo ¿qué quieres que te cuente? La soledad de cada día. Y la paz. Han quedado atrás los sueños, las esperanzas, los deseos. Tengo a mi hijo. Lejos pero lo tengo. Voy a verle a Londres de vez en cuando. Él viene a veces aquí.

Nos llamamos por teléfono. Tenemos buena relación con Diego los dos... Y Diego sigue con su nomadismo de siempre, de acá para allá, separado de su segunda mujer y su segundo hijo. Me imagino que tiene aventuras pasajeras... Y a mí me gusta mi trabajo, lo cual es una suerte. Entre la facultad y el Consejo y las mil y una asociaciones en que me implico... Profesionales unas, otras desinteresadas. También escribo artículos y algún libro... Y me gusta vivir en Madrid.

Tras un breve silencio, Julia sintió la necesidad de continuar.

—Cuando yo vine a estudiar aquí, Madrid fue para mí la libertad, ir y venir, entrar y salir, de día y de noche, con unos y con otros... Incluso al principio, cuando la libertad real estaba todavía lejos, incluso entonces Madrid era la libertad. La gran ciudad es difícil de abarcar por los espías morales. Y los políticos, claro... Y ahora estoy feliz en esta nueva casa. He encontrado el paisaje que quería: un trozo de naturaleza en el centro de la ciudad. Yo no sé si busco las sensaciones de la infancia en aquel pueblo de mis abuelos, que tú tan bien conoces...

Cecilia no hablaba. Escuchaba a Julia y miraba hacia abajo, hacia los dorados, los rojos y los verdes secos del Jardín que empezaban a apagarse con el anuncio del ocaso. Julia dejó de hablar y estuvo un tiempo pensativa, aparentemente ausente. Fue sólo un momento. Se levantó de golpe y dijo:

—Vámonos a tomar una copa a un bar estupendo, cerca de aquí. Antes de que llegue la noche. Te digo de los madrileños lo que Dorothy Parker decía de los neoyorquinos: «Tal como sólo los madrileños saben, si uno logra pasar el crepúsculo podrá sobrevivir toda la noche».

El papel utilizado para la impresión de este libro
ha sido fabricado a partir de madera procedente de bosques
y plantaciones gestionados con los más altos estándares
ambientales, garantizando una explotación de los recursos
sostenible con el medio ambiente y beneficiosa para las
personas. Por este motivo, Greenpeace acredita que este libro
cumple los requisitos ambientales y sociales necesarios para
ser considerado un libro «amigo de los bosques».
El proyecto «Libros amigos de los bosques» promueve
la conservación y el uso sostenible de los bosques,
en especial de los Bosques Primarios,
los últimos bosques vírgenes del planeta.

Papel certificado por el Forest Stewardship Council®